［法］罗曼·罗兰／著　许渊冲／译

哥拉·泼泥翁

Colas Breugnon

人民文学出版社
PEOPLE'S LITERATURE PUBLISHING HOUSE

Romain Rolland
COLAS BREUGNON
根据 Albin Michel, Paris, 1919 版译出。

图书在版编目(CIP)数据

哥拉·泼泥翁/(法)罗曼·罗兰著;许渊冲译.—北京:人民文学出版社,2017

ISBN 978-7-02-013311-6

Ⅰ.①哥… Ⅱ.①罗… ②许… Ⅲ.①长篇小说—法国—近代 Ⅳ.①I565.44

中国版本图书馆 CIP 数据核字(2017)第 213511 号

责任编辑　刘　彦
装祯设计　黄云香
责任印制　王重艺

出版发行　人民文学出版社
社　　址　北京市朝内大街 166 号
邮政编码　100705
网　　址　http://www.rw-cn.com

印　　刷　三河市鑫金马印装有限公司
经　　销　全国新华书店等

字　　数　172 千字
开　　本　850 毫米×1168 毫米　1/32
印　　张　9.375　插页 2
印　　数　1—8000
版　　次　1958 年 3 月北京第 1 版
印　　次　2019 年 6 月第 1 次印刷

书　　号　978-7-02-013311-6
定　　价　52.00 元

如有印装质量问题,请与本社图书销售中心调换。电话:010-65233595

1958年许译罗曼·罗兰《哥拉·泼泥翁》出版,寄赠罗兰夫人,夫人回赠夫妇1935年合影。

献给高卢的圣马丁
保佑克拉默西的圣徒

> 圣马丁喝了好酒,
> 就让水向磨坊流。
> （十六世纪的俗话）

前　言

罗曼·罗兰在《贝多芬传》中,写欢乐征服了痛苦,在《约翰·克里斯托夫》中,写创造的欢乐战胜了死亡,而在《哥拉·泼泥翁》中,写的是在平凡的生活中如何自得其乐。本书中文版在1958年出版时,书名是《哥拉·布勒尼翁》,现在改成《哥拉·泼泥翁》,也许更能看出书中主人翁的笑脸。

《哥拉·泼泥翁》是第一次世界大战时(1914—1918)的作品,书中写出了欢笑声中的反战思想,如本书第二章中泼泥说:

> 谁晓得他们为了什么理由打仗?昨天为了国王,今天为了神圣联盟。一会儿为了旧教,一会儿为了新教。所有的教派都是一样,没有一个好人;吊死他们,我都怕会玷污我的绳子。

哥拉是罗兰故乡小市民的典型,他的立场可以归结为:"信仰自由,理性至上。"哥拉在第二章中也流露了这种自由主义的思想,如:

宇宙就是我的剧场,我可以动也不动,坐在安乐椅上观赏,我为吹牛大王和马屁精鼓掌,我欣赏骑士比武和皇家仪仗,并且对这些打得头破血流的人大喊:"再来一场!"

高尔基非常欣赏《哥拉·泼泥翁》,1923年1月13日写信给罗兰说:他一边读《哥拉·泼泥翁》一边笑,有时笑得眼泪直流。他认为哥拉是自由思想的代表,不像托尔斯泰的人物那样简单化,而是举世皆浊我独清的"奇迹"。

上海译文出版社《法汉翻译教程》第84页认为《哥拉·泼泥翁》译本"保留原文的神韵",如描写哥拉夫妇的两段:

我游手好闲,好吃懒做,放荡无度,胡说八道,疯头癫脑,冥顽不灵,好酒贪饮,胡思乱想,精神失常,爱吵爱闹,性情急躁,说话好像放屁。

嘿!她多活跃,我们这没有风韵的玛丽,满屋子只看见她瘦小的身子,寻东寻西,爬上爬下,咯吱咯吱,咕噜咕噜,怨天怨地,骂来骂去,从地窖到顶楼,把灰尘和安宁一起赶跑!

《哥拉·泼泥翁》是整整六十年前,1957年翻译,1958

年出版的。那时我颇有风韵的照君还在北京俄语学院四年级，读了《哥拉·泼泥翁》很感兴趣，就使《哥拉·泼泥翁》第五章中的蓓勒蒂和玛丽合二为一了。罗曼·罗兰夫人还送了我们一张他们夫妇的合影，这也是哥拉意想不到的"书撮之合"吧。

许渊冲
2017年7月7日

目　次

战后的序言 …………………………………… 1
告读者 ………………………………………… 1

一　圣烛节的百灵鸟 ………………………… 1
二　围城,或:牧羊人和狼和羔羊 ………… 19
三　布雷夫的管堂神甫 ……………………… 44
四　偷闲的人,或:一个春日 ………………… 67
五　蓓勒蒂 …………………………………… 94
六　飞过的珍禽,或:阿努瓦堡的小夜曲 …… 127
七　瘟　疫 …………………………………… 143
八　老妻的死 ………………………………… 162
九　房子烧了 ………………………………… 177
十　骚　乱 …………………………………… 193
十一　和公爵开玩笑 ………………………… 219
十二　别人的家 ……………………………… 234
十三　读普鲁塔克 …………………………… 250
十四　国王喝酒 ……………………………… 265

战后的序言

这本书在战前已经全部付印,准备问世,我现在不做任何更改。哥拉·泼泥翁的子孙们刚用鲜血写下了史诗①,成了胜利者和牺牲者,这篇史诗向全世界证明了"好好先生还活着呢"②。

我相信,光荣归来而精疲力竭的欧洲人民,在擦干了身上的血污时,会在"我们这只受到狼和牧羊人两面夹攻的羔羊"③发表的感想中,发现一些道理。

罗曼·罗兰

一九一八年十一月

---

① 史诗指第一次世界大战(1914—1918)。
② "好好先生"指哥拉·泼泥翁。泼泥翁从瘟疫中死里逃生的故事,参见本书第七章"瘟疫"。
③ 狼指土匪,牧羊人指官兵,羔羊指老百姓,这只羔羊指哥拉·泼泥翁,参见本书第二章"围城"。

告 读 者

《约翰·克里斯托夫》的读者一定没有料到会有这本新书。这本书不但出乎他们的意料,也出乎我的意料。

我原来准备着别的作品——一个剧本和一部小说,题材是近代的,气氛有点约翰·克里斯托夫的悲剧性。突然,我却不得不抛开一切做好了的笔记,准备好了的情节,来写这部前一天都没有梦想到的,相当轻松的作品……

这部作品对约翰·克里斯托夫的盔甲十年来的束缚是一种反抗,那副盔甲本来是按照我的身材做的,后来却拘束得我太紧了。我感到不可抑制地需要高卢人的轻松愉快;是的,甚至要放肆不敬。同时,这次回到了我少年时代以后一直没有再见的故乡,使我重新接触到内韦尔省的勃艮第的土地,唤醒了我以为已经长眠在心中的过去,和我血肉中所有的哥拉·泼泥翁。我非替他们说几句话不可。这些喜欢说话的家伙生前话还没有说够哩!他们趁着子孙中有一个幸运地有了写作的才能(他们总是羡慕这种本事),就要我做他们的秘书。我尽管多方拒绝他们说:

"老爷爷,你们也有过该你们说话的时候!现在该让我说话了。每个人都该有轮到的时候呀!"

但没有用。他们反驳说：

"孩子，等我说完了你再说吧。首先，你并没有什么更有趣的好讲。你坐下来，听着，不要漏掉一句话……得了，我的好孩子，帮你的老爷爷做了这件事吧！等你到了我们的地步，你就会明白……死了以后，最痛苦的，你知道，就是不能说话……"

有什么办法呢？我只好让步，就把他们口述的写了下来。

现在，写完了，我又自由了（至少我自己认为是这样）。我要继续写自己的思想，除非又有一个喜欢说话的老祖宗打主意从坟墓里跑出来，要我给他的后代写信。

我不敢相信和我的哥拉·泼泥翁做伴会使读者像作者一样愉快。不过，读者至少应该实事求是地看，这本书无拘无束，有啥说啥，没有改造世界或者解释世界的抱负，不谈政治，不谈空想，只是一本"纯粹法国风格"的书。书快活得笑，因为生活美好，书本身也健康。总而言之，正如圣女贞德（在一个高卢故事开始的时候，不可避免地要提到她的大名）所说的，朋友们，"听天由命吧"……

罗曼·罗兰

一九一四年五月

一　圣烛节①的百灵鸟

二月二日

感谢圣马丁②！生意不行了。费力气也没用。我这辈子操劳够了。消遣消遣吧。我现在坐在桌子前面，右边一瓶酒，左边一瓶墨水；面前打开着的一本漂亮的、全新的本子，在欢迎我。我的好孩子③，为你的健康喝一杯，咱们来谈谈吧！楼下，我的老婆在大发雷霆。外面，北风呼号，战云密布。让它们去吧。我的好宝贝，我的大肚皮④，咱们俩面对面待着多么快活！……（我在对你讲话哩，我的通红的醉脸，怪里怪气、笑眯眯的、像歪戴帽子似的、斜长着勃艮第⑤长鼻子的醉脸……）请你说说看，当我再见到你，当我弯着腰，独自一个人把我的老脸从上看到下，当我愉快地巡

---

① 圣烛节，2月2日，天主教纪念圣母玛利亚抱耶稣到圣殿去做祈祷的节日，参加节日的人都排队拿着蜡烛，所以叫圣烛节。
② 圣马丁，保佑哥拉·泼泥翁的故乡的圣徒。
③④ 我的好孩子、我的好宝贝、我的大肚皮，都指哥拉·泼泥翁自己，这本书是用自言自语的日记体写的。
⑤ 勃艮第，法国旧地名，产葡萄酒，是哥拉·泼泥翁的故乡。

视着满脸的皱纹,往事从心的深处涌了上来,好像喝了一大口从我酒窖的底层(这是什么酒窖啊!)取出来的陈年老酒,这时我感到多么奇妙的乐趣!这样幻想一番倒也不难,但是要写下来可不容易!……我哪里是在梦想?我的眼睛张得挺大哩,鬓角上还起了皱褶,平平静静,笑嘻嘻的;让别人空想去吧!我只讲我见过的、说过的和做过的……这不是发了疯吗?我为谁写?当然不是为了出名;我还不那么蠢,谢谢上帝!我还有自知之明……为子孙吗?我所有的这些废纸十年之后还能剩下几张?我的老婆看见纸就冒火,她找到就烧……那么为谁呢?——唉!为我自己。为的自己快活。我不写真要闷死了。我真不愧为我祖父的孙子,他在睡觉之前,要不把他喝下去几瓶酒和呕出来几瓶都记下来的话,就睡不着觉。我也需要聊聊天;在克拉默西①斗嘴的时候,我还没有过足瘾。我一定得把压在心里的话吐出来,像那位替米达斯国王②理发的人那样。不过我不会保守秘密,万一被人听见,有给人当作传播异端邪说而被烧死的危险。但是管它呢!真的是!要不冒点危险,人也要闷死了。我喜欢像我们的大白牛那样,晚上反刍白天吃过的东西。把自己想到的、看到的、捡到的东西,拿来像吃

---

① 克拉默西,哥拉·泼泥翁的故乡,就是作者罗曼·罗兰的故乡。
② 希腊神话,米达斯国王得罪了天神阿波罗,天神使他长了一对驴子的耳朵。他怕别人知道,就把耳朵遮起;他的理发匠发现了这个秘密,忍不住嘴,只好把这个秘密埋在洞里;洞上长了一些芦苇,风一吹过,芦苇就会对过路的人说:"米达斯国王长了驴子的耳朵!"

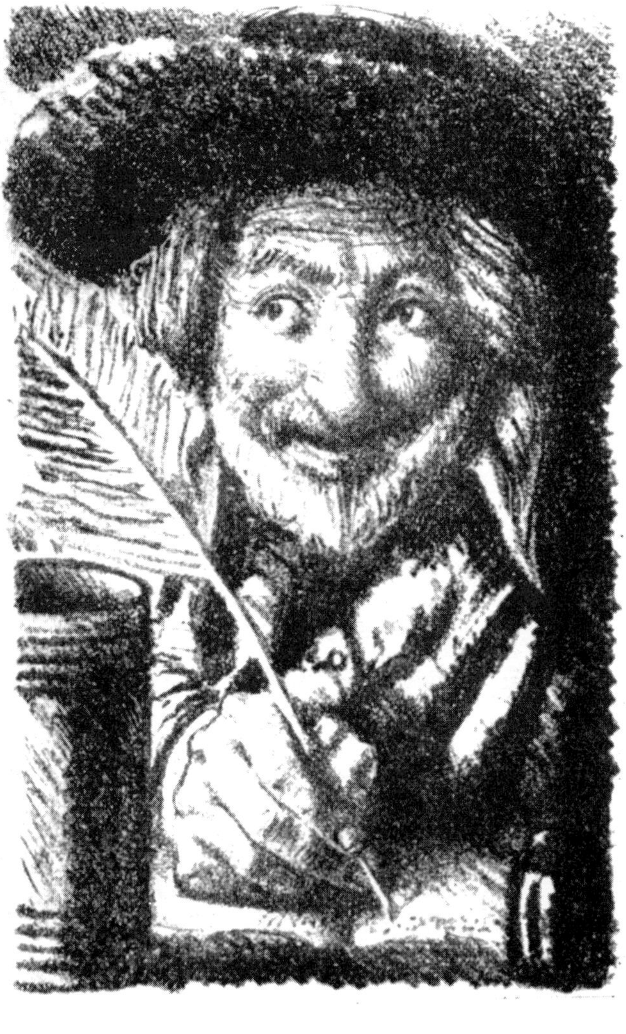

的东西一样摸摸,捏捏,揉揉,这多么惬意啊!匆匆忙忙只抓住飞跑的印象,没有时间来安安静静地欣赏,现在用嘴玩味玩味,尝尝,再尝尝,一面对自己讲,一面让它在舌尖上慢慢消融,这多么惬意啊!周游自己的小天地,对自己说:"这是我的。在这里,我是独一无二的主人翁。天寒地冻,都拿它无可奈何。哪怕国王、教皇、战争,甚至我那喜欢骂人的老婆……"这多么惬意啊!

现在,让我来给这个小天地算算账吧!

* * *

首先,我有我——这真是再好不过——我有我自己,哥拉·泼泥翁,勃艮第的老好人,做人随便,肚皮臃肿,年纪不轻,已经五十足岁,但是背还没驼,牙齿还咬得动,眼睛不花,耳朵不聋,头发虽然已经花白,还是紧紧地栽在头皮上,密密丛丛。我不说我不喜欢头发能变成金黄色的,也不说如果你能使我回到二十年前,或者三十年前,我反而会不高兴。但是十个五年,到底不简单啊!小伙子,笑我吧。不过并不是谁想活五十岁就能活到五十岁的。你以为在这种时候,拖着一副臭皮囊,在法国的道路上走个五十年不算一回事吗?天呀!你知道我们背上晒过多少太阳,淋过多少雨,我的朋友?难道我们不是晒了又晒,淋了又淋吗?在这副上过硝的老皮囊里,我们装进了多少快乐和痛苦、恶作剧、穷开心、经验和错误,多少需要的和不需要的、情愿吃的和不愿吃的、生的和熟的、醉人的和刺人的东西,多少见过的、读过的、知道过的、有过的、生活过的事物！这些东西都堆在我们的肚子里，乱七八糟！到里面搜索一番该多有趣……且慢，我的哥拉！明天再搜索吧。要是今天开始，我可没个完结……现在，还是把我所有的财物来开一张简单的清单。

我有一所房屋，一个老婆，四个儿子，一个女儿（已经出嫁了，谢天谢地！），一个女婿（当然得有一个！），十八个孙儿孙女，一头灰驴，一条狗，六只母鸡和一口猪。哈，我多么富足！把眼镜戴好，仔细看看我的财宝。谈到牲畜，说老实话，我只是凭记忆说说。因为打过仗了，兵士、敌人、朋友，都有死的。猪也阉的阉了，驴子跌跛了，酒窖的酒喝光了，鸡也杀的杀了。

但是老婆，我还有一个，天呀，我还确实有个老婆！你听她在叫喊。真不可能忘记我的幸福：这只凤凰，她属于我，我是她的主人！泼泥翁这个坏蛋！大家都羡慕你……先生，如果有人想要她，你们只消对我说一声！……这是一个节俭、勤劳、诚实、朴素的女人，满脑子道德思想（这却不能把她喂胖，而我这个该死的罪人承认：比起七个有德的瘦个子来，我还是更喜欢一个有罪的胖子……得了，不得已而求其次，有点道德也不错，因为这是上帝的意志）。嘿！她多活跃，我们这没有风韵的玛丽，满屋子只看见她瘦小的身子，寻东寻西，爬上爬下，咯吱咯吱，咕噜咕噜，怨天怨地，骂来骂去，从地窖到顶楼，把灰尘和安宁一起赶跑！我们结婚快三十年了。鬼才晓得怎么搞的！我呢，我本来喜欢另外一位,但那位瞧我不起;她呢,她倒对我有意,我可无意于她。她那时候还是一个头发赭黑、脸色苍白的小个子,两只厉害的眼睛恨不得把我活生生地吞下去,眼珠闪闪发光,仿佛是两颗滴得穿钢铁的水珠。她爱我,爱我爱得要死。她拼命追求我(男人真傻!),我有点为了怜悯,有点为了虚荣,但大半还是因为不耐烦,想要摆脱她的纠缠(好巧妙的办法!),就做了(因为躲雨而跳进水里的小丑),就做了她的丈夫。她呢,这个可爱的人儿却来报复了。报复什么?替她从前的单相思报仇。她要气得我暴跳如雷;至少她想这样;但是这点我倒不怕:我太喜欢安静,我也不那么傻,为了几句话就气得闷闷不乐。下雨的时候,我让天下雨。打雷的时候,我会哼小调。她叫的时候,我就笑。她怎么能不叫呢?难道我还敢妄想阻止她?这个女人!我并不希望她死。反正哪里有女人,哪里就不得安静。让她唱她的歌,我也唱我的。她干吗不设法闭住我的嘴(她才不这样做哩,她知道这样做划不来)?因为她自己也可以唧唧啾啾:各人有各人的音乐。

虽然如此,不管我们琴瑟调不调和,我们依然演出了相当精彩的作品:一个女孩和四个男孩。他们都很结实,四肢齐全,我一点也没有偷工减料。但是,在这一窠鸡雏里,只有一只,我能完全认得出是我的种子,那是我的女儿玛玎,这个小荡妇,这个贱丫头!她给我添了多少麻烦,总算没出岔子,把她嫁出了大门!呜!她现在算是安静了!……但不要以为她是靠得住的;不过这不再是我的事。她叫我提心吊胆，东奔西跑，也忙够了。现在该轮到我的女婿，面包师傅佛洛里蒙，让他去小心门户吧！……我和她每次见面都要争吵；但是我们又比别人更加相投。好女儿，连胡闹时都有心眼，她又老实，只要老实能够使她快活：因为对于她，最坏的坏事就是烦闷无聊。她不怕忙碌：忙碌就是斗争；斗争，那是快乐。她喜欢生活，知道什么是好的；她很像我：因为她是我的骨肉。只是我在制造她的时候，血用得太多了。

我制造男孩子可没这么成功。他们的母亲加入了她那一份，他们的性格就改变了：四个人里面，有两个是顽固的教徒，像他们的母亲一样，这还不算什么，偏偏他们属于两个敌对的派别。一个总和穿黑袍的教士、本堂神甫、假装虔诚的人混在一起；另一个却是新教徒。我也奇怪我怎么会养出这种混蛋来。第三个当兵，老是打仗，到处游荡，我也不太清楚他在什么地方。至于老四呢，真是没出息，简直是太没出息：一个小铺子的老板，无声无息，像只绵羊；一想到他，我就打呵欠。我这家里六个人，只有大家手里拿着叉子、围着餐桌坐的时候，我才看出我的种来。一上了桌，绝没有人打瞌睡，大家同心一意；看起来也真洋洋大观。六个人，上下颚一齐动作，双手同撕面包，不用井绳也不用辘轳，就把酒送下肚子去了。

谈完了动产，现在来谈谈房屋。它也是我的女儿。一砖一瓦，都是我盖起来的，并且不止一次，而是盖了三回，盖在懒洋洋的、油腻、碧绿的、吃饱了青草、泥土和粪便的渤洪河边。一进郊区,走过那道给水淹到肚皮的、蹲着的矮脚狗似的桥,就到了我的家。正对岸,骄傲而轻盈地直立着圣马丁教堂的钟楼,教堂像穿了镶边的裙子,大门上绣了花,直立在又黑又陡的、仿佛是上天堂去的古罗马坡①上。我的蜗居,我的矮屋子就坐落在城墙外面:于是人们每次从钟楼上看见郊外有个敌人而把城门关起时,敌人就到我家里来。虽然我喜欢谈天,这类拜访我还是尽量避免。我总是人溜掉,把钥匙留在门底下。但回来时,我既找不到钥匙,也找不到门:只剩下了四堵墙壁。于是我又重新修建。他们对我说:

"傻瓜!你在为敌人工作。抛弃你的小屋,住到城里来,那你就安全了。"

我回答说:

"不要紧!我待在这里很好。我晓得城墙后面更有保障。但在城墙后面看得见什么呢?只有城墙。那样我真要无聊死了。我还是喜欢自由自在。我要在不工作的时候能够躺在渤洪河畔,从我的小花园里瞧着平静的水中倒影,鱼儿吐到水面的气泡,在水底动荡的青丝草,我要在那里垂钓,洗我的旧衣服,倒我的夜壶。还有,好歹我在这里也待了这么久;现在要换地方也太迟了。将来也不可能发生比过去更倒霉的事。房子,你们说还会再给拆掉。这很可能。我的好先生,我也不敢妄想盖好了就永垂不朽。但是天呀!

---

① 从渤洪郊区上教堂广场的坡子叫古罗马坡。——罗曼·罗兰原注

我在那里扎了根,可不容易把我拔掉!房子我已经盖过两回,还可以再盖个十次。并不是因为盖房子能解闷消愁,而是因为搬了家更会使我十倍地无聊。那我会像一个没有皮的肉体。你们要另外给我一张更美、更白、更新的皮吗?它会在我身上起皱,或者我会使它发裂。别说了,我还是更喜欢自己原来的皮……

现在,总算一下:老婆、孩子、房屋;我不是巡视了一遍我的财产吗?……还剩下最精彩的一部分,我留到最后讲的,那是我的职业。我干的是圣安妮①保佑的行当——细木工。在送殡或迎神的仪仗队里,我举的旗杆上装饰着一把圆规,圆规下面有把竖琴,旗上还绣着耶稣的外婆在教女儿读书;小小的圣母玛利亚虽然没有一只长筒鞋那么高,但已经很有风韵。我有了小斧子、凿子、钻子做武器,手里拿着锯子,就在工作台上宰割节节疤疤的橡树和平平滑滑的胡桃木。我把它们做成什么?这要看我高兴……还要看主顾出钱多少。多少形状像睡美人一般蜷缩着、堆积着,隐藏在树木中啊!而要唤醒林中的睡美人,只要她的情人深入到树林中去。但是我的刨子刨出来的美人并不是那种装模作样的女人。比起随便哪一个意大利人雕塑的、既无前胸又无后臀的、瘦小的狄安娜②来,我还是更喜欢勃艮第的丰满有力的、古铜色的家具,上面刻满了水果,仿佛一株果实

---

① 圣安妮,圣母玛利亚的母亲,玛利亚是耶稣的母亲,所以圣安妮应该是耶稣的外婆。
② 狄安娜,希腊神话中的猎神。

累累的葡萄藤,我还更喜欢一只美丽的大木柜,和照于克·桑班师傅大胆而又奇特的手法雕出来的雕花衣橱。我给房屋穿上木制的新装,镶上花边。我精心雕刻螺旋形楼梯的扶手;在墙壁上适当的地方嵌上宽阔而结实的家具,嵌得天衣无缝,仿佛长在墙树上的苹果。但最过瘾的,是能把我觉得特别可笑的东西描在草稿纸上,不管是一个动作,一个姿势,一道凹进去的腰杆,一个凸出来的胸脯,一些雕花的螺形柱头装饰,一个花环,一些滑稽的人物,或者有时我灵机一动,就顺手把一个过路人的嘴脸刻在木板上。我为了自己开心,也是为了神甫开心,在蒙特亚教堂唱诗坛的板壁上刻下了(这,这是我的杰作)两个小市民对坐在桌前,围着一壶酒谈笑风生,碰杯取乐,还有两只狮子咆哮着争夺一根骨头。

喝了酒又工作,工作了又喝酒,多美的生活!……我到处碰到一些笨伯在抱怨。他们说我不该选择这样的日子来歌颂生活,说这是个沉闷的时代……没有沉闷的时代,只有沉闷的人。幸而我不是这种人,谢天谢地。人们不是在你抢我夺,打得你死我活吗?将来也会是这个老样子。我敢发誓,四百年后我们的曾子曾孙还会同样疯狂地互相抓头发咬鼻子的。我不敢说他们不会发明四十种新的打架方式,打得比我们更高明。但是我敢断定他们不会发明新的喝酒方式,并且敢向他们挑战,看谁比我更会喝酒!……谁知道这些可笑的家伙四百年后要做些什么?也许有了默东教士①的仙草,那神奇的苎麻,他们可能去参观月球、雷池和雨闸,住到天宫里去和天神碰杯喝酒……那太好了,我也要和他们同去。难道他们不是我的种子,不是从我肚子里出来的吗?你们繁殖出去吧,我的小乖乖!我呢,我还是待在老地方更加可靠。谁能担保四个世纪以后,酒的味道还是一样地好?

我的老婆责备我太喜欢大吃大喝。我什么也不嫌弃。我喜欢一切好的东西,好菜,好酒,美好的、有血有肉的欢乐生活,并且我喜欢一面幻想,一面享受着更甜蜜的、温柔得像天鹅绒似的欢乐生活,我喜欢这无为而无不为的神仙岁月!——(人是世界的主人,年轻,美丽,征服了世界,改造了大地,会使草木生长,能和树木、野兽、天神谈心。)——而我更喜欢你,我的老伙伴,你永不会背叛我,我的朋友,我的阿卡特②,我的工作!手里拿着工具,站在工作台前锯着、砍着、刨着、削着、截着、拴着、锉着、捻着、捣着这又好看又结实的、又顽强又驯服的木料,多有趣啊!又滑又腻的胡桃木在我手下颤抖,仿佛是仙女的背脊,金发森林女神的粉红色的肉体、黑发森林女神的金黄色的肉体裸露出来,仿佛是被斧头把她们身上的轻纱削掉了,这是多么有趣啊!准确无误的手、伶俐的指头多么高兴,粗大的手指做出了细致的艺术品!主宰自然的心灵多么高兴,它在木头上、钢铁上或者石头上,刻下了千变万化却又有条不紊的崇高幻想!

---

① 指法国十六世纪大作家,《巨人传》的作者拉伯雷。
② 阿卡特,古罗马大诗人维吉尔史诗中最忠实的朋友。

我感到我是个幻想国的国王。田地给我长肉,葡萄园给我长血。树液的精灵为了我的雕刻艺术,也使我将要抚摸的树木的四肢,长得又长又大,又胖又直,又光又滑。我的双手是一对驯服的工人,它们服从我的师傅、我的伙伴,那就是我的脑子的指挥,而脑子又服从我,我的梦想高兴做什么,脑子就布置什么。有谁比我更享福的吗?多美的小国王啊!难道我还没有权利为我的健康干一杯?当然也别忘记(我不是个忘恩负义的人)祝我的老百姓健康。祝福我出世的那一天吧!地球上有多少值得赞美的东西,看起来真可爱,尝起来真可口!伟大的上帝!生活多么美好!我虽然拼命吃喝,还总是饥饿,还流着馋涎;我恐怕是病了:随便什么时候,只要面对着醉人的阳光和秀色可餐的大地,我的口水总是直流……

* * *

伙伴,别太得意:太阳已经归西;我的小宇宙也成了冰天雪地。冬天这个坏蛋走进了我的房里。我冻僵了的手指夹着笔直哆嗦。上帝饶恕我!怎么!我的酒杯里也结起一层冰来了,我通红的鼻子变得惨白:该诅咒的颜色,死亡的标记!我痛恨灰白色。啊啦!那就活动活动吧!圣马丁教堂的钟声叮叮当当响起来啦。今天是圣烛节……"冬天不是过完了,就是冷得更厉害……"①死缺德的!它冷得更厉害了。那好,就跟它

---

① 法国俗话:"到了圣烛节,冬天不是过完了,就是冷得更厉害。"

一样干吧!到大路上去,和它面对面地斗一斗吧……

好冷!一百根针在扎我的脸颊。北风埋伏在街道转弯的地方,一把抓住我的胡子。痛死我了。感谢上帝!我又满面红光……我喜欢听冻硬的泥土在脚下发响。我觉得十分快活。那些人干吗一副可怜相?又在哭丧?……

"得了!快活,快活点吧!我的女邻居,你愁眉苦脸的在怪谁呀?怪顽皮的风掀起了你的裙子吗?它干得好,它年纪轻;可惜我不年轻!要不然……它咬的正是好地方,好顽童,好馋鬼,它会拣好的吃。忍耐点,多嘴的女人,每个人都得活下去呀……你这么急急忙忙,要跑到哪里去?做弥撒去?上帝保佑你!① 上帝总是要战胜魔鬼的。今天哭的明天笑,今天冷的明天发烧……好,你已经笑了?那一切都好……我,我跑到哪里去呢?跟你一样,也去做弥撒。但不是去教堂,是去郊外。"

我先到我女儿家里,去带小格洛蒂出来。我们天天在一起散步。她是我最好的朋友,我的小小的羔羊,哗啦哗啦的小青蛙。她五岁多了,比老鼠还机灵,比狐狸还狡猾。一看见我,她就跑过来。她晓得我总是背着一篮子满满的故事;她和我一样喜欢听。我拉住她的手。

"来,小东西,我们去迎接百灵鸟。"

"百灵鸟?"

"今天是圣烛节。你不晓得今天它从天上回来吗?"

---

① 原文为拉丁文。

"它在天上干吗?"

"给我们找火。"

"找火?"

"火在天上就成了太阳,在地上就是煮饭的火。"

"那么火离开了我们吗?"

"是的,在万圣节那一天。每年十一月,火要上天去把温暖带给星星。"

"它怎么回来呢?"

"三只小鸟找它去了。"

"讲吧……"

她在路上用小步子很快地走着。她穿了一件暖和的白毛衣,戴了一顶蓝风帽,样子活像一只白颊鸟。她不怕冷;但是她圆圆的脸颊红得像海棠果,可爱的鼻子一直流着鼻涕,仿佛是个水龙头……

"哈,小顽童,揩掉鼻涕,吹掉鼻子里的蜡烛①!是不是因为今天是圣烛节?天上点了灯了。"

"讲下去吧,爷爷,那三只小鸟……"

(我喜欢人家央求我。)

"三只小鸟出发了。这三个大胆的伙伴:鹩鹩、红颈鸟和他们的朋友百灵鸟。第一位:鹩鹩,总是像小大拇哥②一

---

① 流鼻涕像蜡烛流泪。
② 法国童话,一个樵夫有七个儿子,最小的一个身材矮小,外号叫大拇哥。樵夫家里太穷,就把他们抛弃在树林里。小大拇哥在路上丢了一些白鹅卵石,找到了回家的路。后来他又偷了妖魔的飞鞋,使樵夫发了财。

样活泼好动,像阿塔邦队长①一样骄傲,他在空中看见了美丽的火种,好像一粒粟米,在旋来转去。他扑上去,叫道:'我抓住火了!我抓住火了!'另外两位也叫了起来:'我呀!我呀!我呀!'但鹩鹩已经在半路上一口把火种咬住,一支箭似的直往下飞……'救火!救火!他烧着了!'鹩鹩仿佛含着烫口的热粥,把火种从嘴的一边挪到另一边;他受不了,把嘴张开一半,舌头烫破了皮;他把火种吐了出来,藏在小翅膀底下……'啊咿!啊咿!救火!'小翅膀烧着了……(你有没有注意他身上烧焦了的斑点和鬈毛?……)红颈鸟立刻跑上去救他。他啄住火种,郑重地把它放在柔软的背心里。瞧,美丽的背心烧红了,烧红了,红颈鸟叫道:'我受不了,受不了!我的衣服烧起来了!'于是百灵鸟来了,这位勇敢的小朋友,他一把抓住要飞回天上去的火焰,敏捷、迅速、准确得像一支箭,他一直冲到地上,用嘴把美丽的太阳种子埋进冻了冰的田沟里,使田沟高兴得发晕……"

我讲完了我的故事。格洛蒂也像小母鸡似的咯咯说起话来。一走出城,我就把她背在背上,好上山去。天空一片灰白,雪在脚下喀喇作响。瘦骨嶙峋的树木和矮树丛都铺上了又白又软的被褥。小茅屋的炊烟慢慢地笔直上升。除了我的小青蛙在叽叽呱呱以外,听不见任何声音。我们到了山顶。脚下躺着我的故乡,懒懒的溶纳河和顽皮的渤洪

---

① 阿塔邦,十七世纪法国小说《克丽奥佩特拉》的主角,以骄傲著名。

河衣带似的环绕着它。尽管它满头是雪,浑身冰冷,脖子缩起,四肢发抖,但是每次我看见它,它总使我心里温暖……

山色空蒙、水影迷离的故乡……在你周围的斜坡上,罗列着一条条衣带似的耕种了的葡萄畦,好像编织在鸟巢里的稻草一样。植满树木的山冈,重重叠叠,像波浪似的在缓缓起伏;从远处看,一片蔚蓝;人们会以为是汪洋大海。但是这片海洋并没有险恶的波涛,不像那颠覆过伊塔克人尤利西斯①和他的船队的海洋。这里没有风暴,没有漩涡,非常平静。只在某些地方,好像偶尔一阵风吹过,把一座小山的胸膛吹胀了。山势像是一些浪头,两个浪头之间却是一条直线,仿佛船走过后微微动荡的航迹。在远方,韦泽累的玛德琳教堂的钟楼高耸入云,像是海浪上的桅杆。在近处,在曲折多姿的溶纳河转弯的地方,巴塞维勒的岩石从葱茏茂密的树林中突出来,像是野猪吐出的长牙。在群山环绕的峡谷里,素妆淡抹的小城俯身在河岸上,瞧见了她的花园,她的房屋,她的破衣烂衫,她的珍珠财宝,她那粗俗而又匀称的身体,和她戴在头上的玲珑的教堂钟楼……

我就是这样欣赏我的故乡,我自己的蜗居。忽然教堂的钟声从山谷里升起;它清脆的声音有如晶莹的光波,在清新而寒冷的空气中散布。我正在吸进它的音乐,眉飞色舞

---

① 即奥德修斯,荷马史诗《奥德赛》的主角,伊塔克的国王,攻破特洛伊城之后,他回国时,在海上遇到大风暴,船只被颠覆,尤利西斯被大浪抛到海滩上,得免于死,后来在海上漂流了十年才回到故乡。

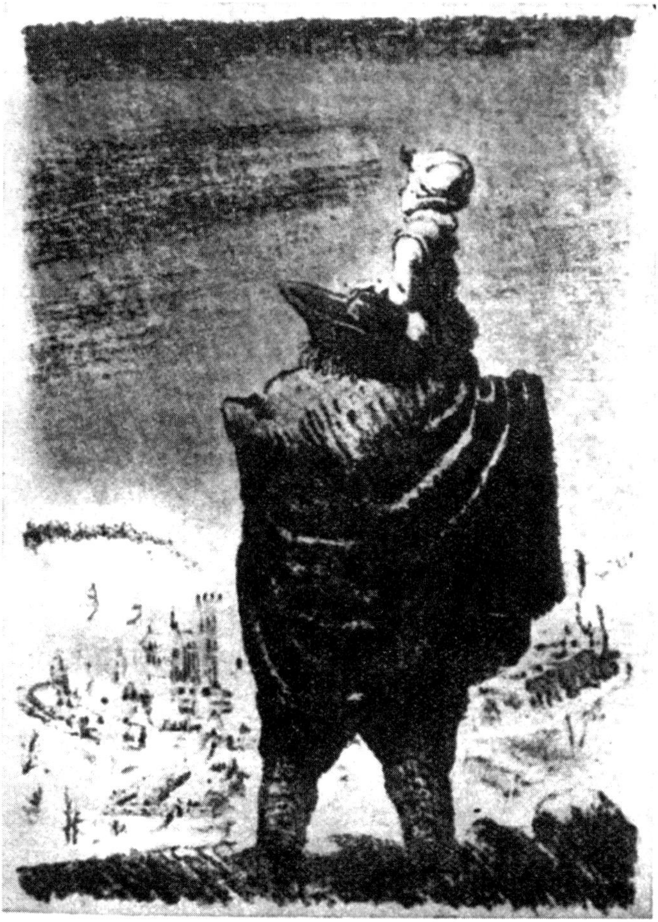

的当儿,瞧,突然一线阳光划破了遮蔽青天的灰色外套。就在这个时候,我的格洛蒂拍手叫道:

"爷爷,我听见了!百灵鸟,百灵鸟!……"

那时候,她娇嫩的小声音使得我也幸福地笑了。我吻着她说:

"我,我也听见了。春天的百灵鸟……"

二　围城,或:牧羊人和狼和羔羊①

"夏木的羔羊,

只要三只,就能逼死一条狼。"

二月中旬

我的酒窖马上就要喝光了。内韦尔公爵派来保护我们的兵士刚刚打开我最后一桶酒。不要耽误时间,赶快同他们一起喝去吧! 要喝光我的家产,我很愿意;但就是喝光也得快快活活。这不是第一次! 神明在上,这也不会是最后一次。

好丘八! 当我告诉他们,酒窖里的酒越来越少的时候,他们比我还更难过……我知道有些邻居正为这事着急。我可不会再着急,我已经麻木不仁了:因为我这辈子悲剧看得太多,不会再把悲剧真当作一回事。自从我出世以来,就不知见过多少这类演悲剧的丘八面孔:有瑞士人,有德国人,有加斯科涅人,有洛林人,这些打仗的禽兽,身穿甲胄,手拿

---

① 牧羊人指官兵,狼指土匪,羔羊指老百姓。

兵器,这些蝗虫,这些凶馋的走狗,永远不知足地吃着老百姓!谁晓得他们为了什么理由打仗?昨天为了国王,今天为了神圣联盟①。一会儿为了旧教,一会儿为了新教。所有的教派都是一样,没有一个好人;吊死他们,我都怕会玷污我的绳子。在朝廷里招摇撞骗的,管他是这个混蛋,还是那个混蛋,和我们有什么关系?不过要是他们妄想把上帝拖下水,做他们的借口……那可不成!好先生,让上帝自己管自己的事吧!他是上了年纪的人。要是你们皮肤发痒,自己搔搔好了,不要搔到上帝头上去。要是他痒,他自己会搔。他又不是折了手,缺了胳臂……

最可恶的是他们要强迫我,要我也去上帝头上动土!……主啊,我崇拜你,并不是我自夸,我相信我们每天见面不止一次,因为高卢有句俗话说得不错:"喝了好酒的人,就能看见真神。"但我从来没有起过念头,像这些假装虔诚的人一样,说我和你很熟,说你是我的老表,说你把一切全都委托给我了。你来说句公道话:我是不是从来不管你的闲事;而我要求你的,也就只是别管我的闲账。我们两个料理家事已经够忙了,你料理你的宇宙,我料理我的小天地。主啊,你造出我来,是让我自由的。我也让你自由。但瞧,这里不是有些小人,硬说我说话做事,都拿你做招牌,还硬说我讲过:你希望人家怎样啃你

---

① 神圣联盟,指十六世纪吉斯公爵组织的天主教联盟,表面反对新教,其实阴谋推翻国王亨利三世。

的老骨头,谁要用另外的方式啃你,我就宣布他是你的敌人,也是我的敌人!……我的敌人?不,我没有敌人。所有的人都是我的朋友。要是他们打架,那是他们自己高兴。至于我呢,我总设法不被牵连进去……是的,只要我能够的话。但是他们可不愿意,这些混蛋。如果我不愿意得罪一方面的人,就要得罪双方。那么好吧,既然在两个阵营之间,我总是要挨打的,那我也来打吧!我也一样喜欢打人。与其老做挨打的铁砧,不如做过铁砧之后,也做打铁的铁锤。

但是谁能告诉我:为什么世界上生了这些衣冠禽兽,这些抢人君子,这些政客,这些大贵族?他们是我们法国的吸血鬼,口里歌颂法国的光荣,却公然把国家的口袋抢光,他们吃完了我们的国库还不满足,还企图吞噬外国的粮库,威胁德意志,垂涎意大利,连土耳其大苏丹的后宫,也想插足进去,他们想要吞并半个地球,但却连在地里种白菜都不会!……得了,安静点,我的朋友,不要肝火太旺,自寻烦恼!一切东西像现在这样都好……除非有一天我们能把它们变得更好(而这当然应该是尽可能地早)。因为没有一种微不足道的东西是没有用的。我听见讲过,有一次,好上帝(但是,主啊,我今天老是谈到您!)同圣彼得一起散步,在贝扬①郊区看见一个女人坐在门口无聊。她是这样烦闷,我们的天父的仁慈的心思索了一下,据说,他从口袋里

---

① 即伯利恒,克拉默西的郊区。——罗曼·罗兰原注

掏出了百来个虱子扔给她,并且说:"接住,我的女儿,拿去玩玩吧!"那个女人清醒过来之后,立刻开始捉虱子;她每逮住一个小动物,就开心得笑了。如果上天为了使我们消遣,把这些两脚动物赏给我们,来刮我们的皮,拔我们的毛,当然,这也同样是上帝的慈悲。因此,愉快点吧,哦,愉快点!有寄生虫似乎也是健康的象征(寄生虫就是我们的主子)。欢乐吧,弟兄们,因为这样说来,没有人比我们身体更康健了……此外,我还要告诉你们(讲句私话):"忍耐点!我们到底不会吃亏。寒冷、冰冻、兵营里和朝廷里的混蛋都只能够横行一时,他们迟早总要滚蛋。而土地可不会走,留得青山在,我们就可以增加生产。只要生产一胎,那就可以补偿……目前,来喝完我这桶酒吧!也得空出酒桶来装新酿的葡萄酒啊。"

* * *

我的女儿玛玎对我说:

"你是个吹牛大王。听你说话,真要以为你除了卖嗓子以外,从来不做别的事情:你荒废时间,谈起天来好像打铃,老也不停,渴了张嘴,站着瞪眼,人家会以为你活着只是为了吃饭,你要像海绵吸水似的喝酒;其实却又不能一天不工作。你要人家以为你是个昏头癫脑、挥霍无度的人,不晓得腰包里进了多少钱,出了多少钱;而假如你的日子不是一个钟头又一个钟头,过得像座闹钟那样准确,你又要生病了;你知道得比谁都清楚,从去年复活节起,你就已经花了多少钱,而并没有谁把你的钱骗走……老天真,假糊涂!瞧瞧那只羔羊!……夏木的羔羊,只要三只,就能逼死一条狼……"

我笑,我不回答我的尖嘴娘娘。她有理,我的孩子!……不过她不该说出来。但是一个女人只肯隐瞒她所不知道的事情。而她了解我,因为她是我生出来的……得了,哥拉·泼泥翁,承认了吧,好人:你白白地装疯卖傻装了这么久,到底不是一个真正的傻子。真的!像每个人一样,你随时准备假装糊涂:但当糊涂有点碍手碍脚,而你需要清醒的头脑来工作,那时你又把它收藏起来。像所有的法国人一样,在你的大脑袋里,理智和条理的本能已经生了根,抛了锚,你可以放心胡说八道,装疯取笑:这没什么危险,只有那些目瞪口呆、想模仿你的人(可怜的糊涂虫!)才会上当。漂亮动听的演说,夸张虚浮的诗句,移山倒海的计划,听起来真惬意:人一听得兴高采烈,心里真个燃烧起来。但是我们最多只会烧掉我们引火的劈柴;大木头还是原封不动,整整齐齐地堆在柴火堆里。我的幻想一高兴也会演戏,而我的理智却很舒服地坐着瞧。一切都是供我消遣。宇宙就是我的剧场,我可以动也不动,坐在安乐椅上观赏;我给马塔摩①或者方卡推帕鼓掌;我欣赏骑士比武和皇家仪仗,并且对这些打得头破血流的人喊:"再来一场!"这都是为

---

① 马塔摩是西班牙喜剧中的人物,时时刻刻夸耀自己杀死摩尔人的功劳。

了我取乐！为了加倍快乐,我也假装参加演出,假装相信这是真事。但是我又做不到,哦咳！我只能够相信那些为了消遣所必须相信的事。我听仙女的故事也是这样——不只是仙女！还有一位重要的天神,在七重天上,在九霄云外……我们非常尊敬他;当迎神的队伍走过街上,打头的是十字架和旗帜,旗上还写着祈祷词,那时我们也在墙上挂起白布。但说句私话……多嘴的人,咬住你的舌头别讲！这闻起来已经有异教徒的气味了……主啊,只当我什么也没说！我向您脱帽致敬……

*　　*　　*

二　月　底

驴子吃完了草场上的草,就说草场用不着再看守了,又去吃(我的意思是说又去看守)另外一个邻近的草场。今天早上,内韦尔公爵的保安队开走了。看起来真叫人高兴,一个个胖得像肥猪那样。我真为我们的伙食自负,我们分别了,口里说着好话,真话却在心里。他们彬彬有礼地说了一千遍他们的心愿,祝我们的麦子长得好,祝我们的葡萄田别冻坏。

"好好干吧,大叔,"住在我家里的军士菲亚克·博拉克对我说,(这是他对我的称呼,而这也不是白赚来的,俗话说得好:"喂饱了我的肚肚,就是我的叔叔。")"不要省力气,葡萄藤要多修剪。到了圣马丁节①,我们又回来喝酒……"

好孩子,总是随时准备帮助一个在饭桌上和酒壶打交道的老实人!

他们一走,大家都觉得轻快。邻居们小心翼翼地打开了自己的秘密酒窖。那些人前几天还面有菜色,饿得只是呻吟,仿佛肚子里有一只饿狼,现在才把藏在粮库的草堆下,或是酿酒坊的地窖里的食物拿出来喂饱它。没有一个人是笨伯,大家都一面叫苦,说自己什么也没有了,一面把最好的酒藏到别的地方。我呢(我也不知道怎么搞的),我的客人菲亚克·博拉克刚走(我把他一直送出了犹德郊区),我一摸头,忽然想起还忘了一小桶夏布利白酒,在马厩的草堆里暖着呢。我很遗憾,你们可以想到;但是事情既然已经错了,也就算了,并且错得很巧,应该将错就错。我也很会将就。博拉克,我的侄子,啊!你的损失太大了!多好的仙酒,多香的气味!……但是你也不会吃亏,我的朋友,我的朋友,你也不会吃亏!我这是为你的健康干杯!

大家都去串门子,从左邻串到右舍。大家都把自己在地窖里找到的东西拿出来给人瞧;并且眨眨眼睛,表示好兆头,互相庆贺好运道。人们也谈到损失和危害(太太们和她们受到的危害)。邻人的损失使自己开心,仿佛减轻了

---

① 圣马丁节,11月11日。

自己的不幸。大家都打听万桑·普吕维约的老婆身体如何。每次军队从城里经过之后,机会真巧!这位骁勇善战的高卢娘儿肚子便大起来,总得把裤带放宽。大家都给万桑这位父亲恭喜,羡慕他精力过人,繁殖迅速,大家都比不上他;我也亲切地开了个玩笑,并无恶意地拍了拍这个走好运的坏家伙的大肚皮,说别人家的肚子都空着的时候,只有他家的肚子还是实实的。这个玩笑很快就传开了,当然大家都笑了起来,不过都很有分寸,笑得低声细气。但普吕维约却把我们的恭维当作恶意,并且叫我顶好还是去看住自己的老婆。我回答说,关于我家那口子,我的运气还好,可以放心蒙起头去睡大觉,不用怕别人来抢走我的活宝。关于这点,大家都一致表示同意。

* * *

开荤的日子到了。虽然酒肉不够,也不能辜负节日。这和全城的名声、我们的名声,都有关系。要是在狂欢节①我们没有吃大酒大肉,克拉默西怎么算得上是以小香肠出名的光荣城呢?人们听见锅里煎东西的声音;一股油香弥漫空中,充塞街头。翻煎饼!抛起来,抛高些,为了我的格洛蒂!……

一阵"咚咚"的鼓声,一阵"佛律佛律"的笛声。笑声,

---

① 天主教规定,在复活节前四十六天不吃荤油,叫作四旬斋。四旬斋前三天是狂欢节,人们吃大酒大肉,并且化装游行。

叫声……这是犹德的筏夫①坐车到古罗马坡游行来了。

走在前头的是音乐队和斧钺手,他们用化装的大鼻子在人群中开路。喇叭式鼻子,长矛式鼻子,猎号式鼻子,吹管式鼻子,长满了芒刺、好像带壳栗子似的鼻子,鼻尖上竖着小鸟的鼻子。他们乱推看热闹的人,乱摸少女的短裙,吓得少女们尖声怪叫。但在鼻子大王面前,一切都得回避,躲开,鼻子大王好像撞墙车一般冲来,又像大炮似的,在炮架上转动他的鼻子。

接着是吃鱼大王四旬斋的大车。车上有形形色色的脸孔,苍白的,发青的,瘦得露骨的,修道士似的,愁眉苦脸的,在风帽下发抖的,或者戴着鱼头的。多少鱼啊!这个人每只手拿着一条鲈鱼或一条鲤鱼;那个人挥舞着炙鱼叉上的一串白杨鱼;第三个人在耍竹签鱼,鱼嘴里吐出一条青鱼,鱼肚子用锯子剖开,里面满是小鱼。我看饱了,消化不了……还有一些人张开了大嘴,把手指伸进去,想把嘴张得更大一点,把挤不进去的鸡蛋拚命往咽喉里塞,塞得喘不过气来(喝口酒吧!)。在车子高头,左边,右边,都有些带着猫头鹰面具,穿着教士道袍的渔夫在钓鱼,他们用钓竿末端的糖果引诱着孩子,顽童们高兴得像小羊般直跳,嘴朝着天,想在空中逮住那些冰糖杏仁或者巧克力糖,嚼吧,嚼吧,逮到就嚼吧!后面,一个扮成魔鬼的人穿着厨师的衣服在

---

① 犹德是伯利恒郊区的别名,克拉默西的"筏夫"住在犹德。"罗马"是克拉默西上城的名字,因为从渤洪郊区上圣马丁教堂广场的坡子叫古罗马坡,所以上城也叫罗马。——罗曼·罗兰原注

跳舞;他舞动一口锅和一把勺,把一勺一勺的杂烩送到六个地狱里的罪人嘴里,罪人都光着脚,戴着棉布帽子,扮着鬼脸,站成一行,头上架着一把梯子。

瞧,后面来了优胜大队,这一天的主角。在火腿堆成的宝座上,熏舌头搭成的宝盖下,出现了香肠皇后,头上戴着大腊肠做成的皇冠,颈上装饰着一串小腊肠做成的项圈,她调情似的用手指玩弄着小腊肠;护送她的卫队都化装成白灌肠和黑灌肠,这些克拉默西的小香肠,在香肠上校的领导之下,比赛时获得了优胜。他们全副武装,拿着炙肉棍和插油针,神气十足,满脸油亮。我也喜欢这些威风十足的人,他们的肚子像个罐子,或者身体像硬壳的夹肉面包,他们好像三贤王①一样,有的捧着一个猪头,有的拿着一瓶黑葡萄酒,有的拿着第戎的芥末酱。在铜管、铙钹、漏勺和油盆的交响乐声中,在群众的嘲笑下,在驴子背上,来了王八大王,我们的朋友普吕维约。万桑,正是他,他当选了。他背朝前、脸朝后地坐着,头上扎着高高的头巾,手上拿着一个高杯子,在听他的卫队讲话,这些撑木排的人,扮成长了角的魔鬼②,肩上背着渔钩或者钓竿,清清楚楚、坦坦白白、毫无忌讳地,用人人都懂的法文,畅谈着万桑家的艳史和他的光荣。万桑也识时务,没有贸然表示得意;他也不在乎,只管

---

① 《新约·马太福音》上说,古代东方三个占星家根据天上的星象,到伯利恒来找救世主,找到了新生的耶稣基督,并且向他礼拜,这三个人叫三贤王。

② 长角的人,等于中国戴绿帽子的人。

喝他的酒,他又灌了一大口;但当他经过一个走同样好运的名人门口时,就举起杯来叫道:"啊嘿,好同行,为你的健康喝一杯!"

最后,在游行队伍的末尾,来了美丽的春天皇后。这是一个娇嫩的少女,脸色粉红,带着笑容,前额润滑,长着金黄的卷发,戴着黄色的莲馨花冠,乳房圆圆,周围交叉地挂着花环,都是从灌木丛中、榛子树上采下来的小绿花。她腰间有一个装得满满的、叮叮当当响的钱包,手里有一个花篮,她在唱歌,淡淡的眉毛竖起,浅蓝的眼睛睁开,嘴巴张得像个圆圈,嘴唇薄得像把尖刀,她用微弱的声音,歌唱那不久就要回来的燕子。在她旁边,在一辆四头大白牛拉着的车子上,有一群青春妙龄的姑娘,这些美丽的顽皮女郎,身段又优美又丰满,还有些情窦初开的少女,像嫩绿的灌木一样到处生长。她们每个人都缺少一块好肉,否则可以填满饿狼的饥肠……这些可爱的丑姑娘!她们或者提着临时的鸟笼,或者从春天皇后的篮子里取出一些东西来,散给看得发呆的观众:有蛋糕,有吓唬人的玩意儿,有包着帽子和裙子的纸包,有杏仁糖,有算命的纸牌,有调情的诗句——也许还有绿帽子。

到了钟楼附近,市场坡子下面,少女们都跳下车来,在广场上,拉着律师事务所的实习生或者店铺的伙计跳舞。而狂欢节、四旬斋和王八大王的队伍却还继续前进,每走二十步就停下来,为了把他们所知道的真理告诉别人,或者去酒杯里寻找真理……

喝吧！喝吧！喝吧！
我们分别能不喝吗？
不能！
勃艮第人不那么笨，
分别之前不喝一阵！

             *   *   *

但是酒灌得太多，舌头也变累赘了，兴致也不那么高了。我让我的朋友万桑和他的卫队在一家酒店的阴处休息。日子太好，不能关在笼子里。还是到野外去呼吸呼吸新鲜空气吧！

我的老朋友夏麻衣管堂神甫坐着一辆驴车，从他的村子里来赴圣马丁教堂总司铎的宴会，他请我陪他走一段路。我就带着格洛蒂，上了小车。这匹小母驴，给它一鞭！……它是这样小，我建议把它也拉上车来，放在格洛蒂和我中间……洁白的大路向前伸展。老太阳在打瞌睡，他自己在他的炉边烤火，我们却没有晒热，驴子也打瞌睡了，并且站住来想心事。神甫恼火了，用土蜂嗡嗡响一般的粗嗓子喊它：

"马德龙！"

驴子吓了一跳，提起瘦腿乱走，在辙道中间左右摇摆，但又重新打住，继续沉思默想，好像没听见我们的咒骂：

"啊！该死的，要不是你背上有十字架的记号，"夏麻衣用手杖的末端刺着驴子的屁股骂道,"我真要拿棍子打断你的背脊!"

为了休息一下,我们就在大路转弯处的头一家客店停了下来,路是通到粉白的阿尔木村去的,村子在明净的水上凝视着自己的纤巧的影子。在附近的田野中央,得意扬扬地直立着一棵大胡桃树,它黑黑的枝丫和光光的躯干,一直插入粉白的天空,在它周围,有一群女孩子在跳舞。跳舞去吧!……她们是给多嘴的喜鹊送狂欢节的油煎饼来啦。

"瞧,格洛蒂,瞧喜鹊穿了白背心,身子伸在巢外,就在高头,就在高头,它在往下瞧!这只爱看热闹的鸟!为了不让任何东西逃过它的小眼睛和它的长舌头,它盖房子既不要门,也不要窗,就在树枝顶上,什么风都吹得进去!它冻坏了,淋湿了,那有什么关系?它什么全看得见。它今天不高兴,神气好像在说:'我才不稀罕你们的礼物哩!乡下佬,把它们带走!你们以为要是我想吃油煎饼,我不会到你们家里拿去吗?吃人家给你吃的东西,多没趣味。我只爱吃我偷来的东西。'"

"那么,爷爷,为什么人家给它的油煎饼上还有丝带呢!为什么要给这个小偷送礼拜节?"

"因为,在这个年头,你要晓得,向坏人讨好不会吃亏,得罪他们可要倒霉。"

"啊,哥拉·泼泥翁,你给了她多么好的教训呀!"夏麻衣管堂神甫责骂我。

"我没有对她说这是好事,我只告诉她这是每个人都做的事,你,管堂神甫,就是头一个。你只管生气吧。当你要对付一个这样的女信徒,她什么全看见,什么全知道,她鼻子到处钻,嘴里装满了坏话,好比一个垃圾箱,为了要她住口,你敢说你不用油煎饼来堵住她的嘴!"

"啊!上帝,要是油煎饼能顶事就好了!"管堂神甫叫了起来。

"我污蔑了喜鹊,它还比女人好得多。至少它的舌头有时还有点用。"

"有什么用呀,爷爷?"

"狼来了的时候,它会叫……"

啊,瞧,话还没有说完,喜鹊就叫起来了。它又咒又骂,拍拍翅膀,飞了起来,不知道它破口而出的臭话骂的是阿尔木村的什么人、什么东西。在树林边边上,它的长有羽毛的伙伴,松鸦夏洛,乌鸦哥拉,也用同样尖锐而激动的声音遥相呼应。人们都笑起来,叫起来:"狼来了!"没有人肯相信。但是人们并不因为不信就不去看看(相信固然是好,看见岂不更妙)……看见了什么呢?……我的天老爷!一伙带着武器的人跑上山坡来了。我们认识他们。就是那些流氓,韦泽累的匪帮,他们知道我们城里没有了保安队,满以为这一下可以出其不意地在窝里逮着喜鹊了(但不是刚才叫的那一只)!……

我请你相信,我们绝不会待在那里,瞧着他们!每个人都叫:赶快逃命!大家你推我挤,拼命奔跑,只恨爷娘少生了两条腿,在路上,在田里,有人肚子扑地,有人仰面朝天。我们三个人都赶快跳上了驴车。马德龙也似乎懂得,立刻像一支箭似的飞奔,夏麻衣管堂神甫拼命用鞭子抽它,他一惊慌,就忘了对背上有十字架记号的驴子应有的尊敬。我们的驴车在高声喊叫的人潮中,左摇右摆地前进,我们满身灰尘,得意扬扬地第一个跑到了克拉默西,后面紧跟着别的逃难人。我们不停地飞跑,车子蹦蹦地跳,马德龙脚不沾地,神甫的鞭子不停地抽,我们穿过了贝扬郊区,口里叫道:

"敌人来了!"

最初,人家看见我们过去,还在笑呢。但是他们不久就明白了。立刻就像在一个蚂蚁窝里,有人刚用棍子搅了一下。每个人都乱奔乱跑,出去,进来,又出去。男人拿起武器,女人打起包袱,东西堆在篮子里、车子里;郊区的居民也抛弃了家园,退潮似的涌进城来避难;那些撑木排的人还没脱下游行的衣服和面具,就带着头上的角、手上的爪子、大大的肚子,有化装做巨人卡冈都亚的,有化装做魔鬼贝泽步特的,都拿着铁钩、渔叉做武器,跑到城墙上去。结果当韦泽累的先头部队兵临城下的时候,吊桥已经挂起,护城河那边只剩下几个没有什么可以损失,因此也不急着抢救的穷光蛋,还有给卫队忘记了的王八大王,我们的朋友万桑,他连咽喉都塞满了,醉得像诺亚一样①,正抓住马的尾巴,坐

---

① 《圣经》上说,诺亚种了葡萄,喝了酒,醉倒在地上。

在马背上,鼾声如雷。

这一下就可以看出法国人和敌人打仗的优越性了。别的笨蛋,德国人、瑞士人,或者英国人,只会动手,不会动脑,要到圣诞节才理解人家在万圣节对他们说过的话,他们真以为我们是在开玩笑;而我甚至不敢让可怜的普吕维约的一小块皮落在他们手里。但在我们法国人之间,说话说一半就全明白了:不管哪里来的人,洛林或是土伦,香巴涅人或是布列塔尼人,博塞的傻瓜,博纳的笨伯,或是韦泽累的兔崽子,大家尽管在打呀,杀呀,但只要是一个快活的法国人,笑的机会绝不错过……一看见我们的西累纳①,整个敌人的阵营都笑起来了,口和鼻子,喉咙和下巴,心和肚子,一起发笑。啊,用圣里果伯的名义起誓,看见他们发笑,我们也都沿着城墙,笑得要死。然后,我们隔着护城河对骂,骂得非常俏皮,像阿亚②和特洛伊人赫克托那样。但是我们骂得还更温和油滑,我本来想记下来,可惜时间来不及;不过我将来总要记到我的本子里去(耐心等一等吧!),十二年来,我把我在这个眼泪之谷的旅途中所听到的、所说过的和所谈到的最滑稽的、最粗野的、最下流的话都收集了起来(要是它们遗失了,那才可惜呢)。只要一想到这些话,我的肚子就要笑痛;我刚才写的时候,还在纸上掉了一大滴

---

① 西累纳,希腊神话中腓尼基的水神,长着马耳朵、马蹄和马尾。后来人们把它画成一个古怪的老头子,醉醺醺的,骑着一头驴子。
② 阿亚,荷马史诗《伊利亚特》中的希腊英雄,他和特洛伊的王子赫克托单独作战,两人整整打了一天。

墨水。

*　　　*　　　*

我们叫骂之后,应该有所行动(动口之后动手,换种活动也会使人得到休息)。但他们和我们都不坚持要打。他们的袭击没有成功,我们已经进入安全区;他们也没有一点爬城墙的欲望,太危险了,会摔断骨头的。但是无论如何,总得做点什么,不管什么都好。他们就点着火药,燃放鞭炮,嗯!瞧!你要多少就有多少!不过谁也不受损失,只有麻雀遭殃。我们背靠着墙,太平无事地坐在矮墙脚下,等他们的子弹飞过去了,再开我们的枪,但是并不瞄准(不应该太暴露自己)。我们也不冒险去看他们,除了听见他们的俘虏叫痛的时候:俘虏大约有十二个,都是贝扬的男子或妇女,他们站成一行,不是面朝城墙,而是背朝城墙,敌人在打他们的屁股给我们看。他们还没挨打就先叫痛,其实痛苦并不太大。我们为了报复,就隐蔽在墙垛后面,用长矛的尖头插着火腿、香肠、猪血灌肠,伸到墙外晃来晃去。我们听见围城的人愤怒和贪馋的喊声,非常开心;为了不放过一点一滴开心的机会(若要引人发笑,啃骨头就要一直啃到骨髓!),到了夜晚,我们还在露天的斜坡上,在屏风似的城墙后面,大摆酒席;我们吃得非常热闹,唱歌,碰杯,为狂欢节而痛饮。这一下他们差不多要气爆肚皮。但是白天过得还不算野蛮,没有太大的损伤。只是我们这边有一个普索的**胖格诺**,喝得太多,想在城墙上走走,手里还拿着酒杯,要向他们示威，却给他们一枪把脑袋和酒杯都打得粉碎。我们这边也打断他们一两条胳臂或大腿，表示礼尚往来。但是我们的好脾气并没有变坏。大家都知道，没有哪一个节日能不打破几个瓶子的。

夏麻衣等到夜了要出城回去。我们对他说也无用：

"朋友，你冒的危险太大了。还是等到事完了再走吧。上帝会照管你的教民的。"

他回答说：

"我无论如何都要和我的教民在一起。我是上帝的胳臂；如果缺了我，上帝就要残废。我敢发誓，在我的教区里，上帝是不会残废的。"

"我相信，我相信，"我说，"你已经证明过了，当新教徒包围你的教区时，你用一块小石头就打伤了他们的队长泼皮法齐。"

"他吓了一跳，"他说，"这个假信教的！我也吓了一跳。我是一个好人，不喜欢看见人流血。这叫人恶心。但是和疯子在一起的时候，鬼才晓得你的身体起了什么变化。人都变成狼了。"

我说：

"这倒是真的，人一成群，就连常识都没有了。一百个聪明人等于一个傻子，一百只羊等于一只狼……但是关于这点，神甫，告诉我，你是怎样调和这两种矛盾的道德的——一个人扪心自问的时候，他要和平，也要同别人和平相处，而一群人，一些国家，却把打仗和犯罪当作美德？这两种道德哪一种是从上帝那儿来的？"

"问得好,问得对！……两种都是。因为一切都是从上帝那儿来的。"

"那么,上帝自己也不知道他到底要什么了。但我相信他是知道的,只是无能为力。假如他只要对付一个个孤零零的人,那倒简单:他很容易使人服从。但是人一成群,上帝也没奈何。一个人能拿大家怎么办？于是他就把人交给大地,人的母亲,大地却把它吃肉的本性输送到人心里去了……你还记得我们那儿的传说:有些人在某些日子是狼,过些日子又披上了人皮。我们的传说比你的祷告书还更有学问,我的神甫。每个人一到国家里又披上了他的狼皮。而国家、国王、他们的大臣,尽管穿着看羊人的衣服,这些骗子尽管说他们是伟大的牧羊人①的老表。其实他们都是大山猫、老公牛,他们的嘴和肚子都是没有什么东西填得满的。为什么？因为我们喂不饱无边饥饿的大地。"

"你说得离题太远了,不信教的人。"夏麻衣说,"狼也是从上帝那儿来的,像别的东西一样。上帝做什么事都是为我们好。你难道没听说过:就是耶稣自己造了狼来保护圣母玛利亚的小花园里长的白菜,怕它给大山羊、小山羊吃掉？耶稣做得对。别再争论啦。我们老是埋怨强者。但是,我的朋友,要是弱者做了国王,那还会更糟哩。所以结论是:一切都好,狼也罢,羊也罢;羊需要狼保护;狼也需要

---

① 指耶稣基督。

羊:因为狼总得吃东西啊……谈到这里,我的哥拉,我要保护我的白菜去了。"

他把道袍往上一束,短手杖往手里一拿,就在星月无光的夜里走了,走前激动地把马德龙交托给我。

往后几天可没那么高兴。我们头天晚上没有算计,贪吃,爱闹,糊糊涂涂吃得太多。粮食已经消耗了不少。不得不束紧裤带;我们真束紧了。但是大家还在虚张声势。猪血肠子吃完了,又另外做了几种:塞糠的肠子,用柏油涂绳子冒充肠子,插在渔叉上面,还在敌人面前耀武扬威。不料这些坏蛋识破了这条诡计。一颗子弹打断了一根肠子,打得正在当中。那时谁笑得更厉害呢?当然不是我们。为了要致我们的死命,这些强盗看见我们从城墙高头向河里钓鱼,就在上下游的水闸那儿放下一些大渔网来拦路打劫。我们的总司铎徒然责备这些坏基督徒不该老让我们吃素。但是没有鱼吃,也只好靠我们自己肚子里的脂肪过日子。

当然,我们可以向内韦尔公爵求救。但是不瞒你说,我们并不急着想再接待他的部队。敌人在城外比朋友在城里对我们的破费还要少些。因此,只要可以不麻烦他们,大家就不开口;这是最好的办法。此外,敌人那一方面也很小心不去惊动他们。大家宁愿双方和解,不愿要第三者参与。大家就不急不忙地开了谈判。同时,双方过的生活都很安分守己,睡得早,起得迟,整天玩球,玩塞子戏①,与其说是

---

① 塞子戏,用球撞倒塞子的游戏。

饿得打呵欠,不如说是无聊得打呵欠,睡得这样多,这样好,我们饿着肚皮反倒长胖了。

大家尽可能地少动。但要孩子们也不动却很困难。这些小鬼总是跑呀,叫呀,笑呀,闹个不休,不断地冒险,爬上城墙,向围城的人伸舌头,扔石头;孩子们也有一支炮队,他们的大炮是木管做的唧筒,带子做的弹弓,有叉头的木棍……在人堆里啪的一下打着这个,一下打着那个!……我们的小猴子又笑又叫;而挨了打的人却气极了,发誓要宰掉他们,并且向我们喊叫,说第一个在城墙上露面的顽童一定要挨一枪。我们答应好好看住他们,但是我们尽管扯他们的耳朵,大声恐吓他们,只要一下没有抓紧,他们就溜掉了。最危险的(我现在想起来还发抖)是在一个傍晚,我突然听见一声叫喊:那是格洛蒂(不可能!谁会想到是她!),这个不声不响、阳奉阴违的小东西,啊!这个死丫头,我的好宝贝!……她刚从斜坡上掉进护城壕里去了……好上帝!我真想给她一顿鞭子!……我只一下就跳上了城墙。我们大家都弯着腰,瞧着……敌人如果要把我们当作射击目标,这个机会真是再好没有;但是他们也像我们一样,正在看着壕沟里的小乖乖,她(感谢圣母玛利亚!)像只柔软的小猫似的滚了下去,没有受惊,反而坐在开满鲜花的草地上,抬起头来望着两边的脸孔,对他们微微一笑,并且摘起花儿来。大家也对她笑了。敌人的指挥官腊尼大人不许任何人伤害这个孩子,这位好人甚至把他自己的杏仁糖盒子抛给她了。

大家的注意力都集中在格洛蒂身上,玛玎(女人真难教养)为了要救她的小羊,也沿着斜坡直奔下来,她连跑兼溜带滚,裙子一直卷到脖子上,骄傲地让围城的人都看见了她的东半球、西半球、天空的四个方位和在天上发光的月亮。她的成功真是辉煌。她一点也不害怕,抱起格洛蒂就吻,并且掴了她一巴掌。

一个高大的兵士被她引诱得兴奋起来,也不听队长的话,就跳下护城壕,一直向她跑去。她等待着。我们从城堡里扔了一把扫帚给她。她一把接住,就勇敢地向敌人走去,左一棍,右一把,"巴里巴达",这位风流汉子吃不消,嘟!呼!他拔腿就逃,吓,赶快鸣金收兵!在敌人和我们的笑声中,我们用绳子把凯旋的女英雄和那小顽童拉上来;我骄傲得像只孔雀,用劲拉起我那勇敢的小娘儿,她又一次把她的月亮展示给敌人看。

谈判还拖了一个星期(一切机会都好聊天)。内韦尔公爵快要来到的假消息,到底使我们达成了协议:总而言之,取得和解还算便宜。我们答应了韦泽累人,下次收获的葡萄给他们十分之一。把现在还没有的,或者将来会有的东西,答应给别人有什么关系……也许将来没有呢;管它怎么样,水总要流过桥底下,酒总要流到我们的肚子里。

因此我们双方都很满意,他们当然更加满意。但是一波乍平,一波又起。恰巧就在订条约的夜里,天上出现了一个奇迹。大约十点钟的时候,奇迹从桑贝尔山后面出来了,它原来蜷缩在那里,现在滑过草原似的星空,向着圣彼得·杜·蒙前进,像条长蛇一般,伸得越来越长。它仿佛是把宝剑,剑尖是个火把,带着冒烟的火舌。剑柄被一只手拿着,五个手指头上都有一个张嘴吼叫的人头。人们看得出来,食指上是个头发随风飞舞的女人头。剑的宽度,在剑柄那儿有二十三四公分,在尖端有七八里涅①;在中段有两英寸三里涅,丝毫不差。它的颜色是血红的、淡紫的,好像腰身上一个发肿的伤口。我们都抬起头来,望着天,张着嘴;大家都听见牙齿打战的声音。我们两边都猜这个预兆针对着哪一边。而我们确信是针对他们。但是大家身上都起了鸡皮疙瘩。只有我是例外。我一点也不怕。应该说我什么也没看见,我九点钟就睡了。我睡觉是遵照历书的指示:因为这是规定吃药的日子;不管在什么地方,只要历书指示什么,我总是遵命照办,毫不反辩:因为这是上天的金科玉律。但是人家既然一五一十都对我讲了,这也就像我自己看见了一样。我就记了下来。

* * *

和约签订之后,敌人和朋友,都欢聚一堂,举行盛大的宴会。好像到了四旬斋的第三个星期四②,破了斋戒,大家痛痛快快地吃一顿。邻近的村庄,为了庆祝我们的解放,也

---

① 里涅,一英寸的十二分之一。
② 四旬斋过了一半,法国人狂欢痛饮,像过狂欢节一样。

来了很多食物和食客。这是一个好日子。沿着城墙摆起了酒席。吃的菜里面有三只烤野猪,肚子里塞满了五香杂碎、鹭鸶肝丁和用落叶松枝熏过的火腿;有大蒜桂香冷兔肉酱和冷猪肉酱;小香肠和千层肚;竹签鱼和蜗牛;牛肚,酒酿黑兔,还没尝到,闻到就先使你醉了;还有落口消融的卤小牛头;大盘的烫口的胡椒炸虾;为了要润喉咙,你可以吃点像醋拌冬葱之类的生菜,喝点夏波特、芒德尔、沃菲尤的土产名酒;要甜品有新鲜的、凝成颗粒的奶油,碰到舌头和上颚就溶化了;还有一种酥松的饼干,像海绵一般,一下就可以吸干一杯酒。

只要有好东西吃,我们谁也不肯放过。感谢上帝,他使我们在这样小的空间,在我们的胃囊里,能堆下这么多瓶酒和这么多盘菜。特别精彩的是韦泽累人随军带来的、韦泽累圣马丁教堂的短耳修士(据说这位大观察家第一个注意到驴子不竖起尾巴就不会叫)和我们的修士(我不说他是头蠢驴)堂·恩纳坎的喝酒比赛,我们这位自认为他一定是鲤鱼或竹签鱼投胎,头世喝水喝得太多,所以现在这样喜欢酒,不喜欢水。总而言之,当我们离开饭桌的时候,韦泽累人也好,克拉默西人也好,大家都比刚上桌喝汤时更加互相钦佩了:只有在吃的时候才能知道一个人的真本领。谁喜欢好东西,我就喜欢谁:他也就是好勃艮第人。

最后,为了使我们的协商圆满结束,当我们正在消化晚餐的时候,出现了内韦尔公爵派来保护我们的救兵。我们哈哈大笑;两边都很有礼貌地请他们回去。他们不敢坚持,

非常窘地走了,好像给羊赶走的狗一样。而我们却互相拥抱着说:

"我们鹬蚌相争,却让我们的保护人得利,真是愚蠢!即使我们没有敌人,天呀!他们也会制造几个,好来保护我们。多谢多谢!上帝,把我们从我们的救命人那儿救出来吧!我们以后会自己救自己啦。倒霉的绵羊!如果只要防备狼,我们还能自卫。但是谁来保护我们,使我们不受牧羊人的掠夺呢?"

三　布雷夫的管堂神甫

四 月 初

路上的不速之客一撤退,我就决定不再耽搁,立刻到夏麻衣的村子里去看看他。我倒不担心他会怎么样了。这个魁伟的汉子会保护自己的!不过,亲眼看见离得远的朋友到底更放心点……此外,我的腿也该活动活动啦。

我没有说什么就走了,我轻轻地吹着口哨,顺着河岸走,河沿着山脚流,山上植满了树。在小小的新叶上,滴着一阵甘雨的小小的水珠,这是春天的眼泪,小雨一会儿停,一会儿又悄悄地下起来。在大树上,一只松鼠在叫春。在草地上,鹅在嘎呀嘎呀地叫。八哥放大了喉咙拼命唱,一只小小的诱鸟也在唱它的"滴滴碧"……

在路上,我决定耽搁一下,去多纳西找另外一个朋友,公证人帕亚先生:我们三个也像美丽、快乐、温雅三女神一样,缺一不全。我在帕亚的事务所里找到了他,他正在文件簿上瞎写着天气如何,他做过什么梦,和他对政治的看法。

在他身边,和一本《法律论》①摆在一起的,是一本打开着的《诺斯特腊达缪斯的预言》②。一个人一辈子都关在屋子里,精神更想逃出樊笼,飞到梦想的平原和记忆的丛林中去;因为没有力量指挥地球,他就想要预知世界上将要发生的事情。有人说,一切都是注定了的:我也相信,但是我得承认,我读《百年预言》,从没有预知过未来,除非是未来已经变成了现实。

一看见我,好帕亚就笑逐颜开;屋子里从上到下都震荡着我们的笑声。我一见他也很开心,这个大肚皮的小个子,满脸麻子,脸颊鼓起,鼻子通红,眼皮起皱,眼睛又灵活又狡猾,神气老是不满,怨天尤人,其实心里非常快活,老是取笑,比我还要滑稽得多。他最高兴的是板着脸孔,给你说一句俏皮的双关话。当他一本正经,坐在饭桌前,拿着一瓶酒,一面请求酒神和笑神保佑他,一面哼着小调的时候,那样子也煞是好看。有我在一起,他非常满意,他用又粗又胖的手拉住我的手,他的手像他的人一样伶俐,用起工具来巧妙得不得了,锉呀,切呀,接呀,削呀。他家里的一切都是自己做的;一切都不美观,但是一切都出自他的手;美观不美观,这都是他的缩影。

他还没有改变他的老脾气,埋怨这个,埋怨那个;我呢,由于喜欢作对,却觉得这个也好,那个也对。他是悲观博

---

① 原文为拉丁文。
② 诺斯特腊达缪斯,十六世纪法国大占星家,著有《百年预言》。

士,我是乐天先生:这就是我们争论不休的老玩意儿。他怨他的主顾;的确应该承认,他们不太热心还他的账:因为有些账算起来已经有三十五年之久;虽然这和他的利益有关,他并不急着要人家还债。另外有些人即使还账也要碰运气,当他们想起来了,就付一点实物:一篮鸡蛋,一对小鸡。这是惯例;要是讨钱就得罪人了。他埋怨着,但是也就这样算了;我相信若是他处在他们的地位,也会同样做的。

幸亏他的财产已经够他用的了。一笔相当丰富的财产还会生息。他所需要的又不多。一个老单身汉;并不追求女人;至于爱吃爱喝,我们的大自然里应有尽有,田地里生产的可以摆成酒席,我们的葡萄田、果子园、养鱼池、养兔场都储备着丰富的食物。他最大的开支是买旧书,他只肯远远地拿着书给人看(因为这个家伙不肯借书给人);还有一笔大开支是花在他的癖好上面。他喜欢用新从荷兰运来的望远镜观察(变幻无穷的)月亮。他在顶楼里,屋顶上,烟囱中间,搭了一个摇摇晃晃的平台,从平台上他认真地观察着运转的星象;他努力想看懂我们命运的天书,虽然什么也没有看明白。他喜欢相信天命,尽管他自己并不相信。这点我了解他:人喜欢从窗口看穿过天空的星星,正如看街上走过的姑娘一样;人家给她们编上几段奇遇,几件艳事,一本小说,管它真的假的,反正这很有趣。

我们讨论了很久,讨论奇迹,讨论星期三夜里在天空挥舞的血红的火剑。各人都按照自己的意思去解释那个奇迹;当然各人也都口沫横飞地①坚持:只有自己的解释是正确的。但到最后我们才发现:他和我什么都没有看见。因为那天晚上,我的占星家恰巧也在他的望远镜前打了一个瞌睡。当人发现不止自己一个是傻瓜的时候,也就不再争执。我们都很乐天知命。

我们一同走了出去,决定了不把奇迹的真相坦白告诉管堂神甫。我们走过田野,仔细看看新发的幼芽,剪成圆锥形的、玫瑰色的矮树丛,筑巢的小鸟,和一只在平原上空的苍鹰,它像轮子一般,在天上团团转。我们笑着谈起从前和夏麻衣开过的一个玩笑。帕亚和我辛辛苦苦地花了几个月的工夫,教会了一只关在笼子里的大八哥唱一支新教的歌子。然后我们把它放到管堂神甫的花园里去。它在那儿真是得其所哉,变成了村子里其他八哥的音乐教师。夏麻衣在念经的时候给它们的合唱吵烦了,在胸前画了个十字,咒骂起来,以为是魔鬼被放到他的园子里来了,他就念咒赶鬼,而且埋伏在百叶窗后,愤怒地用火枪打死了这只恶魔。他却不是完全上了当。因为打死了这个恶魔,他就把它吃掉了。

* * *

我们边走边聊,就到了布雷夫。

布雷夫好像在睡觉。路上的房屋打开了大门,仿佛在

---

① 原文为拉丁文。

春天的阳光中,在过路人的面前,打着呵欠。没有看见人的脸孔,只在沟边看见一个小鬼的屁股,正在纳凉、撒尿。帕亚和我臂膀挽着臂膀,亲密地谈着天,我们沿着一条撒满了禾草和牛粪的道路走向乡镇中心,走着走着隐隐听见一阵仿佛被激怒了的蜜蜂的嗡嗡声。我们走到教堂的广场前,才发现那里挤满了指手画脚、高谈阔论、叽叽喳喳的人群。在他们中间,在管堂神甫的花园半开的大门前面,站着夏麻衣,满脸气得通红,伸出两个拳头,向着他教区的居民大声喊叫。我们竭力想听清楚是什么事;但只听见一片乱哄哄的声音:

"……毛毛虫和小毛虫……金龟子和田老鼠……主啊,请听①……"

夏麻衣叫道:

"不去!不去!我不去!"

群众喊道:

"天啊!你是我们的管堂神甫吗?回答我们:是不是?如果你是(你当然是的),那就应该为我们出力啊。"

夏麻衣说:

"无赖!我是为上帝尽力,不是为你们……"

于是又起了一阵骚嚷。夏麻衣为了结束这场争吵,就当着他教民的面把门关起;在铁栅门外面,还看得见他的双手在舞动,一只手习惯地向他的教民洒着祝福的圣水,另一

---

① 原文为拉丁文。

只却给大地带来了雷霆般的诅咒。最后一次在窗前出现了他的圆肚子和方脸孔,他不能在群众的嘘叫声中使人听见自己,气得无可奈何,只好嗤之以鼻。这时,连百叶窗也关起了。叫嚷的人叫累了,广场慢慢空了;我们从这些疏疏落落的看热闹的人后面,到底溜到了夏麻衣门前,敲起门来。

我们敲了很久。这个顽固的家伙怎么也不肯开门。

"喂!神甫先生!……"

我们叫也枉然(我们不让他听出我们的声音,好寻开心):

"夏麻衣先生,你在家吗?"

"见魔鬼去!我不在家。"

因为我们坚持,他就说:

"请你们给我滚蛋!要是你们不肯离开我的大门,狗娘养的,我就要请你们受一次好好的洗礼!"

他把一壶水几乎泼到我们背上。我们叫了起来:

"夏麻衣,要泼也得泼点酒啊!"

一听见这句话,好像奇迹一般,风暴立刻平息了。夏麻衣红得像太阳般的欣喜的脸孔伸了出来:

"好家伙!泼泥翁,帕亚,是你们呀?我几乎做出好看的事来!啊!死促狭鬼!你们为什么不早说?"

我们的好人一步跨四级地跑下楼来。

"进来!进来!上帝保佑的人!哈,让我拥抱你们!好人,看了这么些野人头之后再看见人脸多舒服呀!你们有没有看见他们刚才蹦蹦跳跳做些什么?他们爱跳多久就跳多久,我才不愿动哪。上楼去,我们去喝一杯。你们该走热了。他们居然妄想要我带着圣体①出去!天不久就要下雨了:那么好上帝和我不都要淋成落汤鸡了吗?难道我们是来服侍他们的?难道我是一个雇工?把服侍上帝的人当作奴仆!真是混蛋!我是来洗刷他们的灵魂,不是来打扫他们的田地的。"

"喂!"我们问他,"你在胡说八道地讲些什么?哪个魔鬼得罪了你?"

"上楼去,上楼去,"他说,"楼上更舒服。但是首先应该来喝一杯。我累坏了,我喘不过气来!……你们说这酒怎么样?当然这不算太坏的。我的老朋友,你们能够想到这班畜生居然敢妄想要我从复活节起,每天去给他们祈祷丰年吗?……为什么不从国王节②起直到新年为止呢?……而这都只是为了要赶掉金龟子!"

"金龟子!"我们说,"的确你真呆得像金龟子。夏麻衣,你真是在胡说瞎扯。"

"我一点也不胡说瞎扯,"他气得叫起来,"啊!这个,这个我受不了!他们发了疯,把我当作攻击的目标,你们反说我疯了!"

"那么,你就冷静一点说个清楚吧。"

"你们真是要我的命!"他气得满头大汗,边擦边说,

---

① 圣体就是酒和面包,象征耶稣的血和肉。
② 国王节,宗教节日,一月初六。

"他们麻烦我们,把我和上帝,上帝和我,麻烦了一整天,为了要我们顺着他们的心去干些荒唐的事,而你们却还要我冷静!……你们要晓得(唔!我的确要气闷死了),这些异教徒一点也不关心永生,他们洗涤灵魂的时候并不比洗脚的时候多,却苛求他们的神甫能掌管天晴下雨。我必须能够命令太阳和月亮:'热一点,下点雨,够了,不要太多,来个温和的、不刺眼的、有云遮蔽的小太阳,来阵微风,但是千万不要下霜,还要浇点水,主啊,这是为了我的葡萄园;停,尿撒够了!现在,我需要一点火……'要依这些混蛋的话,上帝似乎并没有什么事情要做,他在祈祷的鞭策下,就会像园丁的驴子一般转动磨盘,打起水来。还有(这是最妙的!)他们彼此意见又不一致:一个要雨,另外一个却要太阳。瞧,他们把圣徒都攀出来帮忙!那边有三十七个呼风唤雨的。走在前头的是手拿长矛的撒尿大王圣梅达尔。另外一边只有两个:拨开乌云的圣雷蒙和圣迪埃。但来增援的有驱风的圣布累兹,解冻的克里斯托夫,吞雨的瓦累廉,斩雷的奥雷廉,放晴的圣克累尔。天上也起了冲突。这些大人物都在挥动老拳。瞧,圣苏珊、圣海伦和圣斯科拉斯提克正在揪着发髻。连好上帝也不知道帮哪一个圣徒才好。要是上帝都不知道,他的教士能够知道什么呢?可怜的神甫!……总而言之,这不是我的事。我只是在这儿转达祈祷而已。执行不执行要看老板。所以要是这些无赖不把我卷入天上的纠纷的话,我是什么也不会抱怨的(虽然,说老实话,这样崇拜偶像也真令人厌恶……我温和的主耶稣啊,难道你死了也无济于事吗？）。但是（他们发疯了！）他们妄想把我和十字架当作驱邪符，来赶掉侵蚀他们田园的小虫。有一次要赶走仓库里偷谷吃的老鼠，于是排队迎神，念咒驱邪，祈祷圣尼凯兹。那是十二月一个冰冷的日子，地上的雪堆得有背脊那么高：我因此患了腰部神经痛……后来又要赶毛毛虫。于是祈祷圣洁特律德，排队迎神。那是三月的事：正在融雪，忽然下了一阵骤雨，夹着冰雹，我一淋雨嗓子就哑了，从那时起直到现在还在咳嗽……今天又要赶金龟子，又要排队迎神！还一定要我围着他们的菜园走（头上是火热的大太阳，大块乌云好像要产子的苍蝇，雷雨马上就要暴发，我要是去了，回来准得感冒）。并且要我一面唱着圣歌：'你们这些无法无天的东西，你们要被驱逐出境，片刻也不能停①……'可是被驱逐的可能是我自己哩！……'你这个浸礼教徒夏麻衣，外号馋鬼，现任管堂神甫。'……不去，不去，不去，多谢多谢！我才不忙着去呢。这种玩笑开得多了，再好也会使人厌倦。请问，应该是我来赶走他们田里的毛虫吗？如果金龟子妨害了他们，那就让他们自己去赶吧，这些懒汉！假如你帮助你自己，上天就会帮助你的。自己束手不动却对神甫说：'干这个，干那个！'那是太便当了。我只做上帝和我自己喜欢做的事：我要喝酒。我要喝酒。你们也来喝吧……至于他们，让他们包围我好了，要是他们高兴的话！我才不在乎，伙计们，我敢赌咒：他们

---

① 圣歌的原文有一半为拉丁文。

围住我的房屋,绝不会比我坐在这张安乐椅上的时间更久。让我们来喝酒吧!"

*　　　*　　　*

他喝着,因为气力和口才消耗太多而疲倦了。我们也像他一样,把酒杯举到嘴边,杯底朝天,通过酒杯看着天空和我们的命运,天空和命运似乎都是粉红的、乐观的。有几分钟肃静无声。只有帕亚的舌头在喷喷响,夏麻衣的粗脖子里,酒在发出咕噜咕噜的声音。夏麻衣一饮而尽,帕亚却慢慢啜着。酒一流到胃里,夏麻衣就发出"哼"声,抬起头来望着天空。帕亚却瞧着他的杯子,从上看到下,从暗处看到亮处,啜着,吸着,用鼻子,用眼睛,和用嘴一样地喝着。我呢,我同时欣赏着饮料和饮酒的人;我的快乐因为他们的快乐,因为观察他们而增加了:又喝又看;这真是胜过王宫的御宴。但我并不因为看就不迅速敏捷地把酒喝干。我们三个步调整齐;没人落后!……但是谁想得到?当我们算账的时候,头一个一口气跑到柜台前的,却是公证人先生。

在酒窖的香露浸润了我们的咽喉,恢复了我们的活力之后,我们的灵魂如花怒放,脸孔也笑逐颜开。我们肘腕倚着打开的窗户,心醉神迷地观赏着田野的新春,愉快的阳光照着纺锤形的、正在吐新叶的白杨,隐藏在山坳里的溶纳河在草原上转来转去,好像一只在和自己尾巴玩耍的小狗,河上升起了捶衣、洗衣和母鸭嘎嘎的回声。夏麻衣一开心,就捏着我们的胳膊说:

"生活多么好啊,尤其是在这个地方!感谢天上的上帝使我们三个都生长在这里!还可能有什么更可爱,更可喜,更感人,更动人,又丰满,又有味,又温柔,又优美的呢?我真快活得要流泪了。简直恨不得一口气把这个世界吞下去!"

我们正点头表示同意,他却突然反过腔调来说:

"但是为什么上天会起这个鬼念头,在这个地方生出这些畜生来?上帝当然有理。他知道他造出来的是什么,应该相信……但是我得承认,我宁愿相信他是搞错了,我宁愿要我的教民到魔鬼那儿去,或者随便去什么地方,秘鲁也好,土耳其也好,我都不管,只要他们不在这里!"

我们对他说:

"夏麻衣,天下的教民都是一样的。这些人也罢,那些人也罢!换些人又有什么用?"

"大概,"夏麻衣接着说,"他们生来不是让我拯救,而是来救我的,因为他们强迫我在世上受苦赎罪。我的老伙伴,同意了吧?没有什么职业比乡下管堂神甫更倒霉的了,他多辛苦才能把神圣的真理装进这些笨伯的硬化了的脑袋里去。我们枉然用福音的精华来喂养他们,要他们的孩子吸收教义:但喂的奶刚进口里,又从鼻子里出来了;这些大饭桶需要更粗糙的粮食;他们有时也模模糊糊地说一声'福哉',嘴角边漏出一两句祷告,或者像驴子叫似的唱着晚祷,虽然他们的灵魂又饥又渴,但是嘴里从来没有吐出任何圣言。他们的心和肚子几乎没有接受任何圣教。从前如此,以后还是如此,他们永远是纯粹的教外人。几世纪以来,我们徒然想消灭田里、河里、树林里的精灵和神怪;徒然想吹熄这些地狱里的火焰,为了在黑暗的宇宙里,可以看得见唯一真神的光明,但是我们吹了又吹,甚至吹爆了脸和肺,也扑不灭这些地上的精灵,可恶的迷信,物质的幽灵。橡树的老根,会转的黑石头,仍然是这些鬼类藏身之处。虽然我们已经斩尽杀绝,铲完烧光,除了多少迷信的对象!但是一定还得翻转高卢的每一块泥土、每一块石头,翻转孕育了我们的整个大地,才能消灭附在它身上的魔鬼。即使这样恐怕还是做不到。这个该诅咒的大自然真是无法控制:你砍断它的手足,它又长出翅膀。杀死一个神怪,却又生出十个。在这些野蛮人看来,一切都是天神,一切也是魔鬼。他们相信夜里变狼的巫师,没有头的白马,黑母鸡,人头蛇,家神和魔鸭……那么,请你们告诉我,要对付这些从诺亚方舟里逃出来的没头没腿的怪物,就是圣母玛利亚和虔诚的木匠的善良的儿子①又有什么办法!"

帕亚先生回答说:

"伙计,'有眼看别人,没眼看自己'。你的教民头脑糊涂,这点没有问题。但是你呢,难道你比他们头脑清楚?神甫,没有什么可说的了;因为你一切都像他们一样。你的圣徒难道比他们的精灵、神仙高明?……有了一个三位一体、一位三体的上帝和圣母还不够,还一定要在你的神庙里摆

---

① 指耶稣基督,耶稣的父亲约瑟是木匠。

上一大堆穿裤子和穿裙子的小天神,来代替那些被打烂了的偶像,补充那些空出来的神位。但是这些天神,不,真神上帝啊!他们比不上原来那些。人家不知道他们从哪里来的;他们到处都钻出来,好像蜗牛一样,手工都做得不好,像下等人,又肮脏,又残废,洗得不干不净,遍体鳞伤,满身瘤子,给虫咬过:一个露出一只流血的断臂,或是大腿上发亮的烂疮;另一个卖弄风情,发髻上深深地挨了一刀;这一个摆出散步的姿势,头挟在胳膊下面;那一个扬扬得意,手里摇晃着自己被剥下来的皮,好像拿着一件汗衣。不谈别的,神甫,就谈你自己供奉的圣徒,那位在你教堂里高踞主位的、在柱子顶上苦行修道的圣西蒙吧,他四十年就靠一条腿支持,站在柱子顶上,真像用一只脚站着的鹭鸶!"

夏麻衣跳起来叫道:

"住口!谈别的圣徒还可以!我并不管他们。但是,不信教的人,这一位却是我的,我是在他的教堂里。我的朋友,说话要客气点!"

"那么,撇下你那长脚水鸟儿不谈(因为我是你的客人),请你告诉我:你对科比尼修道院院长的看法如何,他硬说他有一瓶贞女①的奶;还有你觉得塞米宰勒先生怎样?他有一天泻肚子,就把圣水和圣骸②的粉末当作洗肠药用了!"

---

① 指圣母玛利亚。
② 圣水指酒,圣骸指面包,代表耶稣的血和肉。

"我的看法是,"夏麻衣说,"你自己,你这只刻薄鬼,假若你肚子痛,大概也会这样干的。至于科比尼修道院院长,所有这些修士,为了要抢我们的生意,只要他们做得到,都会开起铺子来出卖大天使的奶、小天使的乳酪、高级天使的黄油。不要谈这些人了!修士和教士,那是狗和猫似的对头。"

"那么,神甫,你不相信这些圣物?"

"我不相信他们的圣物,但是相信我自己的。我有一根圣迪耶特琳的肩骨,可以检验水疱疹病人的小便和面色;还有圣埃士甫的方顶门骨,能够赶走羊肚子里的魔鬼……请你别笑好吗!新教徒,你还在笑?那么你什么也不相信?我有证明文件(只有瞎子才会怀疑!我去找来),在羊皮纸上签了字的;你就会知道,你就会知道它们不是捏造的。"

"你坐着吧,你坐着吧,别去拿你的证明文件。你自己也不相信,夏麻衣,你的鼻子在翕动……不管什么骨头,不管哪里来的,一根骨头总是一根骨头,崇拜它的人总是崇拜偶像。一切东西都该各在其位:死人就该在坟墓里!我呢,我相信活人,相信现在是大白天,相信我在喝酒讲理——并且讲得非常有理——我相信二加二等于四,地球只是在运转的宇宙中的一个不动的星球;我相信吉·科基伊①,如果你愿意的话,我可以从头到尾对你背诵内韦尔的《风俗集》;我也相信点点滴滴地累积了人类的学问和经验的书

---

① 吉·科基伊,十六世纪法国法学家,坚决反对神圣联盟。

籍;尤其重要的是,我相信我的理智。自然(不用说)我同样相信圣言。没有一个谨慎的聪明人会怀疑它的。你满意了吗,神甫?"

"不,我不满意,"夏麻衣叫了起来,他当真激怒了,"你是不是加尔文派？相信异端邪说,胆敢乱攀《圣经》,居然教训教堂,还以为(你们这些阴险的家伙!)可以不要管堂神甫?"

这一下轮到帕亚生气了,他抗议说,他不许人家说他是新教徒,他是个好法国人,正统派的天主教徒,但是他也通情达理,既不精神失常,也不手足残缺,中午不戴眼镜一样看得清楚,他叫傻瓜做傻瓜,叫夏麻衣做三位一体或者一位三体的傻瓜(随他自己高兴怎么叫),并且为了崇敬上帝,他崇敬理智,因为理智是上帝发出的最灿烂的光辉。

* * *

说到这里,他们不再说话,喝起酒来,一面嚇着嘴,嘟哝着,两个人都把肘腕倚着桌子,转过身去,背对着背。我呢,我却哗啦一声大笑起来。于是他们才发现我这么久什么话也没有说,我自己也直到这时方才发觉。在这以前,我一直忙着瞧他们,听他们,欣赏他们的争论,用眼睛和脸孔模仿他们,低声学他们说话,嘴巴不出声地动着,好像兔子咀嚼白菜一样。但是这两个发了疯的雄辩家竟逼着要我宣布我同意哪一个。我就回答说:

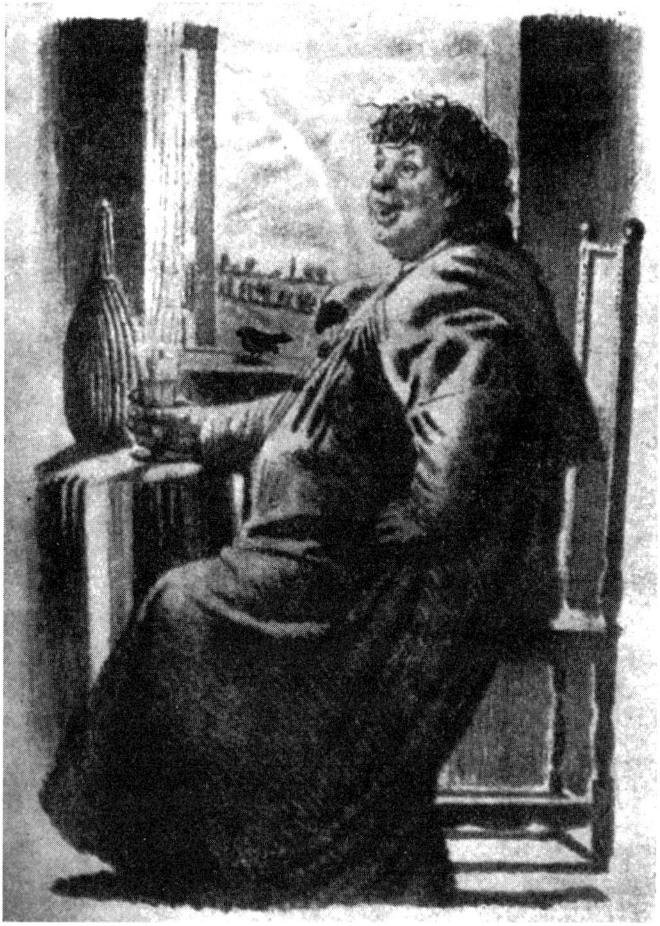

"我两个都同意,再多几个我也同意。不再有什么可以讨论的吧?傻瓜越多,就笑得越厉害,人越笑得厉害,就越聪明……我的伙伴,如果你们要知道你们有多少东西,开始就应该把东西的数目一行一行地写在纸上;然后,再把这些数目加起来。为什么不把你们稀奇古怪的想法都加在一起呢?整个加起来也许就等于真理。如果你想独占真理,真理就要嘲笑你了。幼稚的人,对世界的解释不止一种:因为每种解释都只能说明问题的一面。我拥护你们所有的神,异教徒的也好,基督教的也好,此外,我还特别拥护理智之神。"

听到这些话,他们两个都联合起来反对我,怒气冲冲地叫我做怀疑派、无神论者。

"无神论者!你们要怎么样?还想要我怎么样?你们的一神也好,多神也好,唯一的清规也好,无数的戒律也好,难道还想管到我家里来?让他们来吧!我会接待他们:我什么都接待,因为我是好客的。我非常喜欢好上帝,更喜欢他的圣徒。我爱他们,崇敬他们,会对他们微笑(他们是些好人);他们不会拒绝和我聊聊天的。但是,对你们坦白说,我承认,一个上帝对我是不够的。这有什么办法呢?我贪多……你们却要我节约!我有我的男圣徒、女圣徒,我的仙女和精灵,天上的、地上的、树上的和水上的神仙;我相信理智;也相信疯子,疯子才看得见真理;我还相信巫师。我很喜欢想象悬在空间的地球像个钟摆似的在云霄里来回摆动,我还想摸一摸这座宇宙的大时钟,把它的精密机件拆开又装上。但这并不是说我不喜欢听天堂的蟋蟀和圆眼星星的歌唱,偷看月亮里的樵夫……你们耸肩膀吗?你们是维护秩序的。嗯!秩序当然有它的价值!但它并不是毫无所需,而是要报酬的。秩序是不做自己想做的事,而做自己所不想做的事。这是挖掉一只眼睛,好让另外一只看得更加清楚。这是砍掉树木,好让大路笔直通过。这样便利倒是便利……但是好上帝!这是多么难看啊!!我是一个老高卢人:我们有许多主子,各有各的法令,大家都是兄弟一般,各人只顾自己。你愿意相信就相信你的,我相不相信,请你让我自便。尊重别人的理智吧。特别是,我的朋友,千万不要冲撞别人的天神!否则,他们会像蒸气似的喷出来,像雨点似的洒下来,天上,地下,头上,脚下,世界都会被他们挤满,好像怀胎母猪的肚子。我可是尊重所有的天神。我还准许你们给我再带几个来。但是你们可别妄想从我这里拿一个回去,我也决不遣散一个;除非这个坏蛋确实过分地辜负了我对他的信任。"

帕亚和神甫都怜悯我,他们问我怎么能在这片混乱之中找到道路。

"我非常容易找到,"我说,"所有的小路我都熟悉,可以随便走来走去。当我一个人穿过森林,从夏木到韦泽累去,你们以为我还需要走大路吗?我闭着眼睛都可以在偷猎者的小路上来来去去;也许我最后一个回到家里,但是无论如何,我带回家的猎物袋总是满满的。袋子里一切都整整齐齐、分门别类地排列着,各得其所:好上帝在大教堂里,圣徒在他们的小教堂里,仙女在田野间,理智在我的头脑中。他们相互都很了解:各有各的配偶、职务和地盘。他们并不服从一个专制的国王;而是像伯尔尼的先生们和其他的加盟者之间的关系一样,他们组织了联邦。他们有些弱的,有些强的。但是不要太相信这一点!人们有时也需要弱者来反对强者。当然,好上帝比仙女们强。但是他仍然需要小心对付她们。好上帝一个人并不比大家都强。强中更有强中手。吃人的人被人吃。真的。人家总不能使我不想到:至高无上的好上帝,还没有人看见过呢。他在很远、很高的地方,真是高,真是远。像我们的国王陛下一样。大家只认识他的部下,他的总管和助手(这可认识得太清楚了)。但是他自己呢,总待在他的卢浮宫里。今天的好上帝,每个人都祈祷的那一位,就好比孔齐尼大人①……不要堵住我的嘴,夏麻衣!好吧,为了不叫你生气,就拿我们的好公爵内韦尔大人来打比方。上天祝福他吧!我是又尊敬他,又爱戴他的。但是在卢浮宫的陛下面前,他就一句话也不说,老老实实地做事了。就这样也好!"

"就这样也好!"帕亚说,"但是事情并不是这样。唉!还差得多呢!'主人不在面前,仆人原形毕现。'自从我们的国王亨利②死后,王国落到妇人手里去了,王爷们都和纺锤,和纺纱的人玩了起来……'王爷的游戏使他们高兴得

---

① 孔齐尼,意大利佛罗伦萨人,法国王后玛丽·德·美第奇的宠臣,贪婪无能,1617 年被杀死。
② 指亨利四世,在位二十一年(1589—1610),死后由王后玛丽·德·美第奇摄政。

忘了一切……'这些盗贼就去大养鱼池里钓鱼,把苏利大人①保管的金银财宝和兵工厂保险柜里未来胜利的资本都偷光了。啊!报仇的人快来吧,要他们把吞下去的金子吐出来!并且要叫他们的脑袋分家!"

谈到这点,我们说了些话,为了谨慎起见,还是不记下来的好;因为唱到这支老调,大家的意见都一致了。谈到穿裙子的王爷,穿拖鞋的假信教徒,肥胖的教长,无所事事的修士,我们也唱出了一些变调。但是我应该说:关于这个题目,夏麻衣出口成章就唱出了最漂亮、最出色的歌子。我们的三人合唱继续合着拍子进行,三个人异口同声,主题由甜如蜂蜜的转到苦如胆汁的,由假装信教的转到过分信教的,转到各色狂热的信教徒、加尔文派、天主教徒、头脑简单的人,这些蠢材为了强迫别人接受上帝的爱,以为可以用棍子或短剑,把爱打进或刺进别人的皮肉里去!好上帝又不是驴夫,要用棍子来赶我们走。谁愿意死后进地狱,就让他进地狱好了!难道还一定要他活着的时候受罪,活着也要把他烧死?谢谢上帝,让我们安静点吧!让在我们法国的每个人都活着,每个人也让别人活着!最不信上帝的莫过于基督徒了:因为他要烧死异教徒,而上帝却是为了所有的人活着才死的。再说,最坏的人和最好的人,算起总账来,都不过是两只可怜虫:既不值得骄傲,也不必太残酷;这两只虫很相像,好比两滴水一样。

---

① 苏利,亨利四世的财政大臣。

后来谈累了,我们就唱起歌来,三个声音抑扬顿挫地唱着赞美酒神巴克科斯的圣歌,这是我、帕亚和神甫毫无异议、一致拥护的唯一天神。夏麻衣高声声明:他喜欢这位天神,甚于路德教和加尔文教所有的肮脏修士传道说教时,翻来覆去地讲到的其他天神。巴克科斯,他呀,他是一位人人承认的、值得尊敬的天神,一位有来历的、有法兰西血统的天神……不仅如此,我亲爱的弟兄们,他还是基督教的神:因为在某些古老的画像上,耶稣不也是画成一个用脚踩葡萄的巴克科斯吗?因此,朋友们,喝一杯吧,为了我们的救世主,为了我们基督教的巴克科斯,为了我们欢笑的耶稣,因为他美丽的、深红的血液流进了我们的葡萄园,使我们的葡萄、口舌和灵魂都变得甜蜜芬芳了,因为他把温和的、近情的、慷慨的、善良的、讥讽的精神,灌入了我们头脑清楚、见识卓越、血液优良的法兰西!

* * *

讲到这点,我们就碰杯庆贺法国人卓越的见识,这种愉快的见识嘲笑一切过度的东西("聪明人总坐在两个极端之间"……因此他时常坐在地上),这时,很响的关门声,楼梯上沉重的脚步声,叫着"耶稣!约瑟夫!福哉"的喊声,大口的喘息声,向我们宣告埃洛伊丝·曲雷太太冲进来了,人们把这位管家婆叫作神甫夫人①。她喘着气,一面用围

---

① 在法语中,曲雷太太和神甫夫人同音。

裙的尖角擦着她的宽脸,一面呼喊:

"啊啦!啊啦!救人,神甫先生!"

"喂!大笨蛋,什么事呀?"神甫不耐烦地问。

"他们来了!他们来了!又是他们!"

"谁呀?还是那些排队到田里去的毛虫吗?我对你说过,不要再提我的教民,这些异教徒!"

"他们威吓你!"

"我才不在乎呢。他们威吓什么?到教会审判官面前告我一状?去吧!我已经准备好了。"

"唉!我的先生,要只是告一状就好了!"

"那是什么呢?你说!"

"他们在那边,在大皮克家里,搞人家说的那套画符念咒、驱邪赶鬼的把戏,并且唱着:'快走吧,田老鼠和金龟子,快离开我们的田地,去把神甫的菜园和酒窖吃光!'"

听见这些话,夏麻衣跳了起来:

"啊!这些该死的!到我的菜园里来,他们的金龟子!还要到我的酒窖里来……他们要谋杀我!他们什么不会发明出来呢!啊!主啊!圣西蒙啊!来救救你们的管堂神甫吧!"

我们想要叫他放心,我们笑得厉害!

"笑吧!笑吧!"他对我们叫道,"如果你们处在我的地位,我的聪明人,你们就不会笑得那么高兴了。唉!真是,假如我是你们的话,我也会笑的:多便当啊!但我真希望看见你们得到这个消息,并且准备饭桌、酒窖、卧房,来接待这些无赖！……他们的金龟子！真恶心……还有他们的田老鼠！……我不要这些东西！但这真伤脑筋！"

"喂！怎么？"我对他说，"你不是他们的管堂神甫吗？你怕什么？叫他们念的咒失灵好了！难道你知道的不比你的教民多二十倍？难道你不比他们本领大？"

"唉！唉！我什么也不知道。大皮克很阴险。啊！朋友们！啊！朋友们！这是多么坏的消息！啊！这些强盗！……我本来多么安心，多么有把握！啊！什么也靠不住！只有上帝伟大。我有什么办法？我给逮住了。他们抓住了我……我的埃洛伊丝，快去，跑去叫他们停住！我就来，我就来，不能不去！啊！这些恶棍！等我碰到他们倒霉的时候，也要叫他们尝尝滋味……现在（只好照办①……）我是在过他们的三十六关！……得了，一定得去喝掉这杯苦酒。我就去喝。苦酒我也喝过不少！……"

他站起来。我们问道：

"你到哪里去呀？"

"去参加扑灭金龟子的十字军。"他回答说。

---

① 原文为拉丁文。

四 偷闲的人,或:一个春日

四 月

四月啊,你这春天的苗条的女儿,瘦瘦的小闺女,你有迷人的眼睛,我在杏树的花枝上,看见你蓓蕾似的细小的乳房,在我窗前,在我园中,雪白的树枝新吐出的淡红的、尖尖的嫩芽,正被清晨的阳光抚摩着。多美的早晨!想到人们将要看到,正在看到这样一天,这是多么幸福!我站起来,伸伸我的老胳膊,感到在紧张的劳动过后,身体虽然有点酸痛,却很舒服。最近半个月来,我的学徒和我,为了要弥补被迫停工的损失,已经使我们刨子下面的刨花不断地飞舞,木料不停地歌唱。但不幸的是我们对工作的热忱远超过了顾客购买的热忱。唉!人家不来买,订了货的人更不忙于付款;我们的钱已经用光;钱袋空空如也;但是我们的胳膊和我们的田地却还是有血有肉;土地总是好的,不管孕育我的土地,还是我生活在上面的土地,都是一样。"多耕种,多祷告,多劳动①;那么,你就等于做了国王。"

---

① 原文为拉丁文。

这样说来,克拉默西人都做了国王,或者将来都要做国王,真的,一点不假:因为从今天一早上起,我就听见磨坊的水车"哗啦哗啦"响,铁匠店的风箱"格札格札"叫,铁锤在铁砧上"叮叮当当"地飞舞,菜刀在砧板上剁骨头,马在水槽里喷鼻子,鞋匠在敲钉子和哼小调,马车在路上走,马蹄在"巴地巴托"地跑,马鞭在"喀喇喀喇"地作响,过路的人在胡聊,人声,钟声,总而言之,劳动城市的大动脉在跳,发出了"啊杭"的喊声:"我们的天父①啊,在等你赐给我们面包②的当儿,我们还是自己来做每天的面包吧!这样更加稳当……"在我头上是蔚蓝的春天的晴空,春风正在追逐白云、暖和的太阳和寒冷的空气。人们会说……这是返老还童了!青春展开了双翼,从遥远的过去飞了回来,又要在我这颗苍老的、期待着它的心里待下来,好像燕子要在屋檐下重新做窝一样。好一个浪子,它回来的时候人家多么喜欢它啊!比当初还更喜欢它,更疼爱它……

这时,我听见屋顶上的风信鸡在咯吱作响,还有我的老妻也在咬牙切齿、尖声怪气地不知道对什么人叫些什么,也许是在叫我(我没有听)。但是青春却给她吓跑了。该死的老母鸡!……她一生气(我是说:我的老妻),就跑下楼来对着我的耳朵吹喇叭似的叫起来:

"你在那里干吗?该死的懒鬼!两只手晃来晃去,瞪着眼睛望天空,张开的嘴巴像个洞!你那稻草人的模样真

---

①② 原文为拉丁文。

能吓跑天上的鸟;你在那里等什么?等一只烤熟了的百灵鸟掉到你嘴里来呢,还是等燕子掉眼泪?在这个时候,我却累得要死,喘着气,流着汗,拼着老命,劳碌得像一匹老马,为了服侍你这只王八!……得了,软弱的女人,这就是你的命运!……但是不对,不对,因为上天并没有说过我们应该吃尽苦头,而男人却该游手好闲,从这里荡到那里;我要他也吃苦,我要他也受气。要不然,要是这个混蛋只管寻开心的话,那上帝真是对人不起!侥幸还有我在这里,要完成上帝神圣的意旨,还有我呢。你笑完了没有?快工作去,要是你想锅里有熟饭吃的话!……嘿!瞧他到底听不听我的!你去还是不去?"

我带着温和的微笑说:

"当然去啦,我的美人儿。这样美丽的早晨待在家里,真是罪过!"

我回到工场,对学徒们喊道:

"朋友们,我需要一块弹性好的、又柔韧又结实的木料。我要到刘家木厂去看看他堆栈里有没有好木板。走吧!卡尼亚!罗宾纳!一起去挑选吧。"

他们和我一道走了。我的老婆又在叫喊。我说:

"唱你的吧!"

但最后这个劝告是不必要的。多好的音乐!我也吹起口哨来给她帮腔。好卡尼亚却说话了:

"喂!老板娘,人家会以为我们是要出远门了。只不过是刻把钟就要回来的嘛。"

"这个无赖干的事,"她说,"谁说得准!"

  *   *   *

那时已经打九点钟了。我们到贝扬去,路并不远。但是经过渤洪桥时,我们停了下来(也该问问别人的身体如何呀)招呼费杜、加丹和外号叫作好约翰的谭克,他们正开始过他们一天的生活,坐在河堤上看流水。我们谈了一阵子天气好坏,然后乖乖地又上了路。我们是有良心的人,走的是最直的路,我们也不和任何人谈天(其实在路上也没有碰见任何人)。只是(我们对大自然的美是敏感的),我们赞美了天空、春天的新芽、城壕里一棵正在开花的苹果树,我们瞧瞧燕子,站住脚,讨论风向……

半路上,我想起今天还没有拥抱格洛蒂呢。我就说:

"你们先走一步。我要打一个弯。我们到刘家木厂再碰头吧。"

我到了我的女儿玛玎家门口,她正在用大桶的水洗铺子,一面不停嘴地说长道短,和这个人说,和那个人说,和她的丈夫、孩子、学徒说,和格洛蒂,还加上隔壁两三个饶舌妇说,她和她们一起笑,把肚子都笑痛了,还在不停嘴地说,说,说。她洗完了,还没有说完,就走了出来,把一桶水一下全都泼到街上。我只差几步路就要进门,正站住来欣赏她(她能使我心怡目悦,多么健美的女人!),半桶水就泼在我的腿肚子上。她笑得更开心了,我呢,我却笑得比她还响。啊!好一个漂亮的高卢娘儿,她竟当面嘲笑我哩,她的黑头

发遮住了前额,眉毛很粗,眼睛灼人,红得烫人的嘴唇,好像炭火,鼓起来又像李子!她袒胸露臂,衣服也轻佻地卷起,走出来说:

"好哇!总算没全泼在你身上吧?"

我回答说:

"也差不多了;不过我倒不在乎水,只要不强迫我把它喝掉。"

"进来吧,"她说,"洪水里逃出来的诺亚,种葡萄的诺亚。"

我走进去,看见格洛蒂穿着短裙,坐在柜台底下,身子蜷作一团。

"早哇,小面包师傅。"

"我敢打赌,"玛玎说,"我猜得到你为什么这样早就出门。"

"你准猜着,你知道为什么,你是吃她的奶长大的嘛。"

"是母亲?"

"难道还有别人?"

"男人真是懦弱!"

佛洛里蒙恰巧走了进来,听了这话,以为是说他,神气非常难堪。我就对他说:

"这是说我。你别生气,我的孩子!"

"你们两个都有份,"她说,"你别想一个人独吞。"

佛洛里蒙总保持着他受了损伤的尊严。他是一个真正的老板,从来不许人家笑他;因此当他看见玛玎和我两个人的时候,他就不放心了,总是带着怀疑的眼光偷听我们两张笑口里说出来的话!唉!无辜受冤的人!人家以为我们多么喜欢戏弄人啊!

我就傻里傻气地说:

"你是在开玩笑,玛玎;我知道佛洛里蒙在他家里是主人;他不像我一样受人欺侮。并且他的太太也温存体贴,千依百顺,说话做事都有分寸。好女儿!她真像我,我一向是个懦弱、柔顺、受人欺侮的可怜人!"

"你挖苦人挖苦够了吧!"玛玎说,她又跪着擦方砖,擦窗户,一股劲儿地擦(我在按摩哩,我在按摩哩)。

我们一面工作(我呢,我只是在瞧她工作),一面滔滔不绝地发表了些精彩而放肆的妙论。铺子里充满了玛玎的动作、声音和她勃勃的生气,而在店里首,佛洛里蒙却缩在一个角落里,愁眉苦脸,假装正经。他和我们在一起总是局促不安;尖锐的话会刺伤他,太俏皮的话也是一样:这都有损他的尊严;他不懂得人要健康才笑。他的身材矮小,脸色苍白,身体消瘦,性情乖僻;他喜欢埋怨一切;觉得什么都不好,当然啰,因为他只看见自己。他用一块手巾围着他鸡颈一般的瘦脖子,神气显得不安,眼珠东溜西转;最后说了:

"这里四面都有风,好像在塔顶上一样。所有的窗子都打开了。"

玛玎并不打断他的话,只是说:

"嘿!怎么,我闷死了。"

有几分钟光景,佛洛里蒙还想支持下去……(说老实

话,他真冻得够受,好像嘴里吐的都是凉气)……最后他怒冲冲地走了。这个蹲着的轻薄娘儿却抬起头来,又怜悯又讥诮地说:

"他又回到他的面包炉里去了。"

我调皮地问她和她的面包师傅合得来吗。她怎么也不肯说他们合不来。啊!这个小贱人,如果她上了当,你就是把她切成四块,她也决不承认。

"为什么?"她说,"为什么我们合不来?他很合我的口味。"

"是呀,我也想要尝尝。不过你的嘴太大了,"我说,"一块小面包一下就进了肚子。"

"有什么,"她说,"都应该满意。"

"说得好。不管怎么样,如果我处在那块小面包的地位,我承认我也会放一半心了。"

"怎么?这并不必担心,我做生意向来诚实无欺。只要他也一样!要不然,若是他欺骗了我,我早告诉过他:不等一天过完,我就叫他当上王八。各人有各人的权利。他有他的。我也有我的。所以,只要他安分守己!"

"他最安分守己了。"

"嗯,你也应该看看他见了漂亮的闺女就如何抱怨自己命苦啊!"

"啊!醋瓶子,我真没有搞错,你就是那个骂雕的刁妇,你骂了那只从天上带圣旨回来的雕。"

"我知道的雕不止一只,"她说,"但都是没有毛的;你说的是哪一只？"

"你不知道这只雕的故事吗？"我说，"刁妇们派雕去见我们的天父，要求刚出娘胎的娃娃就会用自己的两条腿走路。好上帝说：'我也同意（他对娘儿们很殷勤）。我只要求可爱的女教民一个小小的交换条件：那就是从此以后，太太、小姐、小姑娘，都只许一个人睡一张床。'这只雕忠实地把回信带回来了；它回来的时候我不在场；但我知道这个信差听到了些好听的话！"

玛玎蹲着，地板也不擦了，哈哈大笑起来；然后推着我叫道：

"老油嘴！你比芥末瓶子还辣，满口胡言，满嘴流涎！走吧，走吧！胡说八道的人！你这个人有什么用？你说！只会浪费时间！嘿，赶快滚蛋。等一下，给我把这只没尾巴的小狗也带走，你的格洛蒂，她老缠着我的大腿，刚把她从面包炉旁赶走，我敢打赌，她又把爪子伸到面团里去了（你瞧她鼻子上还有面粉）。快滚，你们两个都给我滚，让我们自在些，死鬼，让我们做事，否则我就拿扫帚来……"

她把我们赶到门外。我们两个很满意地一起到刘家木厂去。但在溶纳河畔，我们又待了一会儿，瞧人家钓鱼。我们也提提意见。当浮漂沉下去，或从一平如镜的绿水里钓起了蹦蹦跳跳的鲤鱼时，我们也非常高兴。但格洛蒂看见缠着鱼钩的蚯蚓仿佛笑弯了腰，却带着一点难过的神气对我说：

"爷爷，它很难过，它要给鱼吃掉了。"

"呃！我的小宝贝，"我说，"当然啦！给鱼吃掉是一件不太愉快的事。但是不必想它了。还是想想那条吃它的好鱼吧。鱼会说：'真好吃！'"

"假如人家吃的是你呢，爷爷？"

"那我也会说：'我很好吃！走运的坏蛋！啊！这个吃我的快活人运气多好呀！'瞧，我的孩子，这样一来，爷爷是永远知足的！吃也罢，被吃也罢，只要把事情在头脑中搞通了就无所谓了。一个勃艮第人总是觉得一切都好的。"

这样聊着天，不知不觉就到了刘家木厂（还不到十一点呢）。卡尼亚和罗宾纳在等我，他们静静地躺在河岸上；罗宾纳倒有先见之明，他带了钓竿，正在引诱鱼来上钩。

我走进了木料厂。只要我一看见前后左右都是一丝不挂、赤裸裸地躺着的好木料，锯屑的香味一冲进我的鼻子，天呀，我承认，时间可以和流水一同流走，我才不管呢。我抚摩树木的大腿，永远不会发腻。我爱树木甚于爱女人。各人有各人的癖好。我虽然明明知道将要拿走哪一根木料，但还是舍不得走。如果我在土耳其苏丹的市场上，看中了二十个裸体美女中我最爱的那一个，你以为我对那个美人的爱情，就能阻止我顺便尝一尝其余十九个美女的可餐的秀色吗？我才不那么傻哩！要是当我看见美色反而应该闭起眼睛的话，为什么上帝要给我这双好色的眼睛呢？不，我的眼睛是张开的，像车马出入的大门一样。什么都进得去，一点也不漏掉。并且我这个老滑头看得出狡猾的女人的皮里阳秋，她们的欲望，她们的坏心眼和不正经的念头，我也看得出粗糙的树皮或光滑的树皮底下包藏着的灵魂，它会像鸡雏一样脱壳而出的——倘若我愿意孵孵它的话。

卡尼亚等我挑选木材等得不耐烦了（这是一个恨不得生吞活剥的小伙计，只有我们老头子才懂得咀嚼玩味），就和溶纳河对岸几个荡来荡去的，或者在贝扬桥上一动不动地站着的筏夫，东一句西一句地搭起话来。我们这两个郊区的鸟雀可能不同，但风俗习惯倒是一样的：白天坐在桥边，屁股好像生了根，再不然就去邻近的小酒店，喝喝酒润喉咙。渤洪人和伯利恒人谈话总是开玩笑，这也是老习惯。那些犹德的先生们把我们当作乡下佬，叫我们做勃艮第的蜗牛，或者是吃肥料的人。而我们呢，我们也回敬他们的好意，称他们为"癞蛤蟆"或"尖嘴鱼"……我说我们，因为我听见别人念经，不能不念"阿弥陀佛①！"这样才算礼尚往来。不管谁对你说话，你都应该回答。我们规规矩矩地交换了几句好听的话之后（听，那不是午祷的钟声吗！我吓了一跳……啊嘿！时间呀，啊嘿！你的流沙钟漏得太多了吧！……），我第一请我亲爱的筏夫帮卡尼亚和罗宾纳把木料装车，第二②，请他们把木料运到渤洪。他们大叫起来：

"该死的泼泥翁！你倒真不客气！"

他们虽然大叫，但还是照样做了。其实他们心里喜欢我。

---

①② 原文为拉丁文。

我们飞跑回去。别人站在店铺门口,看见我们经过,都赞美我们的热忱。但当我的车驾到了渤洪桥上,发现费杜、加丹、谭克三个懒汉,依然忠实地在瞧着流水的时候,我们的腿就停了下来,而舌头却灵敏地开动了。他们瞧不起我们,因为我们做了一点事。我们也瞧不起他们,因为他们什么事也没做。于是这些歌唱家的老调都唱出来了。我呢,我在角落里的界石上坐了下来,等他们唱歌比赛结束,好颁发奖品。忽然一个声音在我耳边叫了起来:

"老坏蛋!你到底回来了!好吧,你来对我讲讲,从九点钟起,从渤洪到贝扬,你的时间是怎么过的?懒鬼!真倒霉!若不是我逮住了你,你什么时候才回来?回家去,死家伙!我的饭都烧焦了。"

我说:

"奖品应该给你。朋友们,你们白白地争鸣了半天:谈到唱歌,比起她来,你们真是小巫见大巫了。"

我的夸奖使她更加得意。她又再表演了一支。我们叫道:

"好极了!……现在,回去吧:你在前头走,我在后头跟。"

* * *

我的老婆回去了,她牵着格洛蒂的手,后面跟着两个学徒。我也乖乖地,但是不慌不忙地跟着走,忽然从上城传来一阵欢乐的人声、喇叭声和圣马丁教堂钟楼喜庆的钟声,我这个嗅觉灵敏的老家伙立刻猜到有什么新鲜的好戏可看。打听一下,原来是阿玛济大人同收人头税和人头附加税的税务官的女儿,吕克丝·德·尚波小姐的婚礼。

为了要看婚礼的行列进入教堂,瞧,他们都拔腿飞跑,一步跨四级地爬上城堡前的广场。你们想想看:我会不会是最后一个才跑的人!这不是一件天天都有的喜事啊。只有谭克、加丹、费杜这些懒汉才不屑挪动他们钉在河边的屁股,他们说:他们乡下人才不去拜访城堡里的绅士哩。自然,我也爱摆架子,自尊心也很高。但是为了自尊就牺牲娱乐……我可不干,我的爱人!你爱我的方式和神甫爱我的方式不相上下:他在我小时候用鞭子抽我,还说是为了我好……

虽然我一口气就爬上了圣马丁教堂前的三十六级台阶,我到广场时还是太迟了(多倒霉啊!),没有看见婚礼的行列进去。只好(这是再也不能错过的)等他们出来了。但是这些该死的神甫听他们自己唱圣歌老没听够。为了消磨时间,我就和缓地挤着柔软的大肚子和肉蒲团,挤得满身大汗,总算挤到了教堂大门口,却发觉我被肉垫子夹住了,仿佛躺在床上,睡在鸭绒被里,非常暖和。要不是在这神圣的地方,我承认我真会起些不正经的念头。但是在这里必须严肃,玩笑也得看时间和地点;应该严肃的时候,我会严肃得像只驴子。不过人有时候会露马脚,驴子也忍不住喊叫。今天我就叫了:因为我虽然虔诚谨慎,但当我张着嘴,为了看清楚贞洁的吕克丝如何愉快地献身给阿玛济大人的时候,猎神可以作证,四管猎号忽然随着行礼的仪式吹了起来,向猎艳的人致敬;可惜只缺几条猎狗:真是遗憾。我呢,我吞下了笑声;自然啦,我忍不住吹起口哨来(但是声音很低)。只是到了决定命运的那一片刻,新娘对好奇的神甫所提的问题回答:"愿意",并且愉快地,在鼓起的脸颊上响起了吻声,宣布猎物已经被擒,这太过分了,我就叫道:

"啊啦哩!"

你们想想看大家会不会笑!但教堂的警卫却皱着眉毛来了。我赶快把身子一缩,从两行屁股中间溜了出来。

我又回到了广场上。在那里我并不缺少同伴。大家都像我一样,都是值得尊敬的人,会用眼睛看,会用耳朵听,相信别人一眼看到的东西,还会用舌头瞎讲那些不一定亲眼看见的事情。上帝知道我是不是有这种眼睛、耳朵和舌头!……要说谎,并不一定需要来自远方。因此,时间过得很快,至少对于我是这样,不久,教堂的大门在风琴声中又打开了。猎艳的队伍出现了。扬扬得意地走在前头的是阿玛济,胳膊挽着他捕获的猎物,猎物转动着母鹿一般的、美丽的眼睛,左溜右转,装模作样……呃!还好不是我负责保管她,这个漂亮的姑娘!谁愿找麻烦就找麻烦去吧。谁娶了风骚娘儿就得戴绿帽子……

但是我不再有心去看猎人和猎物,猎夫和猎婆,甚至没有心去描写(这并不是为了吹牛夸口)新郎的礼服和新娘的长袍的颜色;因为就在这一片刻,我们的精神和注意力都集中在一个严重的问题上,那就是宾客的行列中谁走前谁走后的次序问题。他们告诉我：在进来的时候（啊！可惜我不在场！），公爵府的审判官兼检察官已经和捐了市长头衔的议员大人，像两只公羊似的，在大门口冲突过。不过市长更胖更壮，先进去了。现在是要知道他们两个谁先出来，谁先在神圣的教堂大门口露面。我们在打赌。但是谁也没有出来：婚礼的行列好像一条斩成两段的长蛇，头在继续前进，身子却没有跟上。最后，我们挤得快到教堂了，才看见大门里面，左右两边，这两只愤怒的畜生正在拼命阻止对方先出去。因为在神圣的地方他们不敢喊叫，我们看见他们鼻子翕动，嘴唇嚅动，眼睛睁大，背驼得像个球，前额起皱，气喘如牛，脸颊鼓起，而这一切都没有发出一点响声。我们笑痛了肚皮；一面打赌一面笑，我们也分成了两派。上了年纪的人支持审判官，他是公爵大人的代表（谁想要别人尊敬自己，总劝人尊敬别人）；年富力壮的小伙子却支持市长，他是我们的自由的保卫者。我呢，我要看他们两个谁把另外一个揍得更厉害，我就支持谁。大家都叫起来，各人给自己那一边助威：

"嘶！嘶！干吧，小胖子先生！咬他的耳朵，佩托大人！这儿，这儿，扼住他的咽喉！加油！使劲点，小驴子！……"

但这两只懒鬼只是冲着鼻子吐出怒气就算了，并没有挥老拳，当然啦，他们怕损坏他们漂亮的衣裳。这样看来，这场争执可能永远不得了结（因为他们满口直喷热气，反正也不用怕嘴上会生冻疮），要不是神甫大人担心赶不上筵席的话。神甫说：

"我亲爱的孩子们，上帝听见你们，酒席等着你们；无论如何，不该要酒席等人，不该要天主在他的教堂里听见我们发脾气。有脏衣服也拿回家去洗吧……"

如果他没有这样说（因为我什么也听不见），至少他的意思应该是这样：因为我最后看见他的两只大手抓住他们的后颈窝，使他们两个鼻子挨近了一下，接了个和解的吻。然后他们并排出去，仿佛两条大腿中间夹着一个神甫的肚子。出来的不是一个主子，而是三个。主子争名夺位，老百姓可不会吃亏。

* * *

他们都走过去了，都回到城堡里去吃他们赚到的这顿酒席去了；我们这些大傻瓜却还待在广场上，张着嘴，围着我们瞧不见的锅子，仿佛要把酒席的气味都吞下去似的。为了更满足我的欲望，我请人家告诉我上的是什么菜。我们三个好吃鬼：可敬的特里佩、博德坎和在下泼泥翁，每听见人家报一个菜名，就相视一笑，彼此用肘腕推一下腰身。我们称赞这盘菜，评论那盘菜：酒席还可以做得更好一点，要是请教了像我们这样有经验的行家里手的话；但是这顿酒席到底既没有出偏差，也没有犯错误；总而言之，非常体面。谈到一盘炖兔肉，我们各人都讲各人的炖法，而在旁边听的人也补充几句。但在这个问题上，不久就爆发了一场争辩（这些题目抓着了人心的痒处；只有坏蛋谈到这个问题才能冷静)。佩琳纳太太和雅科特老板娘之间的争辩特别激烈,她们是两个劲敌,都在城里办大酒席。各人都有一派,两派都认为自己在酒席桌上压倒了对方,争得煞是好看。在我们这些城市里,好酒席就是老板们显身手的地方。争辩虽然也是我的嗜好,但光听见讲别人本领如何高强,自己却不能一试身手,实在没有什么比这个更没趣的了;我并不是一个能长久用思想的精华和吃不着的菜影子来喂饱肚皮的人。所以当我听见可敬的特里佩对我说(这个可怜的家伙也熬不住了!):

"谈烹调谈得太久,泼泥翁,就像一个爱人光是口里空谈爱情一样。我不能再谈了,哎呀,我要饿死了,朋友,我在发烧,要烧死了,我的肠子也在冒烟。快灌灌我的肠子,喂喂那只在啃我的肚皮的食虫吧。"

我很高兴,就说:"这个问题不难解决。包在我身上好了。要医肚子饿的毛病,最好的药方就是吃,这是一位古人的名言。"

我们一起去大街转角那家富贵餐厅:因为要回家嘛,已经两点多了,我们谁也不愿;特里佩也和我一样,怕回去看见冰冷的菜汤和沸腾的老婆。今天当集,餐厅都挤满了。不过要是单独一个人坐一桌吃得更自在的话,那和好伙伴们挤在一起就吃得更热闹:因此,不论怎样吃都是好的。

有一段很长的时间,我们两个都不说话,除非心里自言自语①,因为我们正在全心全意、大吃大嚼一盘白菜煮咸肉,

---

① 原文为拉丁文。

咸肉煮得又红又烂,味道真香,落口消融。这时再来上半升红酒,使我眼睛不再迷迷糊糊,仿佛看见下毛毛雨似的:因为我们的古人说得好,吃饭不喝酒,那会弄瞎眼睛看不见的。吃了喝了之后,眼睛也看清楚了,喉咙也洗干净了,我又可以重新开始好好考虑什么是人,什么是生活,吃饱之后,人和生活都显得更美了。

在隔壁桌子上,一个郊区的管堂神甫和一个老农妇面对面地坐着,农妇的背圆得像个龟壳;她弯着腰,一面说话,一面把头缩进壳里去,她的头扭在一边,脸却故作温柔地向神甫抬起,仿佛在做忏悔一般。而神甫呢,他也侧着身子,彬彬有礼地听她,其实什么也没听见,她每行一个礼,他也很客气地回一个礼,但吃的东西却一口也不放过,他似乎在说:"得了,我的教女,我赦免你①。你所有的罪都赦免了。因为上帝是宽大的。我也吃得很好。因为上帝是好的。而这根黑灌肠却更好。"

坐得再远一点的是我们的公证人彼得·德拉沃先生,他正在款待他的一个同行,他谈到金钱、道德、银子、政治、合同、罗马……共和国(他在拉丁文诗句里是共和党;但在实际生活中,这位谨慎小心的中产阶级人物却是国王的忠仆)。

在餐厅里首,我的游荡的眼光,好像在鸟巢的深处找到了小鸟似的,发现了佩兰厨师,这位骄傲的科尔沃的佩兰穿

---

① 原文为拉丁文。

着一件浆硬了的蓝罩衫,他的眼光恰好同时也碰上了我的,他又惊又喜地叫了起来,站起来喊我。我敢发誓他从开头就看见了我;但是这个狡猾的家伙没有出声,因为我给他做了两个好胡桃木的衣橱,他两年来一直没有给我钱。这时他走到我面前,请我喝一杯酒:

"我全心全意祝贺你①……"

……他再敬我一杯:

"走路要用两条腿,喝酒要来两大杯……"

……他邀我同他一起吃饭。他原希望我会回答说不吃,因为我已经吃过。不料我却叫他上当了,因为我回答说:好呀。靠我的信誉,捞一点,算一点。

因此我又重新开始,但是这一次心里更平静,从容不迫,因为我已经不再怕饥饿了。慢慢地,那些粗俗的食客,像牲口一般吃饭只是为了塞饱肚皮的忙人,都离开了座位;只剩下踏踏实实的、上了年纪的聪明人,他们才会鉴赏美的、善的、好的东西,对于他们,吃一盘好菜就是做一件好事。这时大门已经打开,空气和阳光都进来了,三只小黑鸡伸长了挺直的颈子,在桌子底下啄面包屑和一只瞌睡的老狗的脚爪,街上有妇女们叽叽喳喳的说话声、玻璃匠的叫喊声,还有"为我的美丽的鱼干杯!"和狮吼一般的驴鸣。在灰尘蒙蒙的广场上,人们看见两只白公牛,后面架着一辆车子,白牛一动不动地躺着,它们的腿盘在美丽的、光滑的

---

① 从前的人喝酒碰杯时常说的话。——罗曼·罗兰原注

肚子下面,下颚流着口水,嘴在和善地嚼着泡沫。屋顶上有几只鸽子在阳光中咕咕地叫。我也想跟它们一样叫;并且我相信:只要我们感到满足的时候,如果有人用手抚摩我们的背脊,我们大家也会高兴得咕噜咕噜地喉咙响的。

大家都谈起话来,一桌和另一桌都很团结,全是朋友,都是兄弟:神甫,厨师,公证人,他的伙伴,还有名字这么甜蜜的饭馆老板娘(她叫贝芝拉①,这个名字就答应了让人吻她;她很守信用,并且还会使人喜出望外)。为了聊得更好,我从一个人面前走到另一个人面前,这里坐坐,那里坐坐。我们也谈政治。因为吃饱了饭,想想时代的不幸,更会使人觉得自己的幸福是十全十美的。所有的先生们都悲叹生活穷苦,物价昂贵,生意清淡,我们的法国在衰败,我们的种族在退化,怨统治者,怨阴谋家。只是大家都很谨慎,不提任何人的姓名。大人物的耳朵也很长大;谁敢担保什么时候门缝里不会钻出一只耳朵来呢。但是勃艮第人酒后不免要吐真言,朋友们还是慢慢冒了危险,大声疾呼反对那些离我们最远的主子。尤其是他们一致反对意大利人,反对孔齐尼,这位佛罗伦萨胖皇后②裙带里的寄生虫。如果你看见两只狗在咬你的烤肉,一只是别人的狗,另一只是你自己的,你会把自己的狗赶走,却把别人的狗打死。为了表示公平的精神,为了喜欢作对,我偏说不应该只惩罚一只狗,

---

① 在法语中,"贝芝拉"和"吻她"同音。
② 指玛丽·德·美第奇,1573年生于意大利佛罗伦萨。

而应该两只都惩罚。我说,根据他们说的,法国似乎没有一件坏事不是意大利人干的;我说,多谢上帝,我们法国既不缺少坏事,也不缺少坏人。听到这话,他们都异口同声说:一个意大利的坏人要当三个法国坏人,而三个意大利的好人却抵不上三分之一的法国好人。我辩驳说:不管人在这里还是在那里,总是一样的动物,一只畜生总抵得一只畜生,一个好人,不管他是哪里人,看见他,得到他,总是好的;如果我得到了他,我会很喜欢他的,哪怕他是意大利人。说到这里,他们都骂到我头上来了,讥讽我,说他们知道我的口味,叫我做老糊涂、东奔西走的泼泥翁、外国种、流浪汉、踏破铁鞋的泼泥翁……这倒是真的,从前我曾经磨烂过许多鞋底。当我们的好公爵,现在的公爵的父亲,派我到曼托瓦①和阿比索拉去研究陶器、珐琅和工艺的时候(从那时起,我们就在自己的土地上建立了这些工业),我的确没有少走路,也没有节省我的鞋底。从圣马丁教堂到曼托瓦的圣安德烈教堂这一段路,我总是手里拿着手杖,两条腿走来走去的。眼看着脚下的道路向前伸展,脚踩着地球的肉体,这是多么愉快啊……但是这件事可别想得太多,否则,我又要旧调重弹……他们讥笑我!呃!他们好像不相信我是个高卢人,不相信我是个抢劫过全世界的人的子孙哩。"你抢到过什么?"他们笑着问我,"你带回来了什么?"——"和他们带回来的东西一样多。真是琳琅满目。口袋里固然空

---

① 曼托瓦,意大利城市。

空如也,这一点也不错。但脑袋里可塞满了。"……上帝!看看,听听,尝尝,回想回想,这多么有趣啊!全看见,全知道,这是不可能的,这点我也晓得;但是至少也应该知道可能知道的东西!我好比是一块在海洋里吸水的海绵。或者说得更恰当一点,我是一颗丰润圆熟的葡萄,肚子里胀满了大地的玉液琼浆。如果有人来压压我的肚子,他将要收获多少啊!我还不那么傻,孩子们,我自己会喝我的葡萄酒!因为你们不屑喝它。这样我更可以多喝一点!我不会坚持要你们喝。从前我还想和你们分享我收集来的点滴幸福,我在光明国里的美好回忆。但是我们这里的人并不好奇,除非是对隔壁的人所干的,尤其是隔壁的女人所干的事。别的事都离他们太远了,不能相信。如果你想看,你就去看吧!我在这里一样看得见。"前面也是洞,后面也是洞,跑去罗马逛逛,不如门口望望。"好极了!我随你们便,并不勉强谁。既然你们怪我多事,我就把我看见过的都保留在眼帘下、眼睛里。别人不愿意要幸福,也不应该强迫他们,一定要使他们幸福呀。还是和他们幸福相处,他们按照他们的幸福方式,我按照我的,这样要好得多。一个人幸福总比不上两个人幸福啊。

因此,我虽然一面偷偷地画着德拉沃的牛鼻子,又画着说话时局促不安的神甫,我还是听他们讲,跟他们唱我听熟了的老调:"做克拉默西人多么骄傲,多么快活!"的确我也这样想。这是一个好城市。制造了我的城市当然不可能坏。人像野草似的在这个城里到处生长,自由自在,身上没有长刺,一点也不坏,最多只是我们磨尖了的舌头坏一点。不过说说旁人的坏话(他还可以反驳呢),这也不会伤害他的身体,人家反而更喜欢他了,其实谁也不会损害他一根毫毛的。德拉沃叫我们想起了(我们大家,甚至神甫,都因此觉得骄傲的)在别的地方的人狂热时,我们内韦尔人却在冷静地讥笑,想起了我们的议员腊贡,他拒绝参加吉斯派①和神圣联盟,既不联合异教徒,也不联合天主教徒,罗马也好,日内瓦也好②,疯狗或是野猫,他都一律不买账,还使我们想起了在这里洗过血手的圣巴特勒米③。在我们公爵的周围,我们大家紧密团结,用理智围成了一座小岛,使外来的浪潮都碰破了头……已故的路易公爵和先王亨利啊,谈到他们,不由人不感伤! 我们和他们多么相亲相爱! 真是如鱼得水,如水得鱼。他们有他们的缺点,当然啦,正如我们一样。但这些缺点是人的缺点,这使他们更可亲近,不那么高不可攀。人们边笑边说:"内韦尔公爵还正年富力强呢!"或者说:"年轻真好。我们不会缺少子孙。好色的老头子④又给我们生了一个……"啊! 我们那时已经先吃过好面包了。因此我们都喜欢谈那个时代。德拉沃和我一

---

① 吉斯公爵(1550—1588),组织天主教联盟,密谋推翻国王亨利三世,鼓动圣巴特勒米日的大屠杀。
② 罗马是旧教的中心,日内瓦是新教的中心。
③ 圣巴特勒米日,8月24日。1572年8月23日夜里,法国国王查理九世命令天主教徒屠杀所有的新教徒,新教领袖全被杀死,结果引起第五次内战。
④ 指法国国王亨利四世。

样,他也见过路易公爵。但只有我一个人见过亨利王,我就利用这点:还不等他们请求,就讲起亨利王来,这已经是第一百遍了(但对我这永远是第一遍,我希望对他们也是一样,如果他们是好法国人的话),我讲我怎样看见他,这位全身灰色的国王,戴着灰帽子,穿着灰衣服(肘腕露了出来),骑着一匹灰马,灰毛灰眼睛,外表全是灰的,内心却全是金的……

不幸的是公证人先生的办事员来打断了我的话,他通知公证人说:有个快死的委托人要他就去。他不得不去,非常遗憾——但不能不先满足我们的要求,讲讲那个他准备了一个钟头的故事(我早就看见他的舌头跃跃欲试;但是我却抢了先)。说句公平话,他的故事很好,我曾经大笑过。要讲起下流笑话来,德拉沃实在是没有对手。

* * *

我们的心情恢复平静了,精神松弛了,从喉咙到脚跟都洗过了,然后才一起出来……(那时大约是五点少一刻,或者差不多五点……在短短的三个钟头之内,呃!我收获了多少东西!除了两顿丰富的午饭和一些愉快的回忆之外,公证人还向我定做了两口木箱)……我们这伙人在腊特里药房用覆盆子酒蘸饼干吃了之后,方才分手。德拉沃就在药房里讲完了他的故事,并且为了听另外一个故事,他又陪我们一直走到米朗多勒,在那里我们当真分手了,不过还稍微打住了一下,肚子朝着墙,发泄我们最后可以排泄的东西。

这时回家不是太晚,就是太早了,我就索性跟着一个吹喇叭赶车子的煤炭商人,一起向伯利恒郊区走去。在路多塔附近,我迎面碰到一个制造车具的工人,他赶着他前面的一个车轮跑;当他看见车轮滚慢了,就跳起来踢它一脚。好像一个追逐命运之轮①的人;他正要爬上轮子去的当儿,轮子却逃开了。我记住这个形象,准备将来有用。

我正在迟疑回家应该走最近的路,还是走最远的路呢,那时我看见庞特奥医院里出来了一长列群众,打头的是个只有我大腿那么高的小顽童,他举着一个十字架,用肚子支住它,好像撑着一把大叉,他在对教堂唱歌班的一个孩子吐舌龇牙,一面斜着眼睛瞧着他神圣的竿头的十字架。在他后面,四个老头吃力地用他们又红又肿的手抬着一个盖着白布的安眠者,安眠的人在神甫的护送之下,要到地下长眠去了。为了礼貌,我送殡一直送到家。同时走路不再孤独,这也更加愉快。我也承认:我跟着走有一点是想听听寡妇哭灵,根据惯例,她要在主祭身边一面号啕大哭,一面讲死者的病情和医疗的情形,死时的呻吟,他的德行、感情、人品,最后还要讲述他的生平和他的配偶的生平。她和神甫轮流唱着哀歌和圣诗。我们跟着走,很感兴趣:因为用不着说,一路上我们赢得了多少好心的同情,引起了多少耳朵倾听。最后,到了老家,到了安眠大旅社,人们就把他的棺材放在张开大口的坟坑旁边;因为穷人没有权利把他的寿衣

---

① 希腊神话,命运之神是蒙着眼睛,站在一个轮子上的。

寿材带进坟墓(赤身露体一样可以安眠),所以揭开了白布和棺材盖之后,人们就把他倒进坑里去了。

我在他身上撒了一铲子土,给他当被子盖,我在胸前画了一个十字,好避免做噩梦,然后就心满意足地走了:我什么都看见了,听见了,我分享了别人的欢乐,也分担了别人的悲痛;我的旅行袋已经装满了。

为了结束这次旅行,我就沿着河走回去。我打算走到两条河合流的地方,再顺着渤洪河回家;但黄昏是如此美丽,我不知不觉走到了城外,竟跟着花言巧语的溶纳河一直走到森林水闸。平平静静的水从水闸里溜出来,好像穿了没有一点皱褶的、透明的长裙,人的眼珠都被水吸引住了,好像吞了钓钩的鱼;整个天空也像我一样落入了河水的罗网;青天白云都在河里洗澡,白云挂在青草上、芦苇上,漂浮不定;太阳也在水里洗它的金发。我在一个老头身边坐了下来,他拖着两条瘦腿,看管着两头瘦牛;我问他的身体如何,劝他穿有刺的荨麻袜(我有闲暇的时候也做做医生)。他就对我讲他的历史,愉快地讲到他的痛苦和悲哀,但当我猜他的年纪少猜了五六岁的时候(他已经七十有五了),他反而显得不开心;他因为年纪老而感到光荣,因为活得长久,吃苦吃得多而自豪。他觉得人吃苦是当然的事,好人当然应该和坏人一样受罪,因为上天的恩惠也是一视同仁地施舍在坏人和好人身上;到头来一切都是平等的,不论贫富美丑,总有一天,大家都要安眠在同一个天父的怀抱里……而他的思想,他颤抖的声音,和草里的蟋蟀,水闸的沸沸声,风从港口吹来的木料和柏油的气息,静静的流水,美丽的回光倒影,一切都很调和,一切都溶化在黄昏的宁静中。

老头走了,我一个人背着手,慢慢地走回去,边走边瞧水上旋转的涡流。渤洪河上动荡的倒影使我如此入迷,我忘了要到哪里去,也没留意现在到了哪里:突然听见对岸有个非常熟悉的声音在叫我,把我吓了一跳……原来我已经不知不觉地回到了我家门口! 在窗口,我甜蜜的朋友,我的老婆,正在对我伸拳头。我假装没看见她,眼睛盯着流水;同时心里暗笑,我在镜子似的河水里看见她头朝下,脚朝上,正在激动骚扰,指手画脚。我不开口;但肚子里在笑,肚皮都笑痛了。我越笑,她越气,她的倒影越发钻进渤洪河里;她的头越钻入河底,我就越笑。最后,她气得把门窗"喀喇"一关,一阵狂风似的跑出来找我……不错,但是她总得要过河。走左边呢? 还是走右边? 我们左边有一道桥,右边也有一道……她选择了右边的小桥。当然啦,一看见她走这条路,我就走另外一条,从大桥上回家,大桥上只剩加丹一个人,像只鹭鸶一样,从早上起,就生了根似的,泰然自若地待在那里。

我又回到了家里。天已经黑了。日子怎么鬼混过去的呢? 还好我不像那个无所事事的罗马皇帝狄塔斯①,他老

---

① 狄塔斯,公元前80年的罗马皇帝,他想减轻百姓的痛苦,只要一天没有做件善事,他就要说:"我浪费了一天。"

是抱怨他浪费了时间。我可一点也没浪费,并且很满意我度过的日子,我又赚到了一天。不过我每天需要有两天的时间才够;我这一天还没赚到钱呢。我刚开始喝时间的甘露,玻璃杯就空了;一定是杯子开裂了!我知道有些人会慢慢地啜,他们老也喝不完。是不是碰巧他们的杯子大一点呢?啊,那就显然太不公平了。喂!天上挂着太阳招牌的旅馆老板,你不是倒出白天来卖吗?卖给我的日子也该给足分量呀!……算了,感谢你,我的上帝,你给了我特别好的胃口,使我一离开饭桌就感到饥饿,使我这样热恋白天(夜晚也是一样美好),结果我觉得日夜的时间永远不够!……四月啊,你为什么这样飞跑!白天啊,你为什么完结得这么早!……不要紧!我已经好好地享受过你们了,我占有过你们,拥抱过你们。我吻过你细小的胸脯,瘦瘦的小闺女,春天的苗条的女儿啊……而现在,轮到你了!夜神啊,你早哇!我逮住你了。每个女的都有轮到她的时候!我们一起睡觉去吧……啊!见鬼,还有另外一个女的要插身睡到我们中间来呢……我的老婆回来了……

五　蓓勒蒂

五　月

　　三个月前,我接受了一笔订货,给阿努瓦堡做一个衣柜和一架碗橱;我要等到亲眼再看见那所房屋,看见放衣柜的房间和放碗橱的地方,才好动工。因为一件美丽的家具好比一个要从树上摘下来的果子;没有树就长不出果子来;并且什么树才结什么果。不要说一件美丽的东西可以随便放在这里或那里,可以适应一切环境,像一个女人可以适应任何出钱出得最多的男人一样。那是十字街头的神女。艺术却是我们家庭的一分子,家里的神灵、朋友和伙伴,他能说出我们共同的感觉,说得比我们大家都好;艺术是个家神。如果你想认识他,一定要认识他的家。神是为了人才造出来的,艺术品也是做来填空补缺的。美是在适当的位置上才最好看的东西。

　　因此我就去看可以安放我那件木器的地方;并且在那儿消磨了一部分白天的时间,包括喝酒吃饭的时间在内:因为精神享受也不应该忘了肉体。在灵和肉两方面都得到满足之后,我又循着原路,轻松愉快地走回家去。

我已经走到了岔路口,虽然我毫不怀疑地知道应该走哪一条路,但我却斜着眼睛瞧着另外一条像流水一般穿过草地的小径,小径两旁的篱笆上正开着鲜花。

"走这条小路溜达溜达多么好啊!"我自言自语说,"他妈的,多乏味,大路总是笔直地走到目的地!现在白天又美又长。我的朋友,不要走得比太阳神阿波罗还更快吧。我们迟早总要到的。我的老婆多等等也不会吃亏,她还可以多骂几句……天呀,这棵白脸的小李子树看起来多么可爱!快去看看它吧。不过五六步远。微风吹得它的小花瓣在空中飞舞!人会以为是下雪了;多少婉转的啼鸟啊!哈!哈!多么愉快!……这条在青草下面潺潺流过的小溪,好像在地毯底下追着绒线球玩的小猫似的……跟着它走吧。前面有一排树像帘幕似的拦住了它的去路。它要给逮住了……啊!这个小顽皮,它从哪里过得去呢?……这儿,这儿,从这棵秃头榆树的大腿下面,从它的又老又肿、节节疤疤、患了风痛的大腿下面。你瞧这不害臊的!……但是这条路会把我带到哪里去呢?……"

我就这样随便说着,紧跟着我这饶舌的影子走;我这个虚伪的人,还假装不知道这条诱人的小径要把我带到什么地方去。你多么会自欺啊,哥拉!你比尤利西斯还更有心机,你会哄骗自己。你分明知道要去哪里!鬼头鬼脑的坏东西,从跨出阿努瓦堡大门的时候起,你就已经知道了。再走一个钟头,在那边就是我从前的情人塞琳纳的园地。我要去做一次出她意料的拜访……但到底是她还是我会觉得更意外呢？我已经有这么多年没看见她了！我的蓓勒蒂的狡猾的娇脸、灵巧的嘴巴变得怎么样啦？我现在敢面对着她了；不必再怕她用尖锐的牙齿来啃我的心。我的心已经干涸，好像葡萄藤的枯梗。而她呢，她还有牙齿吗？啊！蓓勒蒂，蓓勒蒂，你的乳臭未干的牙齿多么会笑人，会咬人啊！你玩弄这个可怜的泼泥翁玩够了没有！你把他像个陀螺一样转得翻来覆去，颠三倒四，也转够了吧！呸！如果这样做能够使你开心的话，我的姑娘，你还是做对了。我从前真是一头小笨牛！……

往事涌上心头，我仿佛还看见自己张着嘴，两只胳膊肘分开，靠在梅达·拉纽老板的隔墙上，拉纽是教我高尚的雕刻艺术的师傅。在隔墙那边，紧挨着我们工场的院子，是一大片菜园，在一畦一畦的莴苣和杨梅、淡红的小萝卜、碧绿的黄瓜和金黄的香瓜之间，走着一个光脚露臂、前胸半裸的漂亮伶俐的姑娘，她全身的装饰只有一头浓密的褐发，一件给丰满的乳房顶起的粗布衬衫，还有一条遮到膝盖的短裙，她的两只有劲的、黝黑的手摆动着两把装满了水的洒水壶，把水浇在长了绿叶的蔬菜头上，蔬菜都张开了小口来喝水。……我呢，我也张开了不小的口，目瞪口呆地瞧。她走去走来，把壶里的水浇完，又转身去水池里把壶灌满，她两只手同时取水，取了水便像一枝灯芯草似的挺立起来，小心翼翼地把长长的、灵活的脚尖，踏上狭窄的田塍，走上浇湿了的土地，仿佛在摸熟透了的杨梅和草莓。她的膝盖又圆又壮,好像男孩子的一样。我的眼睛恨不得把她吃下去。她却仿佛没有看见我在瞧她。但她洒着小雨走过来了;当她走得离我很近的时候,突然她的眼珠对我射了一箭……哎哟! 我感到她湖水般的眼睛里带钩的网紧紧地缠住了我。"女人的眼珠是只蜘蛛。"这句话说得多有道理啊! 我刚碰上就想挣扎摆脱……太迟了! 我这只笨苍蝇靠墙待着,翅膀已经给粘住了……她再也不管我干什么,只管蹲下来移种她的白菜。不过有时这只奸诈的蜘蛛也斜着眼睛瞟一瞟,看她网罗里逮着的猎物是不是还在那里。看见她在暗笑,我自言自语道:"我可怜的朋友,走吧,她在笑你。"但没有用,看见她暗笑,我也笑了。那时我的脸孔该多么像个傻瓜啊! ……瞧,突然她往旁边一跳! 跨过一畦地,又一畦,再一畦,她跑起来,跳起来,一把抓住一粒在气流中飘荡的蒲公英种子,挥舞着胳膊,瞧着我叫道:

"又逮住了一个多情种子!"

她说了这句话,就把毛茸茸的种子塞进她半开的胸衣,放在两个奶头中间。我虽然傻,可并不是那种肯错过时机的情郎,我就对她说:

"把我也塞进去吧!"

那时她就笑了起来,把两只手放到屁股后面,两条大腿叉开,正对着我的脸,她回嘴说:

"烧死你这只好吃鬼! 我的苹果并不是为了你的嘴唇才长出来的……"

就是这样,在八月底的一个晚上,我认识了她,蓓勒蒂,

蓓勒蒂,漂亮的菜园姑娘。人家叫她蓓勒蒂①,因为她像脸孔尖尖的黄鼠狼一样,身体长长,脑袋细小,鼻子刁滑,像皮卡迪女人,嘴巴有点突出,又阔又长,笑起来方便,咬人的心和啃榛子也方便。她水汪汪的、深蓝的眼睛,像暴风雨前的晴天,她假装天真的、田野女神般的嘴唇,露出勾引人的微笑,这只褐色蜘蛛就是从她眼睛里和嘴角边吐出丝来,织网捕人的。

这时我有一半时间没心工作,只是张着嘴,靠着墙望着,一直等到屁股上给梅达师傅使劲踢了一脚,我才回到现实中来。有时蓓勒蒂不耐烦地叫道:

"你瞧我瞧够了没有?从前面看到后面。你还要再看什么?你也应该认识我了!"

我呢,我狡猾地眨着眼睛说:

"女人和瓜一样圆滑,很难认识。"

我多乐意能够切下一片瓜来!……也许别的水果也能解决问题。我年纪轻,血气旺,会爱上一千一万个姑娘;难道我爱的真是她吗?一个人的一生里有几个时辰甚至会爱上一只梳了头的母山羊。但是不对,泼泥翁,你在胡说八道,你自己也不相信你说的话。只有第一个爱人是真的,好的,值得爱的人;天上的星辰使她降生,来满足你饥渴的欲望。也许正是因为没有喝到她我才口渴,永远口渴,一辈子都口渴。

---

① 蓓勒蒂的意思是黄鼠狼。

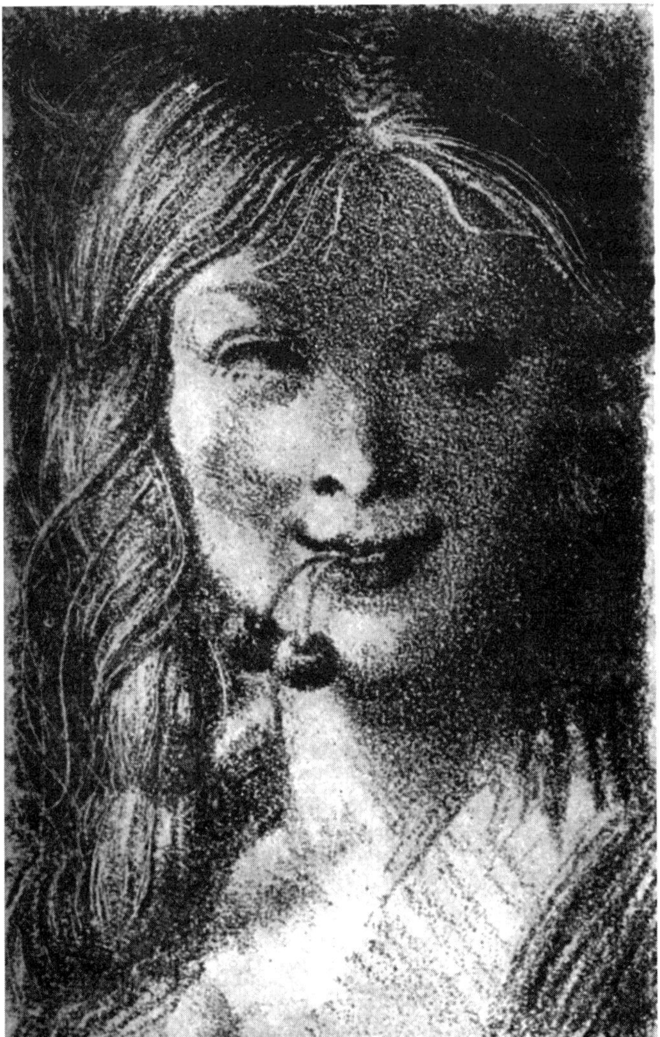

我们彼此多么了解啊！我们花时间来互相折磨。两个人的舌头都很刻薄。她咒骂我几句；我呢，吃了一升，就还她一斗。我们两个的眼睛和牙齿，随时都准备咬对方一口。我们有时也为这事发笑，笑得喘不过气来。她呢，为了笑得痛快，说了一句坏话之后，索性蹲在地上，好像要孵她的萝卜和洋葱似的。

晚上，她走到我的墙旁边来聊天。有一次，我看见她且说且笑，用大胆的眼睛在我眼睛里搜寻我内心的弱点，想叫我的心痛得喊叫，我看见她伸出胳膊，拉下一根樱桃枝，枝上结满了红宝石似的果子，她把树枝绕着她褐色的头发，围成一个花环；她并不摘樱桃，只是伸长脖子，嘴朝着天，就在树上啄果子吃，还把果核剩在树枝上。这一片刻的形象啊，永恒而完美的形象：青春，充满欲望的青春，在舐春天的乳房！我曾经有多少次把这双漂亮的胳膊，这个脖子，这个胸脯，这张贪馋的嘴，这个仰起的头，这些美丽的线条，刻在木器的雕花板上，刻成卷曲的花枝！……那时我也伏在墙头，伸出胳膊，一把抓住她咬过的树枝，把它折下，放到嘴里，贪婪地舐着湿润的果核。

我们礼拜天也一同散步，或者同去博吉酒店。我们一起跳舞；我的腿本来僵硬得像棍子；但爱情在支持我：据说爱情还能教会驴子跳舞呢。我相信没有一个时候我们能不争吵的……她简直是故意整我！她喋喋不休地说过多少尖嘴薄舌的坏话啊！她骂我又歪又长的鼻子，老是咧开的大嘴，她说我嘴里可以烤面包，又骂我的蹩脚胡子，还骂我整个这张脸,虽然神甫先生认为我的脸是上帝按照他自己的形象创造出来的!(我将来看见上帝的时候,那可有笑料呢!)她不让我安静一分钟。而我也既不口吃,又不残废。

这样长久闹下去,天呀,我们两个开始越闹越厉害了……哥拉,你还记得在梅达·拉纽师傅的葡萄田里收获的时候吗?人家也请了蓓勒蒂帮忙。我们肩并肩、弯着腰,在田沟里干活。我们几乎头碰着头,我的手在摘葡萄的时候,一不小心就碰到她的屁股或者小腿。那时她就仰起通红的脸来,像只小马一样踢我一腿,或者涂我一鼻子的葡萄汁;我呢,我也捡一颗多汁的黑葡萄,摔在她给太阳晒得金黄的胸脯上……她像只魔鬼似的自卫着。我加紧追她也没用,从来没有逮住过她一次。我们两个都等机会整对方一下。她点着了我心里的情火,看见我烧起来了,却笑我说:

"你别想拿住我,哥拉……"

而我也装聋作傻地靠墙蹲着,好像一只大猫,蜷成一团,假装睡着了,其实却从半开的眼皮夹缝中间偷看老鼠的动作,我还没吃到老鼠就先舔舔嘴说:

"看谁最后笑吧。"

有一天下午(也是这个月),在五月底(但那时比今天热得多),空气沉闷;银白的天空像个炉口似的向你吐出热气;差不多一个星期以来,风暴就伏在天上,好像母鸡伏在窝里孵蛋,但是老也孵不出来。人都热得要熔化了;刨子浸在汗里,钻锥也粘着手。我不再听见蓓勒蒂的声音,她刚才还唱着歌呢。我用眼睛找她。园子里一个人也没有……忽然我发现她坐在那边,在茅屋的阴影下,在台阶上。她张着嘴,仰着头,就在门槛上睡着了,一只垂下的胳膊还靠着洒水壶。瞌睡突然压倒了她。在发出火光的天空下,她昏昏入睡,毫无防范地献出了自己,暴露了她半裸的身体,好像达娜爱①一样。而我觉得我也成了朱庇特。我爬过了墙,踩坏了白菜和莴苣,走了过去,紧紧地把她抱在怀里,紧紧地吻着她的嘴唇;她的身子是热腾腾的,赤裸裸的,汗淋淋的;她半睡半醒地让我抱着,充满了性感;也不再张开眼睛,就用嘴唇找我的嘴唇,并且以吻还吻。我心里出了什么事?多么糊涂!欲望的洪流在我血液里奔腾;我已经醉了,我紧搂着这个多情的肉体;我所渴望捕获的猎物,这只烤熟了的百灵鸟,居然落到我嘴里来了……但是,瞧(大傻瓜!),我竟不敢拿住它。不知道什么糊涂的顾虑抓住了我。我太爱她了,想到在睡眠捆住了她的时候,我只占有了她的肉体而没占有她的心灵,想到我只有做一件亏心事才能得到我骄傲的菜园姑娘,这使我太难过了。我就把自己从幸福中拉了出来,分开了我们的胳膊和嘴唇,拆散了这对交颈的鸳鸯。这样做并不是没有困难的:男人是烈火,女人是干柴,我们两个正在燃烧,我发着抖,喘着气,好像那个征服了安提俄珀的笨蛋②一样。最后,我胜利了,这就是说,我逃开

---

① 希腊神话,阿果国王把她的女儿达娜爱关在铜塔内,万神之王朱庇特爱上了她,就化为一阵金雨,到塔内来和她寻欢。
② 笨蛋指万神之王朱庇特,他趁安提俄珀睡熟的时候,自己变作一个半人半羊神,来和她寻欢。

了。现在事情过了三十五年,我一想起还会脸红。啊!愚蠢的年轻人!……想到人曾经那么傻过,多么有趣!而现在想起这件傻事,还像一阵凉风吹过心头似的!

从那天起,她一见我,就调皮捣乱。她喜怒无常,抵得上三群蹦蹦跳跳的母山羊;三心二意,超过千变万化的云彩。一天,她用轻蔑侮辱的话打击我,或者根本不理睬我;另外一天,又用脉脉含情的眼色和诱惑的笑声刺激我;有时她躲在树后面,偷偷地拿一块泥土瞄准我,我一转过身去,泥土就咔嚓一下摔在我的后颈窝上,或者我一抬起头来——砰的一声——鼻子上又吃了一颗李子核。在散步的时候,她老咯咯地笑,一下对这个人,一下对那个人,卖弄风情,自鸣得意。

最可恶的是,她为了气我,更张开了罗网,设法逮住了另外一个和我一类的家伙,我最好的伙伴,基里亚斯·皮农。他和我,我们俩是一只手的两个指头。好像奥雷斯特和皮拉德①一样,没有一次吵架、打架,或婚丧喜庆,人家不看见我们两个人在一起吃力不讨好地帮腔、跑腿或动拳头的。他浑身筋肉突出,像橡树的老节,身材矮胖,肩膀宽阔,方头大脑,说话坦白,做人爽直。要是有谁找我的岔子,他准会把那个人打死。但她偏偏就选上了他来气我。这并不太困难。只要四个媚眼,半打装模作样的怪相就够了。装出纯洁天真、多愁善感、傲慢不恭的神气,哧哧地痴笑,悄悄

---

① 奥雷斯特和皮拉德是古希腊的一对最要好的朋友。

地说两句私话,或者装腔作势,眨眼睛,丢眼色,龇牙齿,咬嘴唇,或者用她的尖舌头舐嘴角,扭脖子,甩屁股,摇尾巴,好像鹡鸰一样,哪个亚当的儿子看了蛇的女儿耍的小滑头能够不落圈套呢?皮农失去了他仅有的一点点理智。从那时起,我们就成对成双地伏在墙头,目瞪口呆,气喘心跳,等待着黄鼠狼。我们咬紧牙关,一言不发,已经交换了些凶狠的眼色。她点着了火,为了要火烧旺,有时还在火上浇瓢冷水。不管我怎样恼火,我还是给水浇得发笑。但皮农这匹大马却在院子里乱蹦乱跳。他气得发誓赌咒,威吓怒吼,暴跳如雷。他不懂得玩笑,除非是他自己开的(那时可又没人懂得他的玩笑,除了他自己以外;而他却笑得比三个人还更厉害)。但是这个荡妇像只牛奶上的苍蝇,她倒开心地享受着这些多情的咒骂;他这种粗野的方式和我的方式不同;虽然这个狡猾轻浮、喜欢讥笑的高卢女人,对我比对那只竖前蹄、踢后腿、嘶叫放屁的畜生要接近得多,但是为了消遣,为了换换口味,还为了要我受罪,她却只给他一些充满诺言的眼色,一些诱惑人的微笑。但真要她履行诺言的时候,这个喜欢吹牛的傻瓜已经准备好了要大吹大擂一番,她却冲着他的鼻子大笑,使他下不了台,莫名其妙。我呢,我当然也笑起来;而生了气的皮农却把他的愤怒发泄到我头上来了;他怀疑我在抢走他的美人。有一天,他直截了当地求我让位。我就温和地说:

"兄弟,我正要向你做同样的请求。"

"那么,兄弟,"他说,"只好打个头破血流了。"

"我考虑过,"我回答说,"但是,皮农,这使我太痛苦了。"

"不如我痛苦,我的泼泥翁。走吧,我请求你:一个鸡窝里有一只公鸡就够了。"

"的确有一只就够了,"我说,"还是请你走吧!因为这只母鸡是我的。"

"你的!你放屁,"他喊起来,"乡下佬,泥巴脚干,乳臭未干的小子!她是我的,我拿着的东西,别人休想染指。"

"我可怜的朋友,"我回答说,"你没有看看你的尊容!你这个奥韦涅人,吃萝卜的,各人有各人的菜汤!这块勃艮第的天鹅肉是我的;我喜欢她,她引得我流涎了。这没有你的份。还是挖你的萝卜去吧。"

一个威吓接着一个威吓,结果我们打了起来。但是我们都很后悔,因为我们彼此相亲相爱。

"听我说,"他对我说,"把她让给我,泼泥翁:她喜欢的是我。"

"不对,"我说,"是我。"

"那么好吧,我们问她去。输了的就走。"

"一言为定!让她自己选择!……"

好的,但是你们去请求一个女孩子选择吧!她太高兴拖延你们等待的时间了,等待允许她考虑两个都要,或者一个也不要,却使她的情郎像热锅上的蚂蚁似的转来转去……简直不可能要她正面回答!当我们对蓓勒蒂谈起这事的时候,她就回答我们一阵大笑。

我们回到工场,脱下上衣。

"不再有别的办法了。我们两个一定得死掉一个。"

正要动拳头的时候,皮农对我说:

"拥抱我!"

我们互相拥抱了两次。

"现在,动手吧!"

跳舞开始了。我们两个一起动手,一分价钱一分货色。皮农揍了我几拳,要打得我头破眼瞎;我呢,我也几次三番要用膝盖撞穿他的肚皮。朋友翻了脸,比仇人还狠。几分钟之后,我们已经浑身是血,一道一道的红水,像勃艮第的老酒,从我们鼻子里川流不息地流出来……我真的不知道事情会闹成什么样子;但肯定地,两个人中总有一个会剥掉另一个的皮,要不是幸亏惊动了的邻人和回家来的梅达·拉纽师傅把我们分开了的话。分开我们并不容易! 我们好像两只恶狗;一定要痛打我们,我们才肯松手。梅达师傅不得不拿出一根赶驴的鞭子来:他抽我们,捆我们几巴掌,最后再讲道理。挨揍之后,勃艮第人就聪明了。好好地抓了抓头,人就成了哲学家,道理也更容易听得进去。我们再彼此瞧瞧,更不能够骄傲。而就在那时候来了第三个大滑头。

那是有钱的磨坊老板让·吉弗拉,他头发又红又黄,胡子刮得光光,长着个圆圆的猪头,脸颊总是鼓起,小眼睛凹进去,好像一直在吹喇叭。

"瞧这两只公鸡多么好看!"他哈哈大笑地说道,"为了这只母鸡,他们却要互相咬掉鸡冠和腰子,那可太冤枉了!

笨蛋！难道你们没有看见,在你们互相争吵的时候,她却正在得意扬扬吗？这真有趣,这样一个女人的裙子后面,居然跟了一群叫春的情人……你们愿意听忠告吗？我可以免费奉送一个。你们两个讲和吧,孩子们,别睬她,因为她捉弄你们。转过脚后跟来,你们两个都走。她就要后悔的。不管她愿也罢,不愿也罢,她最后总得决定,那时我们就会知道她要的是哪一个。得了,走吧,快走！事不宜迟！要下牺牲的决心！拿出勇气来！听我的话,好人！当你们拖着沾满尘土的破鞋,在法国的道路上奔波的时候,有我在这里,伙计们,有我在这里帮你们的忙：弟兄们之间应该互相帮助！我会暗中注意这个荡妇,我会让你们知道她的惆怅痛苦。只要她一选定,我就通知赢了的人；而另外一个就去上吊……说到这里,我们喝酒去吧！喝了又喝,就会淹死欲望、爱情和记忆……"

我们真的把它们淹死了（我们像酒桶一般地喝着）,当天晚上,走出酒店,我们就打包袱,拿起手杖；在一个星月无光的黑夜里,我和另外那只糊涂虫真的走了,神气得像两个臭屁,心里还蛮感激这个好吉弗拉,他却非常开心,两只小眼睛在浮肿的眼皮下,在炸肥肉丁一般油亮的脸孔上,笑起来了。

第二天早上,我们可没那么神气。我们口里不肯承认,还要自作聪明。但是各人都在绞尽脑汁,再三思索,却再也不明白这个惊人的战术,为什么要以退为进。太阳在苍穹中旋转,我们越来越感觉自己像两个上了当的傻瓜。傍晚

来到的时候,我们彼此都用眼睛偷看对方,嘴里谈着天气好坏,心里却想道:

"我的好朋友,你说得多么好听呀!但是你想要滑头甩掉我这个伙伴吗?这点我倒不怕;我太喜欢你了,好兄弟,我不会让你一个人孤独的。不管你去哪里(伴奏我也懂得,我也懂得……),我总跟着你走。"

我们耍了许许多多花样,想要摆脱对方的跟随(我们甚至连撒尿也形影不离),在半夜里,我们假装打鼾,其实却在草垫子上给爱情和跳蚤咬得睡不着——皮农忽然从床上跳起来叫道:

"天呀天!我难过死了,难过死了,难过死了!我不能再这样下去!我要回去……"

我呢,我也说:

"我们回去吧。"

我们走了一整天才回到我们那里。太阳正要落山。在天黑以前,我们一直藏在马尔歇树林里。我们不太愿意人家看见我们回来:他们会讥笑我们的。此外,我们还想趁蓓勒蒂不防备的时候,看到她在惆怅悲伤,孤孤单单,哭哭啼啼,自怨自艾:

"唉!我的朋友,我的朋友,你为什么走了?"没有问题,她会咬着手指头叹息的;但谁是这个朋友呢?两个人都回答说:

"我。"

我们不声不响地沿着她的园子走(沉闷不安啄着我们

的胸膛),在她的敞开的、浴着月光的窗子下面,在一棵苹果树的枝丫上,我们看见挂着……你们想想是什么?一个苹果?……一顶磨面粉商人戴的帽子!……还要我给你们讲下去吗?好人,你们会太高兴的。我看你们这些爱笑的家伙已经心花怒放了。旁人的不幸总使你们开心。戴绿帽子的人总高兴自己的同行工会扩大……

基里亚斯冲上前去,像只鹿似的跳起来(他头上已经长了鹿角了)。他冲向那棵长着面粉果子的苹果树,爬上墙去,钻进房里,里面立刻发出喊声、骂声,像狗吠,像牛鸣……

"不要脸的,没良心的,该死的,狗禽的,杀人了,打死你,救命啊,王八蛋,混蛋,坏蛋,贱婊子,臭狗屎,死骗子,癞蛤蟆,乡巴佬,杀千刀,我要割掉你的耳朵,挖掉你的肠子,我要揍得你发红、发青、发紫,我要打烂你的屁股,来,吃我一拳,洗洗脸,灌灌肠子!……"

一拳一掌,头肿脸胀……噼里啪啦!啪哒啪哒!玻璃打碎了,碗碟摔破了,家具撞倒了,人在打滚了,死丫头在叫,坏家伙在吼……你们想想看,这魔鬼的交响乐(演奏吧,乐师们!)会不会惊动全区的人!

我不想再看下去。我已经看够了,又走上我来的那条路,一只眼睛笑,一只眼睛哭,不知道到底应该垂头丧气,还是应该扬眉吐气。

"好,我的哥拉,"我说,"你总算侥幸逃脱了!"

而在灵魂的深处,哥拉却因为自己没有陷入这个泥坑而感到难过。我就模仿滑稽演员,回忆这一场瞎闹的笑剧,我模仿这个,模仿那个,模仿磨坊老板、小贱人、大笨驴,我唉声叹气,灵魂都要碎了……

"唉!这多么好笑!我的心里多么难受!啊!我要死了,"我说,"要笑死了……不,要难过死了。只差一点,这个小贱人就几乎把倒霉的丈夫担子加到我这只笨驴的身上!嗯!她为什么不这样干呢?我为什么不做王八呢?至少,我可以把她弄到手啊。给自己心爱的人做驴子也不坏!……达丽拉①!达丽拉!啊!特拉特丽特拉!……"

半个月来,笑的欲望和哭的欲望就是这样在我心上拉锯。在我一个人身上,在我这张歪脸上概括了古人的全部智慧,那就是赫拉克利特的哭脸和德谟克里特的笑容②。但是没有同情心的人却还冲着我的鼻子笑。某些时候,一想起我的爱人,我真想死了算了。幸而这种时候不能持久!……恋爱是很美的!但是老天在上,我的朋友,要是为了恋爱而死,那就是爱得过分了!小说里的阿玛迪和加拉奥③可以这样做!我们却是在勃艮第,可不是小说里的英雄。我们是在生活:我们是在生活。人家把我们生到世上来的时候,并没有问我们是不是高兴出世,也没有人打听过

---

① 达丽拉,出卖过她的爱人参孙的妓女,她代表女人对男人能起的坏影响。故事出自《圣经》。
② 赫拉克利特和德谟克里特,公元前五世纪的希腊哲学家,德谟克里特因为人类的愚蠢而大笑,赫拉克利特因为人类太愚蠢而大哭。
③ 阿玛迪和加拉奥,西班牙骑士小说中的英雄,阿玛迪是钟情人的典型,加拉奥是游侠的模范。

我们是不是愿意生活;但是既然到世上来了,天呀天,我就要待下去。世界需要我们……要不然就是我们需要世界。管它好不好,要我们离开它,除非人家把我们赶走。酒取出来了,就该喝掉。酒喝掉了,又该去我们的乳房似的葡萄山上再榨一些出来!你既做了勃艮第人,就没有工夫去死。至于受苦呢,那完全和你们一样(你们不要骄傲),我们也尽了我们的本分。四五个月来,我痛苦得像一只狗。但是时间过去了,我们太沉重的痛苦也被忘在脑后。现在,我只是对自己说:

"这就和我占有过她一样……"

啊!蓓勒蒂!蓓勒蒂!……说来说去,我还是没有占有过她。而三十年来,一直是那只狼心狗肺的吉弗拉,那只面粉袋、南瓜脸,他占有了她,抚摩着她,拥抱着她,我的蓓勒蒂……三十年了!……他的胃口也该满足了吧!人家告诉我,从他和她结婚的第二天起,他就没有了胃口。对于这只饿鬼,这张馋嘴,吞下去了的东西就不再有味了。要不是那次闹得天翻地覆,人家在床上,在窝里,捉到了这只王八蛋(啊!皮农这个大叫大闹的大草包!),这个吃饭不愿掏钱的人才不肯让太紧的结婚戒指夹住他的粗手指哩……咿哟,结婚吧,结婚吧!上当啦,说实话!更上当的,是蓓勒蒂:因为磨坊老板一不满意,就拿她当牲口来出气。而我们三个人之中最上当的,还是我。因此,泼泥翁,笑吧(有的是可笑的东西啦),笑他,笑她,笑我自己……

* * *

我这里笑着笑着,忽然看见二十步以外,在小路转弯的地方(老天爷!难道我自言自语一连谈了两个钟头!),那所红屋顶、绿窗户的房子,一根蜿蜒的、长蛇似的葡萄藤,用它含羞的绿叶,装饰着凸出的白墙。在开着的大门外面,在胡桃树的绿荫下,有一个女人弯着腰,在流着清水的石头水池内打水,我一下就认出了她(虽然我有好几年没看见她)。我的腿发软了……

我几乎要溜之大吉。但是她已经看见了我,并且一面继续打着泉水,一面还瞧着我。我看她也突然一下认出我了……啊!但她却不露一点声色,她太骄傲了;不过她手里拿着的水桶还是掉进了水槽。她就说:

"我的朋友,你不忙吧……那就不要这么快走。"

我呢,我回答说:

"难道你是在等我吗?"

"我吗?"她说,"我才不在乎你呢!"

"真的,"我说,"我也一样,彼此彼此。不过,我还是很高兴来看看你。"

"你来并不会妨碍我。"

我们生了根似的,面对面站在那里,她的胳膊湿了,我也穿着短袖衬衣,我们两个都忸忸怩怩,互相瞧着,我们甚至连看对方也没勇气。在泉水池底,水桶还在喝水。她对我说:

"进去吧,你可以待一会儿?"

"只能待一两分钟。我还忙呢。"

"这倒料想不到。什么风把你吹来的?"

"我吗？没什么,"我厚着脸皮说,"没什么,我溜达溜达。"

"那么,你很有钱了?"她说。

"我有的不是钱,而是幻想。"

"你还没有变,"她说,"总是那样疯癫。"

"人疯无药医。"

我们走进院子。她关上了大门。只有我们两个人,在一群咯咯啼的母鸡中间。所有的庄稼人都到田里去了。为了掩饰她的不安,也是由于习惯,她认为应该去关关,或者开开(我也不知道到底是开是关)仓库的门,一面责骂着梅多儿。我呢,为了装出不在乎的神气,我就谈到她的房屋,母鸡,鸽子,公鸡,鸭子,狗,猫,猪。要是她让我说下去的话,我会把诺亚方舟里所有的动物都数出来的！但是突然,她开口了：

"泼泥翁！"

我的呼吸都停顿了。她又叫我：

"泼泥翁！"

我们互相瞧着。

"拥抱我吧。"她说。

我当然不用她再三请求。人已经这么老了,这对谁也没有坏处,如果这不再有很大的好处的话(其实这总是有好处的)。在自己的老脸上,在我的锉子一般的粗脸上,感觉到她的起了皱的老脸,这使我的眼睛都痒得想流泪了。但是我并没有哭,我才不那么傻哩!她对我说:

"你的胡子刺人。"

"是的,"我说,"要是今天早上有人告诉我,说我将要吻你,那我会刮刮胡子的。三十五年前,我的胡子比现在软得多,那时我想吻你,你却不愿,那时,我的情人,我真想用下巴擦呀,擦呀,擦擦你的下巴。"

"那么你老是念念不忘?"她说。

"不,我从来不想这件事。"

我们一面笑,一面瞪着眼睛互相望着,看我们两个人哪一个先低头。

"你这个骄傲的、顽固的驴头,你多么像我啊!"她说,"不过你,小老头,你一点也没有老。当然,泼泥翁,我的朋友,你也没有长得更漂亮,你眼角上还有皱纹,鼻子也更大了。但是既然你一辈子从来没有漂亮过,你的尊容也没有什么可损失的,你也没有损失什么。甚至连一根头发都没有失掉,我敢赌咒,你这个自私的人,你至多这里那里有几根白头发罢了。"

我说:

"傻瓜的头,你也知道,是不会白的。①"

---

① "傻瓜的头不会白",法国俗语,因为傻瓜不用脑筋,无忧无虑,所以头发也不会白。

"你们这些懒汉,这些男人,你们一点也不操心,过的都是好日子。而我们呢,我们却老了,老得比你们快两倍。瞧我这副老样子。唉!唉!这个从前这样结实的身体,看起来这样柔软,抚摩起来更加柔软,这个胸膛,这对乳房,这副腰杆,这样的肤色,这个又香又脆、像新鲜水果一般的肉体……它现在到哪里去了?我现在又在哪里?过去的我消失到哪里去了呢?如果你在市场上碰到我,你还认识我吗?"

"在所有的女人当中,我闭着眼睛都可以认出你来。"我说。

"闭着眼睛可以,但是睁开了眼睛呢?瞧这张凹下去的脸,掉了牙齿的嘴,又细又长的、尖刀似的鼻子,发红的眼睛,憔悴的脖子,松弛的皮囊,变了样子的肚子……"

我说(其实我早就看见了她所说的一切):

"小小的母羊,永远显得年轻漂亮。"

"你难道什么也没注意到?"

"我并不是瞎子,蓓勒蒂。"

"唉!她到哪里去了,你的小黄鼠狼,你的小黄鼠狼?"

我说:

"'她到这里来了,美丽的林中雪貂。'①她藏起来又跑

---

① "雪貂"是一种法国最古老的游戏。游戏的人坐成一个圆圈,手里共同拿着一根两头接在一起的绳子,绳子上有个指环,叫作"雪貂"。大家用双手慢慢地移动绳子,指环也秘密地从一个人手里传到另一个人手里。大家一齐唱着:"它跑了,它跑了,林中的雪貂,太太小姐们:它到这里来了,美丽的林中雪貂。"一个人在圆圈中心。猜雪貂在谁手里。如果他猜着了,那个手里拿着指环的人又到圆圈中央来猜。

掉,她进洞去了。但是我总看见她,看见她小巧的鼻子和狡猾的眼睛,在暗中注意我,想引诱我掉进她的洞底。"

"你就进去也没有危险。"她说,"老奸巨猾的狐狸精,你的肚子长得多么大!当然,爱情的痛苦并没有使你消瘦。"

"我何必无事烦恼!"我说,"就是痛苦也要养料。"

"那就进去喝一杯吧。"

我们走进屋里,坐上饭桌;我也不太知道喝了什么,吃了什么,我的灵魂正在忙着;但是我的牙齿和咽喉还是一口也没错过。她把肘腕放在桌上,看着我喝;然后,她嘲笑我说:

"你现在不那么痛苦了吧?"

"有支歌子唱得好,"我说,"肚皮空,灵魂痛;肚皮饱,灵魂好。"

她的薄薄的、刻薄的大嘴不说话了;而我为了吹牛,自己也不知道胡说了些什么,但是我们的眼睛却互相瞧着,并且想到过去。突然:

"泼泥翁!"她说,"你知道吗?我从来没有对你说过。现在告诉你也没有什么关系。我从前爱的是你。"

我说:

"我早就知道了。"

"你早知道,死家伙!呃!为什么不对我说呢?"

"因为我喜欢作对,我知道只要我一说,你准会回答'不行'的。"

"那有什么关系,如果我心里的想法和我嘴里的说法恰恰相反的话,你吻的是嘴呀,还是嘴里说的话呀?"

"问题是你的嘴,天呀,不只是说说就算了。我还知道你干的好事,就是在你房里逮住磨坊老板的那夜。"

"这是你的过错,"她说,"我的房门并不是为他开的。当然,这也是我的过错;不过我已经受够罪了。你全知道,哥拉,可是你还不知道:我是因为你走了,又气又恨,才和他勾搭上的。啊!我那时多么恨你哟!自从那天傍晚(你还记得吗?)你撇下我走开,我就已经恨死你了。"

"我?"我说。

"你,死东西,有一天傍晚我睡着了,你来到我的园子里,想把我像果子似的摘下来,但是后来又满不在乎地把果子留在树枝上。"

我高声大叫,向她解释。她对我说:

"我都明白。不必那么费劲!大笨驴!我敢肯定说,如果这件事能够重新发生……"

我说:

"那我还是会和从前一样做的。"

"傻瓜!"她说,"也就正是为了这点我才爱你。那时,为了要惩罚你,我总要使你痛苦才开心。但是我却没有料到你会那么愚蠢,你不但不上钩,反而连香饵都不吃就逃走了(男人多么胆小!)。"

"多谢多谢!"我说,"白杨鱼喜欢吃香饵,但是更舍不得自己的肠子。"

她绷紧的嘴角上笑了一笑,眼睛也没有眨一眨。

"当我知道,"她接着说,"你在和那个家伙打架的时候,那只畜生我连他的名字都不记得了(那时我正在河里洗衣服,人家告诉我他要掐死你),我就丢了洗衣的棒槌(呃!听天由命),让它顺水漂流,我踩坏了我洗的衣服,撞倒了我的伙伴,鞋也不穿就跑,跑得喘不过气来,我想对你喊道:'泼泥翁!你没有发疯吧?你难道看不出来我爱你?真是自讨苦吃,要是你让那只狼一口咬掉一块好肉的话!我才不要一个断了手脚,脱了关节的丈夫哩。我要就要一个完完整整的你……'啊!当我正在叽里呱啦这么自言自语的时候,你这位没有脑子的先生却在酒店里大喝其酒,并且已经不记得了为什么才打架的,反而同那只狼胳膊挽着胳膊,一同逃走了(啊!懦夫!懦夫!),在一只母羊面前,逃走了!……泼泥翁,我那时多么恨你啊!……好人,当我今天看见你,当我今天看见我们的时候,那件事显得很滑稽。但在那时,我的朋友,我真恨不得剥了你的皮,把你活活烧死;但是没有办法惩罚你,我就只好惩罚自己,谁叫我爱你呢。磨坊老板自己送上门来。在我气得要命的当儿,我就接受了他。如果不是这头笨驴,我也会另外找一头的。不能因为少了一头驴子,磨坊就不开门。啊!我报复得多么妙!我只是想你,而他……"

"我明白!"

"……当他在为我报仇的时候,我心里想:'你现在回来吧!你的头会长角的,泼泥翁,你现在吃亏了吧?你回来！你回来！'……唉！你回来了,你回来得太早,我想不到你真回来得那么早……下面的事你全知道;我和我的笨驴已经钩住了,一辈子分不开了。而笨驴(是他还是我?)只好待在磨坊里。"

她不说话了。我就说:

"至少,你在磨坊里过得还好吧?"

她耸耸肩膀说:

"和驴子一样好。"

"见鬼!"我说,"这样看来,这所房屋不该是个天堂吗?"

她笑着说:

"我的朋友,你说得对。"

我们谈到别的,谈到我们的田地和家里的人,谈到牲口和孩子,但是不管谈什么,还是三句不离本行,话又回到本题。我以为她很愿意详细了解我的生活,我家里的人,我的房屋;但我发现(哦,好奇的女人)关于这一方面,她知道得几乎和我差不多;于是从针谈到线,我们胡诌瞎扯,谈这说那,从左到右,从上到下,为了聊得痛快,也不知道说到哪里去了。我们两个都抢着说废话:好像放连珠炮似的,说得喘不过气来。我们的话一点也不需要解释:话还热腾腾的没出口腔,就给对方一口接过去了。

我笑够了,擦擦眼睛,那时听见教堂的钟敲六点。

"天呀,"我说,"我得走了!"

"你有的是时间。"她说。

"你的丈夫要回来了。我不想看见他。"

"那么我呢?"她说。

从厨房窗口,看得见一片草场,草地已经开始披上它的晚装。落日的光辉用金沙摩擦着成千成万棵尖鼻子的,飒飒响的青草。在光滑的鹅卵石上,一条小溪在跳跃前进。一头母牛在舔一根柳枝;两匹马动也不动,一匹黑的前额有个白斑,另外一匹是灰黑的,黑马把头靠在灰马的屁股上,在吃饱了青草之后,它们正在白日的宁静中做着好梦。屋子里进来了一股新鲜的气味,太阳光,紫丁香,晒热了的青草和金黄色的马粪的气味。而在房间的阴处,在浓厚的、柔和的、闻起来有点发霉的阴影中,从我手里拿着的砂石杯子里,升起了勃艮第覆盆子酒的令人可亲的香气。我就说:

"在这里多么好啊!"

"要是我一辈子每天都是这样,那才好哩!"

她抓住我的手。

我就说(到这里来看她引起她的后悔使我心里骚扰不安):

"啊!你知道,我的蓓勒蒂,也许这样更好,从各方面考虑,也许就是现在这样最好!你一点也没有做错。我们这样过个一天,过得很好。但是要这样过一辈子,我了解你,也了解我自己,你很快就会过腻的。你还不知道我是个多坏的坏子,我游手好闲,好吃懒做,放荡无度,胡说八道,疯头疯脑,冥顽不灵,好酒贪饮,胡思乱想,精神失常,爱吵爱闹,性情急躁,说话好像放屁。我的姑娘,你会气得变成石头,你会气得要报复的。只要一想到这件事,我脑门子两边的头发就会竖起。感谢全知全能的上帝!像现在这样,一切都好。"

她用又正经又狡猾的眼色看着我,摇摇头说:

"你说得对,我的朋友。我也知道,我也知道,你是一个大饭桶(其实她一点也不那么想)。没有问题,你会打我的;我呢,我也会使你做王八。这有什么办法?既然世界上总得有人挨打,有人做王八(这是上天注定了的),那让打人的做王八不是更好吗?"

"当然,"我说,"当然……"

"你好像不相信的样子。"

"我相信的,"我说,"不过挨打和做王八这两重幸福,最好还是能够避免。"

我站起来,下结论说:

"没有什么可后悔的,蓓勒蒂!这样或者那样,现在反正都是一样。相爱也罢,不相爱也罢,像我们这样生命簿子快要翻完的人,一切都过去了,一切都过去了,就好像什么事都没有发生过一样。"

她对我说:

"你撒谎!"

(她说得多么对啊!)

* * *

我拥抱她之后就走了。她站在门口,倚着门框,用目光送我走。大胡桃树的阴影在我们面前越拉越长。我不敢回头,一直走到小路转弯的地方,完全能够肯定我看不见她了,那时才站住来换一口气。空气中弥漫着紫藤花的香味。远远的有几只白牛在草地上哞哞地叫。

我又继续往前走;为了要走捷径,我把大路丢在一边,爬上小山,穿过葡萄田,钻进树林里面。但这并不是为了要快点回家。因为半点钟之后,我发现自己还站在树林边上,一棵橡树的枝丫下面,一动不动,两眼瞪瞪,望着青天。我不知道我在做什么。我想着,想着。天上的红光陨灭了。我瞧着它的反光在葡萄藤上消逝,葡萄藤长着小小的新叶,像上了漆似的发亮,带着酒的颜色和金黄的颜色。有一只夜莺在歌唱……在我记忆的深处,在我忧伤的心里,另外一只夜莺也在歌唱。有一天晚上,像这天晚上一样,我和我的爱人在一起,走上了铺满葡萄藤的小山岗。我们年轻,快活,有笑,有说。忽然,不知道什么震动了空气,是晚祷的钟声,还是大地的呼吸,在黄昏中,它在扩张,在叹息,在对你说"来我这里吧",这是月亮上落下来的柔和的忧郁……我们两个都不做声,突然,我们牵起手来,并且既不说一句话,也不互相瞅一眼,只是一动不动地待着。那时,从栖息着春夜的葡萄藤上,升起了夜莺的歌声。夜莺不敢在葡萄藤上睡着,因为葡萄藤的不可靠的卷须越伸越长,越伸越长,越伸越长,想把夜莺的小脚缠上,因为不敢睡着,夜莺就不停地唱着它古老的情歌:

葡萄藤长着,长着,长着,

我日里夜里,都睡不着……

我感到蓓勒蒂的手也在说:

"你拉住我,我拉住你。葡萄藤,长吧,长吧,把我们联系在一起!"

我们走下了小山岗。快要到家的时候,我们放松了手。从此以后,我们没有再紧紧拉住过。啊!夜莺,你永远在歌唱。你在为谁婉转娇啼?葡萄藤,你也越伸越长。你要用爱情的卷须把谁联系在一起?……

夜已经来了。我鼻孔朝天,抬头望着,手倚靠着手杖,屁股又倚靠着手,像只竖立的啄木鸟一样;我老是望着树梢,树梢上月亮在开花。我试着要摆脱这迷住了我的魅力,但做不到。没有问题,这棵树用有魔力的阴影捆住了我,使我不但迷了路,并且没有了寻路的念头。一次,两次,三次,我转来又转去;每次都转到原来的老地方,仿佛给拴住了一样。

于是,我下了决心,就躺在青草上,要在露天大旅社住一夜。我在这个旅社并没睡着多久。我沉思默想,忧郁地回忆起自己的一生。我想到这一生本来可能成为什么模样,实在成了什么模样,想到已经烟消云散的梦想。上帝呀!在这夜深人静,灵魂脆弱的时刻,人们在自己过去的生活里,能够发掘出多少感伤!失望的老人看见面前升起了满怀希望的青年时代的形象,那时他觉得自己真是一贫如洗!……我结了一下盈亏的总账,还检查了我羞涩的钱包:我的老婆人既不好,又不漂亮;我的儿子离我很远,思想和我完全不一样,除了身体以外,什么都不是我给他们的;朋友都背信弃义,人们都如疯如狂;宗教杀人,老打内仗;法国四分五裂;我心灵的梦想,我雕刻的艺术品,也遭到抢劫;我的残生,好比劫后的余烬,而死神的阴风就要吹来……我轻轻地哭泣,嘴唇靠着橡树的腰身,人蹲在树根中间,好像在一个慈父的怀抱里,我在向它诉苦。我知道它在听。没有问题,等一下它也会说话,也会安慰我的。因为几个钟头之后,我醒过来的时候,发现自己已经鼻子朝地,鼾声如雷地大睡了一觉,我的忧郁也不知道到哪里去了,只是忧伤的心里还有一点疲乏,小腿有点抽筋。

太阳醒了。满树都是唱歌的鸟。树上流下歌声,好像手里捏着的葡萄流着液汁。金丝雀吉约梅,红颈鸟玛丽·果德蕾,锯木鸟,喋喋不休的白颊鸟西耳薇,还有我的伙伴小八哥,我最喜欢他,因为不管天冷天热,刮风下雨,他总是笑,他的脾气真好,他第一个开始歌唱,最后一个休息,从天亮一直唱到天黑,我喜欢他,还因为他和我一样,有一个通红的鼻子。啊!这些可爱的小孩子,他们怪叫乱唱,多么开心。从黑夜的恐怖中,他们刚逃出来。布满了陷阱的黑夜像一面网似的,每天晚上都要落到他们身上。闷死人的黑暗……要闷死我们哪一个?……但是,"哗里哗啦"!……夜幕一揭开,遥远的黎明用淡淡的笑容,刚使生命的冻僵的面孔和惨白的嘴唇苏醒过来……"哇啼,哇啼,啦啦咿,啦啦啦,啦得哩,啦里哗啦……"他们用什么喊声,我的朋友们,他们是多么欢天喜地、心旷神怡地欢迎白天啊!人们所受的痛苦,所有的恐惧,沉默的威胁,冰冷的睡眠,黑夜,一切,一切,都在"哇啼,呼吓特"的歌声中,被忘记得干干净净。啊,白天,啊,新生的白天!……告诉我,小八哥,你更生的秘诀,在每一天清晨,你对于黎明的来临,总怀着同样的、不可动摇的信心!……

八哥继续吹着口哨。他有力的讥讽使我也高兴起来。我就蹲在地上,像他一样吹着口哨。杜鹃在树林的深处做捉迷藏的游戏,一面叫着:

"内韦尔的白王八,黑王八,灰王八①……"

"杜鹃,杜鹃,你再骂人,魔鬼会掐断你的脖子!"

我还没站起来,先转身向后一跳。一只兔子走过,它也赶快学我:它笑了;它的嘴唇裂开,因为笑得太多。我又动身回家,一面拼命唱着:

"一切都好,一切都好!我的伙伴,世界多么圆满。只有不会游水的人,才会沉入深渊。我的眼耳口鼻门户大开,世界呀,进来进来,流进我的血液里来!难道我还会因为不能事事如意,就像个大傻瓜似的怨天尤人?当人开始希望'如果我有这个……当我有了那个……',那就永远也没办法完结;人总是要失望的,因为他希望的总比他得到的多!即使内韦尔大人,即使国王陛下,甚至天父上帝也是如此。

---

① 法文的"王八"和"咕咕"发音相近。

各人的能力都有个限度,每个人都有自己的小天地。难道我还会因为不能超出范围就骚扰不安,唉声叹气?难道我换个地方就会好些?我现在是在我的小天地里,我还要待下去,天呀,能待多久,就待多久。我有什么可以抱怨的呢?算起总账来,人家又不欠我的债。我可能根本就没出世……仁慈的上帝!我一想到这种情形,背脊都会发冷。这个美丽的小宇宙,这样的生活,没有泼泥翁!泼泥翁没有生活!多么悲哀的世界,啊,朋友们!……像现在这样,一切都好。我没有得到的东西,去他妈的!但是得到了的呢,我可要拿住不放……"

* * *

我迟了一天,才回到克拉默西。我让你们自己去想,我回家时受到了怎么样的欢迎。

可是我并不在乎;我爬上了顶楼,就像你们所看见的那样,一面摇头摆尾,自言自语,歪歪地伸出舌头,一面把我的痛苦和我的快乐,还有我痛苦中的快乐,都写到纸上来……

难以忍受的苦痛,
事后谈起倒轻松。

六 飞过的珍禽,或:阿努瓦堡的小夜曲

六 月

昨天早上,我们知道有两位显要的客人,特尔姆小姐和麻衣布瓦伯爵,经过克拉默西。他们并没有停留,就继续他们的旅程,一直到阿努瓦堡,在那里他们要逗留三四个星期。市议会决定了,按照惯例,第二天要派一个代表团去见这两位贵宾,用全市的名义向他们致敬,祝贺他们愉快的旅行。(人家会说这是一个奇迹,如果一只这样的畜生,坐着他的软席马车,很暖和地,从巴黎到内韦尔来,居然没有走错路,也没有摔断骨头!)按照惯例,议会还决定了,为了喂他们的鸟嘴,送他们一些讲究的蛋糕,这是本市的骄傲,还送一些冰糖大面包,那也是我们的特产。(我的女婿,面包师傅佛洛里蒙·腊维宰,他一做就做了三打。这些议会的先生们说两打就够了;但是我们的佛洛里蒙也是一个议员,他做什么都很大方,面包卖十六个苏一个:反正是市政府给钱。)最后,为了使他们五官同时沉醉,还因为听着音乐吃东西似乎更舒服(我呢,只要有吃有喝,我可不在乎有没有

音乐),人们还选派了四个蹩脚的音乐师,两个拉中提琴,两个吹双簧管,外加一个小鼓手,去到阿努瓦堡,当贵客们狼吞虎咽地吃蛋糕的时候,乐师们就可以铿铿锵锵地演奏小夜曲。

我也没有人请,就带着我的竖笛,自动地参加了这个乐队。我不能错过一个看看新脸孔的机会,特别因为来的人是宫廷里饲养的珍禽(不是平常人饲养的;我请你们做证人,我可没说过他们是家禽)。我喜欢他们漂亮的衣服、空洞的谈吐和做作的面目,我喜欢看他们整理衣服,或者摇摇摆摆走来,翘起鼻子,扭着屁股,行礼时用手和脚画着圆弧。此外,他们是宫廷里来的也好,别地方来的也好,不管他们从哪里来,给我带来新鲜事物总是好的。我是潘多拉①的儿子,喜欢打开各种盒子、各种灵魂的盖子,无论是白净的或是肮脏的灵魂,瘦的或是胖的,下贱的或高尚的,我喜欢探索人心,知道心里发生的变化,打听和我没有关系的闲事,把鼻子到处乱钻,嗅呀,吸呀,尝呀。哪怕为了好奇要挨鞭子我也不在乎。但是我(这点请你们放心)在寻开心的时候,永远不会忘记捡便宜;恰巧我工场里为阿努瓦堡的爵爷刻好了两块雕花大木板,我就把它们和议会代表、提琴手、笛子手和冰糖大面包一起装上一辆马车,这既方便,又不花钱,你们看多好。我们还带着格洛蒂,佛洛里蒙的女

---

① 潘多拉,希腊神话中的第一个女人。朱庇特大神送了她一个盒子,盒子里关着各种灾祸;盒子盖一揭开,所有的灾祸都飞到世界上来了。

儿,好充分利用马车(这也是个机会),并不要我们破费;另外一个议员也带着他的儿子。最后,药剂师把糖浆、加香料的葡萄酒、蜂蜜水、果酱,都装上车,这些都是他的产品,他打算由克拉默西出钱买去献给贵宾。我注意到我的女婿对他很不满意,说这不合规矩,要是每个老板、屠夫、面包师傅、鞋匠、理发师,以及其他人等,都要来这一手,那可要把市政府和市民都吃穷了。他说得并不错;但是药剂师也是议员,和佛洛里蒙一样:没有什么好说的了。只有小百姓是应该服从法律的;另外有些人却在制定法律。

大家坐上两辆马车走了:车上有市长,木板,礼物,小鬼头,四个音乐师和四个议员代表。我呢,我步行去。只有残废的人才要车子装去,好像小牛上屠宰场,或者老太婆上市场一样!说老实话,天气不算太好:非常沉闷,就要有暴风雨,天空是粉白的。太阳神灼人的圆眼直射着我们的后颈窝。路上升起了一阵阵的灰尘和一群群苍蝇。佛洛里蒙比一位小姐还更怕太阳晒黑他雪白的皮肤,但是除了他以外,我们大家都很满意:苦恼有人分担,也是一种乐趣。

只要大家还看得见圣马丁教堂的钟楼,每一位漂亮的先生都还假装正经。但是当城里人的眼睛一看不见他们,所有的脸孔都笑逐颜开,他们的精神也和我的短袖衬衫露出的光胳膊一样,原形毕现。他们首先说了几句下流话(这是我们这里开胃的方法)。然后有一个人唱起歌来,接着又有一个;请上帝原谅我,我相信我听见市长本人在哼着两句打油诗。我也吹起竖笛来。别人全都随声唱和。而格洛蒂尖锐的小声音突破了人声和箫声的音乐会,一直上升,到处飘荡,像只麻雀似的啁啁啾啾,啁啁啾啾。

我们走得不太快。小马一上坡就自动站住,喘气,放屁。要继续往前走,我们得等它们的音乐放送完毕。走到布瓦肖坡上,公证人彼得·德拉沃先生要我们弯一点路(人家不能拒绝他:他是唯一的没有提出任何要求的议员代表),好顺便到一个主顾家里去起草一张遗嘱。大家都同意了;只是这段路太长一点;而我们的佛洛里蒙在这一点上又和药剂师意见一致,他又找到了责备别人的材料。"只许我吃一颗葡萄,即使太酸的也好,不许你吃两个无花果。"但是彼得·德拉沃先生仍然不慌不忙地办完了他的私事;你愿意也罢,不愿意也罢,我的药剂师先生,你总不能不答应他。

最后,我们到了(走路总有到达的时候),不过好像吃过了饭才送来的芥酱,人家已经用不着它了。我们的珍禽正要离开餐桌,那时送到了我们亲手带来的糕点。他们为了弥补损失,接着又吃:鸟总是时时刻刻吃的。我们议会的先生们,在快到城堡的时候,还慎重地作了最后一次停留,换上他们怕给太阳晒坏而小心地折起来的礼服,他们的光明灿烂的漂亮的长袍,看起来眼睛都会觉得热,心里也会高兴,市长穿的是绿绸子的,他的四位伙伴穿的是淡黄的呢绒;人家会把他们当作一条黄瓜和四个南瓜。我们一面奏乐,一面走了进去。听见我们的声音,没有事做的仆人从窗口伸出头来。我们这四位穿呢绒的和那一位穿绸子的走上了台阶,在门口居然出现了(我没有看清楚)两个穿着绉领衣服的人头("看见什么绉领,人家就知道他们是什么畜生"),满头的卷发,还系了丝带,好像两只绵羊。我们其余的人,蹩脚的音乐师和乡下佬,待在院子中央。我站得这样远,也听不见我们的公证人用拉丁文说的漂亮的贺词。但是我并不觉得遗憾:因为我相信只有彼得先生一个人在自念自听。不过我可不肯错过看小格洛蒂的表演,她用小小的步子爬上了台阶,好像一个献堂瞻礼的圣母玛利亚①,她用两只小手和大腿紧紧地夹着蛋糕篮子,蛋糕一层一层地堆着,有她的下巴那么高。她一块也不肯放过:她用眼睛瞪着,用胳膊捆着,这只小馋鬼,这个小顽皮,这个小宝贝……上帝!我真恨不能把她吃了……

儿童的魅力好像音乐;它比我们演奏的音乐更有把握能够进入人心。最高傲的人见了它也会变温存;人自己也成了孩子,暂时会忘了他的骄傲和他的地位。特尔姆小姐对我的格洛蒂温和地微笑了,她吻她,抱她坐在膝盖上,拿住她的下巴,把一块蛋糕分成两半,对她说:"把你的小嘴伸过来,我们分着吃吧……"就把大半块蛋糕放进她小小的圆嘴,那时我呢,我快活得拼命喊:

"仁慈美丽的内韦尔之花万岁!"

我拿起竖笛,吹起一支快乐急促的曲调,仿佛要把空气扯裂,好像燕子在尖声叫。

---

① 圣母玛利亚很小的时候就走上圣殿的台阶,献身给上帝。

大家立刻都笑起来,并且转过头来向着我;格洛蒂也拍着手叫道:

"爷爷!"

阿努瓦大人叫着我的名字:

"这是泼泥翁那个疯子……"

(他自己也知道,我的天呀,他和我一样疯癫。)

他对我做了个手势。我就带着竖笛,用轻松愉快的步子,走了上去,向他们行礼……

> 说话有礼貌,行礼又殷勤,
>
> 不要花本钱,落得做好人。

……我向右向左行礼,向前向后行礼,向每一个男人、每一个女人行礼。同时,我用有分寸的眼光观察着,打量着穿了大钟似的裙子的特尔姆小姐(人们会以为她是一根钟舌);我剥光了她的外衣(这当然只是我的想象),我笑着在她的衣饰下面看见她小小的个子,赤裸裸的身体。她又瘦又长,皮肤太黑一点,粉又涂得太白,她的漂亮的棕色眼睛闪闪发光,好像两块红玉,她的鼻子像只贪吃爱拱的小猪的鼻子,嘴唇又红又厚,接起吻来最好,颤动的卷发一直垂到脸上。她看见我,就用一种不耻下问的神气对我说:

"这个好孩子是你的吗?"

我调皮地回答说:

"谁晓得呢,贵人?这是我的女婿。这要他来回答。

我可不能替他负责。但是无论如何,这是我们的财宝。并没有人来冒领。这和金钱不同。'孩子就是穷人的财富。'"

她居然不摆架子地微笑了,而我们的阿努瓦大人却哈哈大笑起来。佛洛里蒙也笑;但是不敢出声。我呢,我还一本正经,装疯卖傻。那时穿着绉领衣服的男人和穿着大钟似的裙子的女人都屈尊来问我(他们两个都把我当作一个音乐师)这个职业能够赚多少钱。我自然就回答说:

"几乎等于零……"

但是,我并没有说明我干的是哪一行。我为什么要告诉他们呢?他们并没问我。我等待着,我要瞧瞧,我要取乐。我觉得这些漂亮的先生们,这些阔人,对着一无所有的穷人,总以为应该摆出一种满不在乎的、装模作样的高傲的派头,实在是好笑。他们似乎永远在教训穷人。一个穷人就是一个小孩子,他什么事也不懂……而且(人家口里虽然不说,心里却实在是这样想),不懂事也是他的错:所以上帝才处罚他,这是对的;感谢仁慈的上帝!

仿佛他们跟前根本没有我这个人似的,麻衣布瓦高声对他的女伴说:

"小姐,既然我们无事可做,那就利用利用这个穷小子吧;他有一点傻里傻气,吹着竖笛,从东跑到西:他应该认识茶楼酒馆的人。让我们来问问他这些外省人的想法,假设……"

"嘘!……"

"……假设他们会思想的话。"

于是他就问我：

"喂，老头，告诉我们，这个地方的人心怎么样？"

我重复他的话：

"人心？"

一面假装糊涂。

我对着那位阿努瓦的胖大人眨眨眼睛，他摸摸胡子，让我胡扯，一面用他的大手遮住他的笑脸。

"人心这两个字在外省似乎不太流行，"麻衣布瓦讥讽地说，"我问的是，老头，这里的人想些什么？相信些什么？他们是好天主教徒吗？对国王忠诚吗？"

我回答说：

"上帝是伟大的，国王也很伟大。我们很爱他们两位。"

"你们对王爷们的看法如何？"

"他们也是些伟大的人物。"

"那么你们拥护他们？"

"是呀，大人，是的。"

"你们反对孔齐尼吗？"

"我们也拥护他。"

"怎么，鬼东西，怎么！难道你不晓得孔齐尼和王爷们是对头？"

"我不敢说……这也可能……我们两边都拥护。"

"天啦，你们总得要选择呀！"

"一定要选择吗,大人?不能省点事吗?那么,我就来选择吧。我拥护谁好呢?……大人,我过几个礼拜再告诉你。我还要去想想。这还要等些时间。"

"咳!你还要等什么呢?"

"大人,我总得要知道他们哪一边更强呀。"

"混蛋,你怎么不害臊?难道你连白天和黑夜,连国王和他的敌人都分不清了吗?"

"说老实话,大人,并非如此。你对我要求太高了。我看得清楚现在是白天,我并不是瞎子;但是在国王的部下和王爷大人的部下之间,如果要选择的话,我的确不晓得他们谁的酒量更好,谁更会糟蹋老百姓。我不说他们的坏话;他们的胃口都好:这是因为他们的身体好。我同样祝你身体健康。我喜欢食量大的人;我自己也喜欢大吃大喝。但是不瞒你说,我还是更喜欢这些朋友到别人家里吃去。"

"滑头,这么说来,你谁也不喜欢?"

"大人,我爱我的财产。"

"难道你不能为你的主人、为你的国王牺牲一点吗?"

"我很愿意,大人,如果我没有别的办法。不过我倒想要知道,在法国要不是还有人爱惜我们的葡萄园和我们的田地,国王还有什么可以放到嘴里咀嚼的东西!各人有各人的职业。有些人吃。另外有些人……另外有些人被人吃。政治就是吃人的艺术。可怜的人,我们有什么办法呢?你们是搞政治的,我们是种田地的!提意见,那不是我们的事。我们是无知的。我们知道什么呢,除了像我们的祖先亚当一样——（据说他也是你们的祖先；但是我却一点也不相信，对不起……也许他是你们的老表……）——我们知道什么呢，我们只会使土地生产，使它肥沃，深耕细作，播种栽禾，种燕麦，种小麦，剪葡萄，接葡萄，割草刈草，打禾，挤葡萄，做酒，做面包，砍柴，凿石头，裁布，缝皮，打铁，剪切，雕刻，开运河，修道路，建筑城市，修造教堂，用我们的双手在地面上盖起珍珠圈似的花园，使墙壁上和雕板上都百花齐放，光影迷离，剥掉包住宝石的外套，露出它洁白美丽的玉体，等待时机，逮住在空中飞过的音波，把声音关进悲叹哀吟的小提琴的金黄心窝，或者关在我空空的笛子里，总而言之，使我们成为法国土地的主人，水、火、空气四大元素的主人，再使土地、水、火、空气，都来服侍你们，供你们吃喝玩乐……除此以外，我们还知道什么呢？我们怎敢妄想懂得公家的事体，王爷的纠纷，国王的神圣妙计，政治这套把戏，还有其他抽象的哲理？大人，一个人不应该做事不量力。我们是些牛马，生来就是为了挨打。好吧！但是哪个拳头打在我们身上最舒服，哪根棍子落在我们背上最柔和……大人，这是个严重的问题，太深奥了，我的脑子不能解决！对你说老实话，这一派或者那一派，对我都没有什么关系。为了回答你的问题，一定要手上有了棍子，再权衡轻重，试试分量。没有棍子，你就忍耐吧！忍耐吧，忍耐吧，砧板。只要你是砧板，你就得忍痛挨打。但是当你成了铁锤的时候，那你也来打吧……"

麻衣布瓦瞧着我，他的鼻子耸起，正拿不定主意，不知

道到底该笑还是应该生气,那时有一个跟随他的马夫,以前在我们已故的内韦尔好公爵那儿看见过我,他就说了:

"大人,我认识他,这个古怪的人:他是个好工人,巧木匠,吹牛大王。雕花刻木,那是他的本行。"

这位高贵的大人似乎并不因为这几句话就改变了他对泼泥翁的看法;一直等到他从他的马夫,还从他的主人阿努瓦爵爷那儿,知道了某某王爷很赏识我的作品,那时他才开始对我这个渺小的人物(我说"渺小",朋友们,那是为了谦虚:因为我称起来并不少于一百斤)表示几分兴趣。人家指给他看我在院子里的水池上雕刻的一个卷起衣裙的女郎,围裙里抱着两只张着嘴巴、拍着翅膀、挣扎着要摆脱羁绊的鸭子,那时他也不是最后一个才表示看得入迷的人。后来,他在城堡里看我做的家具和雕花板。阿努瓦大人大摇大摆地走着。这些有钱的畜生!人家会以为他们买来的艺术品是他们用钱做出来的!……麻衣布瓦为了表示尊敬我,认为他应该表示惊讶,为什么我待在这个闭塞的地方,远远地离开了巴黎的大艺术家,隔绝在这穷乡僻壤,单干着这需要耐心,需要真实功夫,却没有一点创造性的工作——需要非常小心,却没有飞黄腾达的理想——需要仔细观察,却没有想象,没有象征、寓意、哲理,毫不神奇的工作——总而言之一句话,没有任何条件能使一个识货的内行知道,我是在雕刻着伟大的艺术品(一位伟大的爵爷当然不能赞赏任何不伟大的东西)。

我谦逊地回答说(我是谦虚的,也有一点傻):我知道我这个人没有什么价值,每个人都应该知足,不该妄想越轨。一个像我们这一类的可怜人什么也没见过,什么也没听过,什么也不知道,所以如果他安分守己的话,就该待在巴尔那斯山①的最下层,不该作任何太高太大的妄想;从山顶上看见天马行空的侧影,他的眼睛都会吓慌,他只配到山脚下去开采石矿,这些石头倒可以盖房子用。贫乏而狭隘的心灵,除了日用品以外,什么也做不出,什么也想不出。搞实用艺术,这就是他的命运。

"实用艺术!实用和艺术是不相容的,"我们的傻瓜说,"只有没用的东西才是美丽的。"

"这真是至理名言!"我也同意,"这的确说得对。无论在艺术上还是在生活中,到处都是这样。没有什么东西比钻石、王爷、国王、爵爷,或者鲜花更美丽的。"

他走开了,他对我很满意。而阿努瓦大人却抓住我的胳膊,轻轻地对我说:

"该死的刻薄鬼!你挖苦够了吗?对,装傻吧。张嘴的羔羊,我可认识你。不要否认。对这位漂亮的巴黎先生,你可以随意挖苦,去吧,我亲爱的朋友!但是如果你居然也敢攻击我的话,小心,泼泥翁,我的孩子,那你就要挨棍子。"

我抗议说:

---

① 希腊神话,巴尔那斯山是天神阿波罗和九位文艺女神居住的地方。

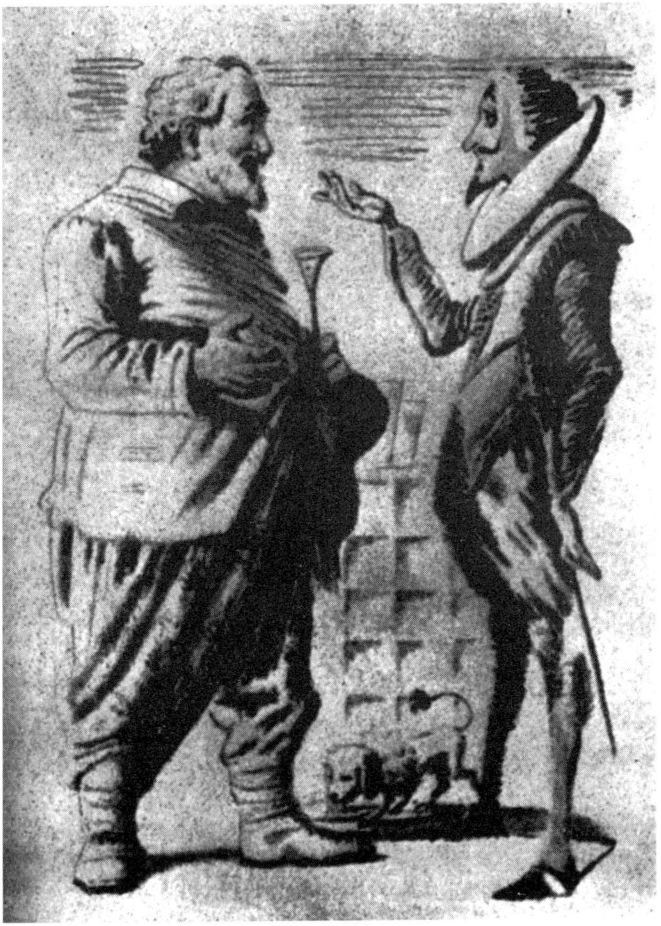

"我吗,大人!我怎么胆敢攻击我的大人!我的恩人!我的保护人!怎么可能以为泼泥翁会有这样黑的心肠?……黑,倒还算了,上帝呀,傻,那可不行,你这话请对别人说去吧!这可不是我干的事。谢天谢地,我太爱惜我的臭皮囊了,不会不尊敬那种值得尊敬的人。我连碰都不会碰他一下;唉,我还不那么傻!因为你不但是比我强(这是不用说的),而且比我狡猾得多。呃!比起你来,我简直是小巫见大巫。你的肚子里有多少诡计啊!而你的袋子里又装进了多少这类货色,新的,旧的,轻率的,稳重的!"

他心花怒放了。称赞一个人,说他有他所最缺少的才能,没有什么比这种称赞更令人高兴的了。

"好的,"他说,"牛皮先生。撇开我的袋子不谈,还是来看看你的袋子里装了些什么东西吧。因为我猜得着,你既然来了,绝不会是无缘无故的。"

"瞧,瞧,你又猜对了!"我说,"我真是个玻璃人。你就像天父一样,看得见我的心。"

我打开包袱,拿出我那两块雕板,还有一块意大利人的作品(刻着命运之神站在轮子上,那是我从前在曼托瓦买的),我这老糊涂却不知怎的,把它当成了我的雕刻。人家只是平平淡淡地称赞了几声……然后(多糊涂啊!)我又拿出一件我的作品(一块圆形浮雕的少女像),我却说成是意大利人刻的。他们都叫起来,惊叹起来,哦呀!哈呀!他们佩服得五体投地。麻衣布瓦咧着嘴巴,说是在浮雕上看得见拉丁天空的回光,看得见受过耶稣基督和朱庇特大神两重祝福的圣地的影子。阿努瓦大人也发出驴鸣,数了三十六个金币给我——至于那件真正意大利人的作品呢,却只给了我三个金币。

* * *

天快晚了,我们又动身回去。在归途中,为了使伙伴们开心,我就讲起贝勒加德公爵大人有一次来克拉默西练习打靶的故事。这位好大人看不见四步以外的东西。当他射击的时候,人家就派我去把那只当作靶子的木头鸟打落,并且迅速敏捷地把另外一只打穿了心的木鸟送到公爵跟前,说是他打中的。大家都大笑起来;然后,每个人都轮流滔滔不绝地讲一些我们的爵爷的妙事……这些好大人!当他们堂堂皇皇,摆着排场,摆得烦闷无聊的时候,啊!他们哪里知道,在我们看来,他们是多么可笑!

不过,关于圆形浮雕的故事,我要等到了家里,关了大门才讲。当佛洛里蒙知道了这件事,他严厉地责备我不该把意大利人的雕板当作我的作品那么便宜地卖掉,因为他们既然那么欣赏,肯花那么多钱来买我那件冒名的作品。我回答说是要拿他们开心,如果真要诈取他们的钱财,我可不干!佛洛里蒙激动起来,尖酸地问我这样花钱买开心有什么好处!如果嘲笑不能赚钱,那又何必嘲笑别人?

那时,我的好女儿玛玎非常聪明地对他说:

"就是这样,佛洛里蒙,我们全家大大小小,永远是满意的,我们永远谈谈笑笑,谈我们笑的事,笑我们谈的事。

得了,别埋怨啦,我的好人! 就是为了这个缘故你才没有做王八。因为我知道我随时随地都可能使你戴绿帽子,这种可能使我这样开心,我反而懒得要它兑现了……不要那么阴沉沉的神气! 没有什么可懊丧的! 因为这也就和你当过王八差不多了。缩进你的壳里去吧。我看,你是不是真想做王八啦。"

七 瘟 疫

七月初

俗话说得好:"病来如奔马,病去如步行。"瘟疫坐着奥尔良的快车拜访我们来了。上星期一,它在圣法齐奥撒下了一粒种子。种子越坏,长得越快。上星期末,又有十个人得了瘟病。然后,然后,它离我们越来越近,昨天,在酒城库郎吉又发作了瘟病。这就好像鸭子塘里突然一声巨响!所有的好汉都拔腿逃命。我们把老婆、孩子、小鹅一起带走,把他们送到很远的地方,送到蒙特努瓦宗去。灾祸也有一点好处:在我家里不再有人唠叨了。佛洛里蒙也同着娘儿们一起走了,这个胆小鬼借口说他不能离开快要分娩的玛玎。许多肥胖的先生们都找到了很好的理由要去作一次旅行,因为车马已经驾好了;这个日子去看看他们田地的收成如何,对他们似乎非常合适。

我们这些留下来的人呢,我们就来开玩笑,挖苦那些谨慎小心的人。议员大人们派了卫兵把守城门,把守通到奥塞尔去的大路,还下了严格的命令,要驱逐那些想进城的穷人和农民。至于那些衣服穿得好、口袋里有钱的老板呢,他们至少也要经过我们三位医师的检查,那就是埃田·路瓦佐大夫、马丁·佛罗节大夫和菲利伯·德·沃大夫,三位大夫为了防备天灾的侵袭,都穿了稀奇古怪的衣服,戴着一个贴满了膏药的长鼻套、一个面具和一副眼镜。这使我们大笑起来;马丁·佛罗节大夫是个好人,他不能维持他的尊严了。他就脱掉他的鼻套,说他才不肯打扮得像只四不像呢,他也不相信这套古怪的服装就能抵抗瘟病。对的,但是他却得瘟病死了。不过埃田·路瓦佐大夫相信他的鼻套,并且戴着鼻套睡觉,他也不折不扣地病死了。只有菲利伯·德·沃大夫算是死里逃生,他比他的同事们更加深谋远虑,他不是抛弃他的鼻套,而是抛弃了他的职位……哈,我讲得太快,已经讲到故事的尾声了,开场白还没讲清楚呢!还是从头讲起吧,我的孩子,要捉山羊就得拉住它的胡子。这一次,你拉住了没有?……

我们冒充无畏的理查①。我们很有把握,相信瘟疫一定不肯光临我们的寒舍!据说瘟神嗅觉也很灵敏;它一定讨厌我们制革厂的香味(其实每个人都知道,这股香味再好闻也没有了)。上次瘟神来到这个地方(那是一千五百八十年,我有一只老牛那么大的年纪,一十四岁),它把鼻子一直伸到我家门口,然后,闻了一闻,就向后转了。就是那时,夏太-桑苏瓦的人(从那时起,我们老把他们当作笑

---

① 无畏的理查,十二世纪英国国王,外号狮心王。

料)不满意保佑他们的圣徒,说伟大的圣波汤天保护不周,把他推出门去,试请另外一位圣徒来保护他们,后来又换一位,后来再换一位;他们换了七回,先后请过莎维年和佩勒兰、菲利伯和伊累尔。他们也不知道再供奉哪个圣徒才好,最后供起一个女圣徒来了(这些轻薄的家伙!),既然波汤天不中用,他们就供波汤地安娜。

我们一面回忆这个故事一面笑,我们天不怕,地不怕,心比天大,口比海阔,有坚强的体魄和英雄的气魄。为了表示我们既不迷信,也不相信医生和议员,我们勇敢地走到夏斯特洛门去,在坟坑上和另外一个世界的人谈天。为了卖弄本领,有些人甚至设法溜到城外,去附近的小饭馆和那些关在天堂门外的人一起喝上一瓶,尽管城门口还站着个把天使,在那儿把守乐园的大门(因为他也不把站岗真当作一回事)。我呢,我也像他们一样做。怎么能让他们单独行动呢?怎么能容忍别人当着我的面欢天喜地,兴高采烈,品论着新闻和新酒?那我会活活气死的。

所以我也走出城去,看见一个我认识的老农夫,麻衣堡的格腊特潘老头子。我们就在一起碰杯喝酒。这是一个快快活活、矮矮胖胖、结结实实的人,他通红的脸孔在阳光下流着汗水,发出了健康的光辉。他装得兴致勃勃,比我还更起劲,他公然藐视疾病,说病都是医生捏造的。要是相信他说的话,那只有倒霉的人才会死,不是害病,而是害怕才死的。

他对我说:

"我把长寿的秘诀告诉你吧,并不要你一文钱:

脚要保持暖和,
饭莫吃得过多。
少照顾点婆娘,
包你身体健康。"

我们在一起过了足足一个钟头,鼻子冲着鼻子呼吸。他有一个怪癖,说话的时候喜欢轻轻拍你的手,捏你的大腿或胳臂。我当时还没注意。第二天,我可想起来了。

第二天,我的学徒对我说的第一句话就是:

"你晓得吗,老板,格腊特潘老头子死了……"

哎呀!我再也不能装腔作势,背脊都发凉了。我自言自语说:

"我可怜的朋友,把你的皮鞋擦擦亮,准备上天堂吧;你美妙的时光已经过完了,或者不久就要过完……"

我走到工作台前,做做这样,干干那样,想岔开这个思想,但是请你们相信,我怎么也没有心肠去做手艺。我想:

"傻瓜!这下你可学个乖了,谁叫你作怪的。"

但是勃艮第人不是肯伤脑筋去想三天前应该做什么事情的人。我们已经在今天了。圣马丁呀,那就让我们待在今天吧。现在的问题是要保卫自己。还好,敌人并没有捉住我。我有一度想去请教圣科斯默①店(你们当然懂得我

---

① 圣科斯默,保佑医生的圣徒。

的意思是要去找医生)。但是我存了戒心,就没有去。我虽然心烦意乱,还是保持了足够的理智,我对自己说:

"好孩子,医生知道得并不比我们多。他们拿了你的钱,而对你的好处,只是把你送进瘟疫病院,在那里你怎么能够不染上瘟病呢。千万什么也不要对他们说!你大约还没有疯吧?如果问题只是要死,那没有他们一样可以死。上帝呀,这是注定了的,'不管有没有医生,我们都要一直活到死的那天。'"

我枉然想使自己麻痹,或者乱吹牛皮,我开始感到胃在翻腾。我摸摸这里,摸摸那里,然后……哎哟!这次真是瘟疫来了……最可恶的,是在吃饭的时候来了,我面前正摆着一盘扁豆烧羊肉,是掺了酒煮的,里面还有几片咸肉(今天我谈到它,还是惋惜得想哭),但是那时我却没有兴趣张开下颚。我心如刀绞地想道:

"的确我要死了。胃口已经没了。这是结束的开始……"

那么,至少也得安排安排后事。如果我让自己死在这里,那些强盗议员就会把我的房子烧掉,他们会借口(真是胡说!)说我这里会传染瘟疫的。哈!一所全新的房子!要烧掉它,那人不是坏蛋,就是傻瓜!与其烧它,不如让我到粪堆上去死吧。我还来得及呀!不要浪费时间……

我站起来,穿上一套最旧的衣服,拿了三四本好书,几本格言、高卢的下流故事、罗马的名人言论集、《加东①的金

---

① 加东,古罗马的政治家,以忠直平正著名。

言》、布歇的《饭后语录》和吉勒·科罗泽的《新普鲁塔克》；我把这些书和一支蜡烛、一块面包，一起放进口袋；把学徒打发走了；关起大门来，英勇就义似的到我的"库达"①里去，它在通到博蒙去的大路上，走过城外最后一座房屋就到了。那里房子不大，像个蛋壳。只是一间堆东西的屋子，里面放了一些工具、一床旧草垫子和一把坐通了底的椅子。如果要把这些东西烧掉，损失倒也不大。

我还没有走到，嘴巴已经开始发抖，好像一只老鸦。我浑身发烧，胁下有如针扎，胃囊扭得难受，仿佛翻转来了……那时，我怎么办呢，好朋友？我对你们讲什么好？多么英勇的行为，多么伟大的气魄，才能模仿古代罗马的伟人，和作对的命运，和疼痛的肚皮作斗争？……好先生，我只有一个人，没有人看见我。你们想想我会不会抑制自己，对着四壁空墙，扮演古罗马的雷居吕斯②！我一冲就冲倒在草垫子上，开始呼天号地。你们一点也没有听见吗？我的喊声非常清楚。哪怕在桑贝尔树下都该听得见呀。

"哎哟！"我发出哀鸣，"主呀，你能迫害一个这样善良的小人物吗？我一点也没有得罪过你呀……啊！我的头！啊！我的腰！死是多么难受，在这年富力强的年头！哎呀！你真的坚持要我这么早就归天吗？……啊！啊！我的

---

① 在一个小山坡上的葡萄园和菜园。——罗曼·罗兰原注
② 雷居吕斯，古罗马的执政官。迦太基人俘房了他，又放他回罗马，谈判交换俘房的事。他却英勇地要元老院拒绝接受迦太基的建议，自己回迦太基去做俘房。

背!……当然,我很高兴——我是想说:我很荣幸——能够去拜访你;但是我们既然总有见面的一天,迟一点,早一点,又有什么关系?何必这样急?……哈!哈!我的腰杆!……我并不忙……主啊,我只不过是一只可怜虫!如果实在没有别的办法,那就执行你的意旨吧!你看我是多么卑贱,软弱,听天由命……坏蛋!你还不滚蛋吗?这只畜生干吗要咬我的腰?……"

当我呼天喊地的时候,痛苦并没有减少,但却消耗了我的精力。我就对自己说:

"你在浪费时间。上帝不是没有耳朵,就是等于没有耳朵。如果人家说得不错,你真是上帝的缩影,那他也一定会爱怎么做就怎么做的;你就是叫破喉咙,也是枉然。节省一点力气吧。你也许只有一两个钟头好活啦,傻瓜,何必对着空气,徒费口舌!还不如利用利用这副残余的美丽躯壳,欣赏欣赏这副我不得不离开的躯壳吧(哎呀!我的老伴侣,这实在是迫不得已!)。一个人只能死一次。至少也要满足满足我们的好奇心。瞧瞧灵魂脱窍是怎么搞的。当我还是小孩子的时候,没有人比我更会把柳枝做成小笛子的。我用刀柄凿树皮,直到树皮刮掉为止。我想天上的那位上帝也正在一样开心地瞧我剥皮吧。坚强点!皮要剥掉了吗……哎哟!这一下太痛了!……难道一个年纪这样大的人还喜欢像小孩子那样顽皮?……哈,泼泥翁,不要放松,趁着皮还粘在身上,注意观察观察皮下面起的是什么变化。检查检查胸膛,清洗清洗思想,探讨探讨,摸索摸索,回忆回忆我的脾气,它老在我的胰子里翻上倒下,旋来转去,无事生非;尝尝我的疝气,摸摸我的腰子,探测探测我肠子的底……"①

……就是这样,我仔细观察自己。但是我不得不时刻打断我的调查研究,来喊叫几声。这一夜老也过不完。我点起蜡烛,把它插进一个旧酒瓶里(瓶子闻起来还有覆盆子酒味,但是酒已经没有了;这就是我在天明以前的形象!身体不知何处去,此地空遗魂与魄)。我在草垫子上扭成一团,竭力设法看看书。但罗马名人的英雄言论也管不了什么用。让这些吹牛大王见鬼去吧!说什么"并不是每个人生下来都能到罗马去的"。我恨这种愚蠢的骄傲。我要有权利哀叫,并且要叫个痛快,当我肚子痛的时候……是的,但肚子不痛了,我又要笑,只要我做得到。而我的确笑了……你们不相信吗?当我非常痛苦的时候,好像在滚钉板一样,我的牙齿格格战抖,但我随便翻开这位好布歇的《解颐妙语》,碰到一句这样巧妙的、有味的、光辉的名言……上帝呀!好上帝!不由我不哈哈大笑。我对自己说:

"这太傻了。不要笑了。否则,你会更痛苦的。"

啊!我不笑就叫,不叫就笑。我叫呀,笑呀……瘟神也

---

① 这里,我们擅自删了几行。讲故事的人一点也不肯饶过我们,详细地叙述了他身体的构造;他对他身体的兴趣甚至使他谈到一些气味难闻的东西。况且他对生理学的知识,虽然他自己引以为傲,其实并不见得高明。——罗曼·罗兰原注

笑了。啊！我可怜的孩子,我叫过了,我笑过了!

天亮的时候,我已经可以进坟墓了。我再也站不住。我用膝盖走路,拖拖沓沓地爬到朝着大路的唯一的窗口。看见第一个走过的人,我就用破罐子似的声音叫他。他也用不着听我说什么才懂我的意思。一看见我,他就溜了,还在胸前画了几个十字。不到一刻钟,我很荣幸,门口来了两个卫兵;他们禁止我跨出大门。哎呀!我本不想出门。我请求他们去多纳西找我的老朋友公证人帕亚先生,好给我立遗嘱。但是他们这样害怕,甚至怕我的话接触过的空气;我敢发誓,我相信他们怕瘟疫怕得连耳朵都塞起来了!……最后,一个大胆的小孤儿,一个"看羊的"(他倒有仁慈的小心肠),他好意要帮我的忙,因为有一次我看见他正在偷吃我的樱桃,我曾对他说道:"好小鬼,趁着你在这里,给我也摘几颗。"这时他悄悄地溜到我的窗口,听了一听,叫道:

"泼泥翁先生,我去替你找!"

……后来发生的事,我也很难对你们讲清楚。我只知道,有好几个钟头,我都在草垫子上打滚,发高烧使我伸出了舌头,好像一只小牛……路上有鞭子挥舞的声音,铃铛声,一个熟悉的响亮的说话声……我想:"帕亚来了……"我尽力要站起来……啊!我的天呀!真要了我的命啦!好像我的后颈窝上压了一个圣马丁教堂,屁股上压了一座桑贝尔山。我自言自语说:"即使还有巴塞维勒的岩石压到你的身上,你也得去呀……"你们看,我非常想在遗嘱上写下(我昨夜还有时间来集中思想)一个条款,这条款对玛玎和她的格洛蒂有利,还要不让我四个儿子提出异议。我抬起头来,把头伸到窗口,它比昂烈特大钟还要重,不住往右、往左下垂……我一眼看见大路上有两个矮胖的人形,他们很恐怖地睁开眼睛。这是安东·帕亚和夏麻衣神甫。这两位好朋友,为了趁我活着见我一面,已经飞跑着赶来了。我应该说:在他们看见我之后,他们心里的烈火都开始化为轻烟。大约是为了要好好瞧瞧这幅图画,他们两个都退后了三步。该死的夏麻衣为了要我打起精神,还再三对我说:

"天主在上,你多么难看啊!……啊!我可怜的孩子!你真难看,真难看……脸黄肌瘦,像块发黄的猪油……"

我呢(他们的健康感染了我,产生了意想不到的效果,我的生命力也增强了),我说:

"我能不请你们进来吗?你们似乎都很热呀。"

"不,谢谢,不,谢谢!"他们两个都叫起来,"就在这里很好。"

他们往后退得更加明显,索性藏在马车旁边;为了假装在做点什么事,帕亚就拉紧他的马勒,虽然马勒并没有松。

"你感觉怎么样啦?"夏麻衣问我,他和死人交谈已经谈习惯了。

"唉!我的朋友,人生了病总是不舒服的。"我摇着头回答。

"这就是我们的命运。我可怜的哥拉,你现在可明白我从前常对你说的话吧。只有上帝是全知全能的。我们不过是些烟云和粪土。今天吃大菜,明天进棺材。今天喜洋洋,明天泪汪汪。你从前不肯相信我,只想到开心取笑。你已经把好酒都喝光了,现在只好喝点酒根。得了,泼泥翁,不要难过!仁慈的上帝叫你回去。啊!你多么荣幸,我的孩子!但是要见上帝,也该穿干净点。哈,来,我来给你行个洗礼。准备好吧,罪人。"

我回答说:

"我马上就好了。我们还有的是时间呢,神甫!"

"泼泥翁,我的朋友,我的兄弟!……啊!我知道你还留恋尘世的虚假幸福。难道这个世界真有什么东西值得这样喜欢?一切不过都是浮华虚荣,灾难苦痛,欺骗和玩弄,陷阱,圈套,悲哀,衰老。在这个世界上,我们做什么好?"

我回嘴说:

"你真叫我心痛。夏麻衣,我永远也不忍心把你留在这样的世界上。"

"我们将来要会面的。"他说。

"那为什么不让我们一同走呢!……不过我先走也是一样。吉斯大人的名言说得好:'每个人都有轮到的时候!'……跟我来吧,我的好人!"

他们仿佛没有听见。夏麻衣大声说:

"时间一去不复返,泼泥翁,而你也要跟着时间一同过去。但是魔鬼,无恶不作的魔鬼正等机会要抓你呢。难道你愿意让这只拉客的野鸡一口咬住你肮脏的灵魂,放到它的食橱里去吗?得了,哥拉,得了,念你的忏悔经吧,准备好,忏悔吧,忏悔吧,我的孩子,就为了我,也请你忏悔吧,我的伙计!"

"我会忏悔的,"我说,"我会忏悔的,为了你,为了我,也为了上帝。我决不会对伙伴们失敬的!不过,对不起,我想先和公证人先生谈两句话。"

"你等一下再和他谈吧。"

"不。我要先和帕亚先生谈谈。"

"你的意思是这样吗,泼泥翁?要永恒的上帝让小小的公证人占先!"

"上帝可以等待,或者去他的吧,如果他愿意的话,反正我会再找到他。但是土地却要离开我了。就讲礼节,也该先拜访已经接待过你的人,再拜访将来也许要接待你的人呀……"

他坚持,请求,威吓,喊叫。我也一点不肯让步。安东·帕亚先生却拿出他的文房四宝,坐在一块界石上,旁边围了一群好奇的人和几只狗,他就当众写起我的私人遗嘱来。然后,我再慢慢处理我的灵魂,好像处理我的钱财一样。当一切都安排好了(夏麻衣还在继续对我劝告),我就用垂死的声音说:

"浸礼教徒①,歇一口气吧。你说的话都非常好。但是对于一个口渴的人,耳边的劝告还是不如嘴里的好酒。现在我的灵魂已经准备升天了,至少我还想喝一杯离别酒。好人呀,来一瓶吧!"

啊!这两个可爱的孩子!他们不仅是好基督徒,并且

---

① 浸礼教徒指夏麻衣神甫。

是好勃艮第人!他们多么明白我临死的想法!他们拿来的不只一瓶,而是三瓶夏布利、普伊和伊朗西的好酒。我从窗口抛出一根绳子,好像船上抛下铁锚一样。那个小孤儿在绳子头上绑了一个柳条编的旧篮子,我就用尽了最后的力气,拉上了最后的朋友:三瓶好酒。

从这时起,我又倒在草垫子上,别的人都走了,我反而觉得更不寂寞。不过我可不想对你们讲以后几个钟头的事。我也不知道怎么搞的,再也算不清这笔账了。一定是有人从我口袋里偷走了八个或者十个钟头。我只记得和酒瓶里的三位一体的神灵,进行过广泛而深入的谈话;至于谈些什么,我却一点也不记得;我把哥拉·泼泥翁丢了:这鬼东西到哪里去了呢?……

半夜里,我才又看见他坐在园子里,两片屁股摆在一畦肥肥的、软软的、新鲜的杨梅地上,他正从一棵小梨树的枝叶缝里瞧着天空。天上多少明星,地上多少阴影!新月好像长了两只角,似乎在讥笑我。离我几步路的地方,有一堆黑黑的葡萄蔓枝,弯弯曲曲,张牙舞爪,仿佛是一窝毒蛇在蠢动,它们用恶魔般的鬼脸瞧着我……但是谁能说明我在这儿干什么呢?……我仿佛记得(我的心灵太丰富了,一切都搞混了)对自己说过:

"站起来,基督徒!只要屁股还坐在垫子上,我的哥拉,一个人就还没有死掉。打起精神来!①酒瓶空了。苦

---

① 原文为拉丁文。

酒已经喝光。① 这里没有什么事情可做了！还是去对我的白菜演讲吧！"

我还仿佛记得我想要摘大蒜，因为听说大蒜是抵抗瘟疫的有效灵药，或者是因为没有酒喝，有大蒜吃也算不错。但我记得确实的，是刚把脚（接着就把屁股）踏上营养丰富的土地，我就觉得被黑夜的魔力迷住了。天空好像一棵大树在我头上展开的一片绿荫，阴森森，圆浑浑，仿佛是一个胡桃木的大圆顶。这棵大树的枝丫上还挂着成千的果子。那是闪闪发光、轻微地摇摇晃晃的星星，星星也像苹果似的，在温暖的黑暗中成熟了。我菜园里的水果似乎也变成了星星。它们都低着头，瞧着我。我仿佛感到有几千只眼睛在偷看我。一些小小的笑声在种着杨梅的地里散布。在树上，在我头上，有一个红脸的、金黄的小梨子，用一丝清晰而甜蜜的声音在向我唱着：

> 山楂树，
> 快生根。
> 小老头！
> 好像葡萄的卷须，
> 赶快爬上我的背。
> 如果你要上天，
> 快生根，快生根，

---

① 原文为拉丁文。

小老头!

而地上的菜园里的树枝,和天上乐园里的树枝,全都用小小的、悄悄的、颤抖的歌声合唱起来:

快生根,快生根!

那时,我就把手插进土里,并且对大地说:
"你愿意要我吗?我呢,我很愿意要你。"

肥沃而柔软的好土地,我连肘腕都插进去了;土地柔和得像一片酥胸,我用手和膝头到处乱摸。我抱住她的腰身,在她身上留下了我的痕迹,从脚趾一直到前额的痕迹;我把她的身体当作床,舒舒服服地躺在她身上;我伸手伸脚地躺着,张着嘴,瞧着天空和葡萄似的星星,仿佛在等待一颗葡萄落到我嘴里来。七月的良宵在唱着圣诗中的赞美歌。一只沉醉了的蟋蟀在喊叫,喊叫,喊叫,仿佛要把命都喊掉。圣马丁教堂的钟声忽然响十二点了,也许是十四点,或者十六点(肯定地说,这不是平常的钟声)。这些星星,天上的星星和园子里的星星,都叮叮当当地齐鸣起来……啊,上帝!多好的音乐!我的心听得都要爆裂了,耳朵也像雷声震动的玻璃窗一样嗡嗡地响。我看见一棵耶塞树[①]从我挖

---

① 耶塞树,耶稣基督的世系表。耶塞躺在地上,肚子里长出一棵树,每根树枝上坐着一个耶稣的祖先,最高的枝丫上开着一朵花,花上坐着圣母玛利亚,怀里抱着耶稣。

出的坑里长起来了:一根葡萄藤,像长满了羽毛似的长满了叶子,笔直地从我肚子里往上升;我也跟着它上升;整个菜园也一面唱歌,一面护送我;在最高的枝丫上挂着一颗星星,星星像个疯子一般跳着舞;我仰着头看它,为了要得到它,我一直往上爬,一面拼命叫它:

白葡萄,

不要跑!

勇敢点,好哥拉!

你就要得到它,

阿利路耶!

我想我大约爬了好半夜。因为后来据别人说,我唱了好几个钟头。我唱了各种的腔调,神圣的,世俗的,为死人唱的忏悔词①,贺新婚唱的赞美诗,有欢呼,有歌颂②,有军乐和舞曲,有道德的,有轻薄的,而且我又弹弦琴,又吹风笛,又打鼓,又吹号。邻居都惊动了,他们捧腹大笑,并且说道:

"多么好的喇叭! ……这是哥拉要死了。他疯了,他疯了! ……"

第二天,像俗话说的那样,我让太阳先起来了。我并不和它争起早的光荣!我醒来已经是中午了。啊!朋友,当

---

①② 原文为拉丁文。

我在粪堆上再看见我,那是多么快活!并不是因为这张床铺柔软,也不是因为,老实说,我的腰子痛得要命。而是因为能对自己说还有腰子,这就不错。怎么!你还没有死吗,泼泥翁,我的好朋友!请我拥抱你,我的好孩子!让我摸摸你的身体,这副可爱的嘴脸!的确是你。我多么满意!如果你离开了我,啊,哥拉,那真是此恨绵绵无了期。敬礼,啊,我的菜园!我的甜瓜也高兴得对我笑嘻嘻。快点熟吧,我的小宝贝……但是我的观察却被两头笨驴打断了,他们在墙那边大叫:

"泼泥翁!泼泥翁!你死了没有?"

这是帕亚和夏麻衣,他们不再听见声音,于是悲叹哀吟,大概已经在路上颂扬过我这个死人的德行了。我站起来(哎哟!我这鬼腰子!),慢慢地走过去,突然从窗洞里伸出头来叫道:

"咕咕①,我在这里。"

他们吓了一跳。

"泼泥翁,你没有死吗?"

他们快活得又哭又笑。我却向他们伸伸舌头:

"好好先生还活着呢……"

你们能够相信吗!这些该死的家伙竟让我在房子里关了半个月,一直等到他们能够肯定我什么病也没有了为止。不过我也应该说一句老实话:他们既没有让我少吃东西,也

---

① 咕咕,一隐一现,逗小孩的游戏。

没有让我少喝岩石水(我的意思是说诺亚的葡萄酒)。他们甚至养成一个习惯,轮流待在我的窗子下面,对我讲当天的新闻。

当我能够出来时,夏麻衣神甫对我说:

"我的好朋友,这是伟大的圣罗克①救了你的命。你至少也应该去感谢他。去吧,我请求你!"

我回答说:

"我看还不如说是圣伊朗西,圣夏布利,或者圣普伊吧。"

"好吧,哥拉,"他说,"把我们的圣徒都算进去;来个折中办法。你为了我到圣罗克那儿去。我呢,我也为了你去感谢你的酒瓶圣者。"

当我们同去参拜这两个圣地的时候(忠实的帕亚也参加,凑足了我们的三人行),我说:

"承认了吧,朋友们,在我向你们要离别酒喝的那一天,你们怕不会这样乐意和我碰杯吧?你们似乎并不准备要跟我走。"

"我很爱你,"帕亚说,"我敢对你发誓;但是,这有什么办法呢,我也爱自己呀。俗话说得好:'肉总比衬衣更贴身。'"

"我的错,我的错,②"夏麻衣嘟哝着说,他打鼓似的拍

---

① 圣罗克,十三世纪末的圣徒,拯救染上了瘟疫的人。
② 原文为拉丁文。

着胸脯,"我是个胆小的人,这是我的天性。"

"帕亚,你把加东的教训丢到哪里去啦?你呢,神甫,你的宗教对你又有什么用?"

"啊!我的朋友,活着是多么好啊!"他们两个叹了一口长气说。

于是我们三个互相拥抱,哈哈大笑,并且说道:

"一个好人也不见得怎么了不起。应当实事求是地看待他。上帝既然创造了他:当然创造得不差。"

八　老妻的死

七　月　底

我正在恢复对生活的爱好。这点对我并不十分困难,你们可以想象得到。我也不知道怎么搞的,甚至觉得生活比从前还更甜蜜有味,更亲切,更温柔,更宝贵,好像是煮得恰到好处的食物,又香又脆,牙齿一咬就碎,舌头一尝就融。这是死而复活的人的胃口。拉札尔①应该吃得多么有味啊!……

有一天,在快快活活地工作之后,我正同伙计们拼命地使用着莎姆松②的武器,忽然一个从摩尔旺来的乡下人走进来了:

"哥拉老板,"他说,"我前天看见了你的太太啦。"

"好家伙! 你的运气真好,"我说,"我的老婆怎么样了?"

---

① 《新约·约翰福音》,拉札尔死了四天,耶稣把他救活。
② 莎姆松,古代希伯来人的法官,力气大得出奇,他战斗时,使用一头驴子的颚骨打死了一千个敌人。使用莎姆松的武器,意思就是用牙齿大吃大喝。

"很好。她要离开我们了。"

"到哪里去呀?"

"她急急忙忙,先生,要到另外一个更好的世界去了。"

"那么好世界也要变坏了。"一个坏蛋开玩笑说。

另外一个说:

"她要死了。你还活着。为你的健康干一杯吧,哥拉!真是'福不单行'。"

我呢,为了说俏皮话不肯后人(其实我的方寸已乱),就回嘴说:

"干一杯吧!上帝真是喜欢男人,伙计们,他抢走了我的老婆,我正不知道拿她怎么办好呢。"

但是酒却突然显得苦了,我喝不完这一杯;拿起手杖,连伙计们也不招呼,就走了。他们叫道:

"你到哪里去呀?哪只苍蝇咬了你了?"

我已经走远了,我一言不发,心如刀绞……你们看,我虽然不喜欢我的老婆,并且二十五年来,我们日日夜夜互相折磨,但是这位和你同床共枕的人,她的汗和你的汗在一起交流有这么久,她瘦小的肚子也传过你播下的种子,在死神来找她的时刻,你也会感到有什么东西在掐住你的咽喉;仿佛是身上的一块肉要被割掉;虽然她不美丽,虽然她时常麻烦你,你还是怜悯她,也怜悯自己,你同情自己,也就同情她……上帝原谅我!你还爱她呢……

第二天,在天黑的时候,我走到了。只看一眼,我就发现死神这位伟大的雕刻家工作做得真好。在起皱的帘幕似

的皮肉上,显出了死神的悲惨的面貌。有个征兆使我更能肯定她的生命要结束了,因为她一见我就说:

"我可怜的人,你不太累吗?"

一听见这样善良的腔调,我非常感动,心里想:

"没有问题。我可怜的老婆完了。人之将死,其言也善。"

我坐在她床边,拿起她的手来。她衰弱得没有力气说话,只是用眼睛表示感谢我来看她。为了使她快活,我试着讲笑话,讲我怎样刚和太忙的瘟神开了一个玩笑。她一点也不知道。她听了之后这样感动(我真是只笨鬼!),晕了过去,几乎昏厥。当她恢复知觉的时候,她的坏嘴恶舌又故态复萌了(感谢上帝!感谢上帝!)。瞧她又开始结结巴巴,哆哆嗦嗦(话说不出来,或者说出来的话不是她想说的:于是更加气得要命),她又开始用咒骂来折磨我,说我什么也没有告诉她,真岂有此理,说我没有心肠,比狗不如,只配像狗一样,一个人在狗窝里痛断肠子。她还说了许多好话。人家想要她安静下来,就对我说:

"走吧!你看,你又叫她生气。走开一下吧!"

我呢,我弯着腰对她笑,并且说道:

"好哇!我看你又故态复萌了!这样还有活的希望。你还是那样凶……"

我用我的大手抱住她的头,抱住她的颤巍巍的、苍老的头,真心真意地吻她,在她两边的脸颊上吻了两回。第二回,她哭了。

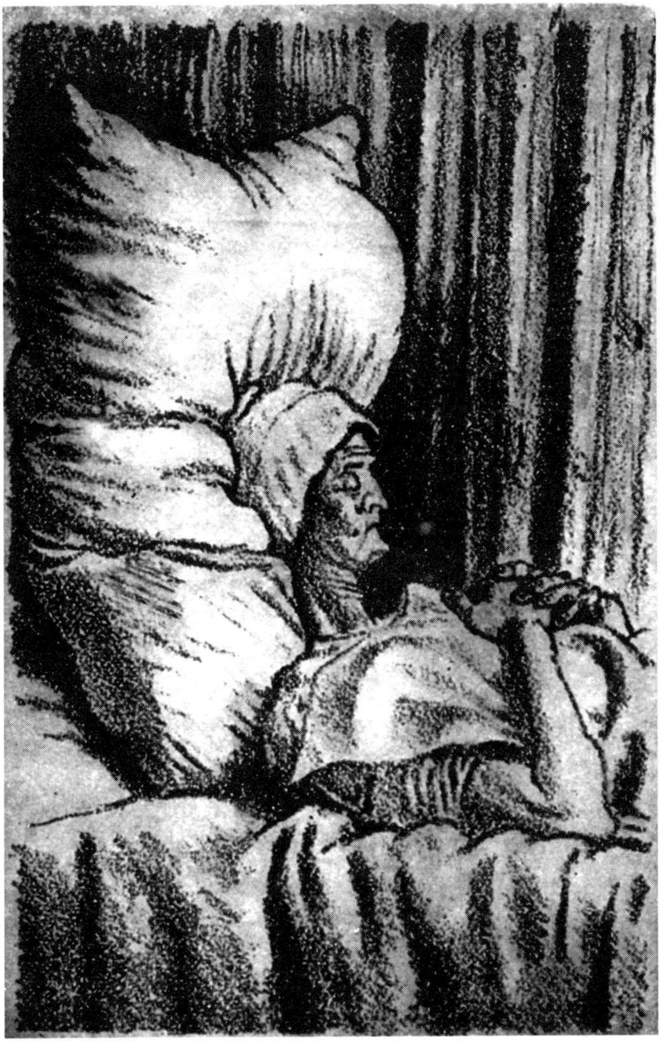

于是我们两个默默无言,凄然相对地待在房间里,墙壁上的时钟好像一只钻心虫,"嘀嘀嗒嗒"地敲着枯燥单调的丧钟。别人都到隔壁房里去了。她吃力地喊着"啊哟",我看她是想要说话。

我说:

"不要累坏了你,我的老伴。二十五年来,我们什么话都说过。现在不说也明白了。"

她说:

"我们什么话也没有说过。我一定要说,哥拉;要是不说,天堂……天堂我也进不去……"

"进得去,进得去。"我说。

"……要是不说,天堂对我会比地狱还更苦。哥拉,我对你尖酸刻薄……"

"不要紧,不要紧,"我说,"吃一点酸,对健康还有好处。"

"……我妒忌,暴躁,爱吵,爱闹。我的坏脾气闹得家里翻天覆地;怎么样的脾气你也都见过了……"

我轻轻地拍她的手:

"没有关系。我的皮厚。"

她接着说,呼吸都停顿了:

"但这却是因为我爱你。"

"哈,要是我早知道就好了!"我笑着说,"到底各人有各人的方式。不过,你为什么不早告诉我呢!你的方式可不容易叫人明白呀。"

"我爱你,"她接着说,"而你呢,你不爱我。所以你的脾气好,我的脾气坏;我因为你不爱我而恨你;你呢,你并不在乎……你总是笑,哥拉,像今天一样笑……上帝呀!你的笑使我多么难受!你自己用笑声当雨具遮住头,不怕风暴;我呢,尽管我暴跳如雷,但是我的雷雨从来没有淋着你的头,你这个死强盗!啊!你使我多么痛苦!不止一次,哥拉,我几乎气死了。"

"我可怜的老伴,"我对她说,"那是因为我爱酒不爱水呀。"

"你还在笑,坏蛋!……得了,你笑得好。笑能使你暖和。在我的大腿都感到土地寒冷的时候,我也感到你笑得可贵,把你掩盖痛苦的笑声借点给我。笑个饱吧,好人;我不再怨你了;你呢,哥拉,也请你原谅我。"

"你是一个好女人,"我说,"诚实,结实,忠实。你也许不是每天都讨人喜欢。但没有一个人是十全十美的,否则,那就是对上帝的大不敬了,因为据说只有上帝是十全十美的(我可没有亲眼看见)。而在黑暗的时候(我并不是说在美丑不分的黑夜里,而是说在那些穷苦多难的年头),你也并不那么难看。你很勇敢,从来不向困难低头;当你面对着坏运气,一点也不让步的时候,你不愉快的脸孔在我看来几乎是美丽的。现在不要再为过去烦恼吧。我们曾经背过过去的担子,既没有压弯腰,也没有压得叫,并且没有留下一点接受过屈辱的记号,这也够了。做了的事已经做了,也不能够重新做过。担子已经放在地上。现在让天主去衡量它的轻重吧,如果他愿意的话!这不再是我们的事了。呜!松口气吧,老朋友。现在只要解开紧绑在我们背上的皮带,搓搓我们冻僵了的指头和擦伤了的肩头,在地上挖个洞,张开嘴,鼾声如雷地长眠去吧——安息吧!① 让那些好好劳动过的人安息吧!——让我们长眠在永恒的上帝的怀抱里。"

她听我说,眼睛闭着,两臂交叉。当我说完了的时候,她的眼睛又张开了,她的手也伸出来。

"我的朋友,祝你晚安。明天再叫醒我。"

于是,像一个整齐的女人,她笔挺地伸直身子,躺在床上,把被单一直遮到下巴,连被单也没有一点折叠,还把十字架压着她扁平的胸膛;然后,又像一个有决断的女人,脸孔板着,眼神不动,准备好了离开人世,在等待着。

但是她的老骨头在得到安息之前,大约还应该经过最后一次苦难的考验,还应该受到人间烈火的锻炼(这是我们的命运)。因为就在这一片刻,隔壁的房门打开了;女房东匆匆忙忙地冲进房里,气喘吁吁地叫道:

"赶快!快来,哥拉老板!"

我不明白,就问她说:

"什么事呀?请低声说。"

我的老婆躺在床上,已经出发作长途旅行去了,仿佛她刚刚爬上马车高头,回头一望,从我们头上看见了我所看不

---

① 原文为拉丁文。

见的东西,她就从她长眠的床上坐了起来,僵硬得真像耶稣救活的那个人①,她向我们伸出胳膊叫道:

"格洛蒂!"

这一下我也明白了,这个叫声和隔壁房里传来的沙哑的咳嗽声穿透了我的心。我赶快跑,我发现我可怜的小百灵鸟喉咙好像被掐住了,她正用她的小手拼命想松一口气。她满脸通红,浑身发烧,用她惊慌失措的眼睛求救,她挣扎着,有如一只受了伤的小鸟……

这一夜怎样过的,我也说不出。现在在算起来事情已经过了五天,我只要一回想,两腿还会发软;我必须坐下来。哼!让我歇口气吧……难道天上真有一位天主,他喜欢拖延这些小生命受苦的时间,喜欢感到他们脆弱的颈子在他的手指下喀喇地碎裂,喜欢看他们挣扎,并且能够受得了他们惊愕而责备的眼神!我觉得你可以痛打我这样的老驴子,你可以伤害那些能够自卫的人,那些结实的小伙子,那些背脊硬的妇女。如果你高兴要我们喊叫,如果你做得到,好上帝呀,你就试试看吧!人是按照你的形象造的。那你也就像人一样,不是每天脾气都好,喜怒无常,存心不良,时时刻刻喜欢害人,因为你需要破坏,需要试试你的力量,因为你脾气不好,血气太旺,或者因为你无事可做,不管怎样,这都不会使我大惊小怪。是的,我们上了年纪,可以和你周旋周旋;如果你使我们厌烦了,我们还会告诉你。但是为什

---

① 指圣拉札尔,耶稣使他死里回生。

么要拿这些可怜的小羔羊做打击的目标？你只要一拧他的鼻子，还会流出奶来呢，赶快住手！不行，这太过分了，我们不能容忍！上帝也罢，皇帝也罢，谁这样做都是过火。我们预先通知你。主啊，总有一天，如果你继续这样搞下去，我们就不得不非常抱歉地剥夺你的王冠……不过我希望这不是你做的事，我太尊敬你了。如果这种罪恶的行为是可能的，我的天父啊，那一定是下面两种情形之一：不是你没有眼睛，就是你根本不存在……哎呀！这样说太不成话，我赶快收回。你存在的证明，那就是我们两个，此时此刻，不正在谈心吗？我们在一起有过多少争论啊！而说一句老实话，先生，我有多少次说得你哑口无言！在我要死的那夜，我叫你，骂你，恐吓你，否认你，请求你，哀求你，做得还不够吗？我十指交叉地恳求你，摩拳擦掌地威吓你，做得还不够吗？但这一切都没有用，你连动也不动。无论如何，你也不能说我为了要感动你，还疏忽了什么事情没有做吧！——既然你不愿意，天呀！既然你不屑屈尊来听我，对不起！那你可要吃亏，主啊！我们还认识别的神道呢，我们会到别地方去求救……

我一个人，同着年老的女房东，通宵不睡，看护病人。玛玎因为在路上肚子痛，要分娩了，就待在多纳西，所以才把格洛蒂交给外婆。第二天一早，眼看我们小小的殉难者就要与世长辞了，我们不得不拿出最后的办法来。我把她娇小、疲乏、轻如鹅毛的身体抱在怀里（她甚至没有力气挣扎，脑袋垂下，除了有点抽筋以外，心都几乎不跳动了，好像一只垂死的小麻雀)。我瞧瞧窗外。外面正在刮风下雨。一朵玫瑰弯着腰肢向着窗口,仿佛想要进来。它在预告死神就要来到。我在胸前画了个十字的记号,就不顾一切,走出去了。湿润的狂风闯进门来。我用手遮住我小鸟的脑袋,怕暴风吹灭她生命的蜡烛。我们走了。前面走着女房东,她拿着供神的礼品。我们走进了路旁的树林,不久就看见了一棵在沼泽边上瑟瑟发抖的白杨树。它又高又直,好像一座宝塔,居高临下地统治着它周围的畏畏缩缩的灯芯草。我们绕着它走了一圈,两圈,三圈。孩子在呻吟着,大风吹动树叶,也像孩子一样,牙齿在打哆嗦。在孩子的小手上,我们系上一根丝带;丝带的另一头系在那棵发抖的老树枝丫上;于是掉光了牙齿的女房东和我一起反复念咒:

  白杨树,发抖吧,
  宝宝的寒战传染给你啦。
  我请求你,我警告你,
  我用三位一体
  神圣的名义。
  要是你还顽固不理,
  要是你敢不听使唤,
   小心!我就把你砍断。

  然后,在树根中间,老太婆挖了一个洞,浇了一杯酒,放了两瓣大蒜、一块猪油;再在上面放了一个铜板。我们还把

芦苇塞在我的帽子里,把帽子放在地上,围着它转了三圈。转第三圈的时候,我们在帽子里吐唾沫,一面反复念着:

"池塘里蹲着的癞蛤蟆,让喉头炎把你窒息死吧!"

然后,我们回去,在走出树林的时候,还对一棵山楂树下跪;我们把孩子放在树脚下;用山楂圣者的名义,祈祷上帝的圣子。

当我们最后回到家里的时候,孩子仿佛已经死了。不管怎样,我们总算尽了一切可能的努力。

这时,我的老婆还不肯死呢。她对格洛蒂的爱使她还眷恋生活。她挣扎着叫道:

"不,我不能死,好上帝,耶稣,玛利亚,在我不知道你们要拿她怎么办之前,在我不知道她的病能不能好之前,我不能死。她的病一定要好,天呀,我要她病好。我要,我要,我要:这是说定了的。"

大约这还没有完全说定:因为她说了之后,又重新再说。上帝呀!她的精神多么好!而我刚才还以为她就要吐出最后一口气呢!如果这是最后一口气,这口气可真长……泼泥翁,坏东西,你还在笑,难道你不害羞?——这有什么办法呢,朋友?我就是这个样子。笑不能使我不痛苦;而痛苦也永远不能使一个好法国人不笑。管他笑也罢,哭也罢,首先总得瞧瞧。永远睁开眼睛的两面人雅努斯①

---

① 雅努斯是神话中的人物,能知过去未来。他有两张脸孔:一张瞧着过去,一张瞧着未来。"两面人",原文为拉丁文。

万岁!……

所以,我听着我可怜的老伴喘气,喘得上气不接下气,我并不因为笑就减轻了痛苦;虽然我和她一样焦急,我还想使她安静下来,我对她说了一些人家哄孩子时说的话,并且温存地用被单把她包起。但是她却愤怒地要挣脱,一面叫道:

"不中用的家伙!如果你是一个人,怎么想不出办法来把她救活,你,你有什么用?应该死的是你啊。"

我回答说:

"的确,我也同意你的意见,我的老伴,你说得对。如果有人要我这张老皮,我真愿意把它剥掉。但是恐怕就在天上,我的老皮也没有什么用了:它磨得太久,用得太旧了。我不中用(这是真的),像你一样,活着只是受罪。那就让我们受罪吧,别说话啦。也许这样我们的可怜的、无罪的小宝贝还可少受一点罪,这样不是好一点吗?"

那时她的头靠着我的头,我们老眼里的盐水也在我们脸上交流。在房间里,我们感到催命天使的翅膀的阴影压得人垂头丧气……

忽然,催命天使走了。光明又回来了。这是谁造成的奇迹?是天上的上帝,还是树林里的神道,是怜悯一切不幸人的耶稣,还是系铃又解铃的可怕的大地?难道这是祈祷的效果,或是我老婆害怕的结果,还是我贿赂了白杨树的后果?我们永远也不知道;在不能确定的时候,我就感谢全体(这是更稳当的),甚至加上那些我不认识的神道(他们也许是最好的)。总而言之,我能够肯定的,对我是唯一重要的,就是从那时起,孩子的烧热减退了,呼吸在她脆弱的喉管里流通了,好像一条轻轻流的小溪;我死了的孩子从催命天使的铁掌下逃了出来,她复活了。

于是我们觉得我们苍老的心也快活得要融化了。我们两个一起哼着:"打发我们吧①,主呀!……"我的老婆给欢乐的眼泪压得把头歪倒在枕头上,好像一块要沉入海底的石头,她叹口气说:

"我现在可以死了!……"

立刻她的眼睛往上翻,脸颊往下凹,仿佛她的呼吸给一阵风带走了。她已经不在人世,我伏在她床上,好像瞧着河上的什么东西,它刚在水面留下了片刻的痕迹,就旋转着沉入水底。我闭上她的眼皮,吻吻她白蜡似的前额,把她生前从来不得休息的两只劳动的手交叉地放在一起;并不悲伤,就撇下那盏油尽的残灯,坐到现在就要照亮我们全家的新生的光辉旁边去了。我瞧着格洛蒂睡觉;我看护着她,脸上带着受了感动的微笑,并且想道(难道人能禁止自己想吗?):

"这不是很奇怪吗,一个人能够这样眷恋这个小家伙?没有她,一切对我们都不存在。有了她,一切都好,连最坏的事也好,那有什么关系?啊!我尽可以死,让魔鬼把我带走吧!只要她,只要她能活着,其余的我都不在

---

① 原文为拉丁文。

乎!……但这还是太过分了一点。怎么,我在这儿,我在活着,身体很好,是我五官的主人,还是其他几种官能的主人,而最美的,是情理的主人,我从来不埋怨生活,肚子里有十几丈空肠子,随时准备大吃一顿,庆祝生活,我的头脑清楚,手艺精巧,大腿结实,小腿灵活,我是个头等的好工人,调皮的勃艮第人,而我却准备牺牲这一切,为了一只我甚至不了解的小生物!因为,她到底是什么东西呀!她只是一个娇小的空壳,一个玲珑的玩具,一只学话的鹦鹉,一条小小的生命,现在不算什么,但是将来也许……就是为了这个'也许',我却要牺牲我的'现在',我美好的现在,天呀!……啊!因为这个'也许'就是我最美丽的花朵,我为了她才生活。当蛆虫将要大嚼我的肉体,当我的肉体将要溶化在肥沃的坟墓里的时候,主啊,我又要在一个更美、更好、更幸福的我身上复活……呃!谁晓得呢?为什么她比我好?——因为她将要把脚踏上我的肩头,看得比我更远,因为她将要走过我的坟墓……啊,你们这些从我肚子里出来的人,你们将要享受光明,我的眼睛也曾经爱过光明,但将不能再浸在光明中了,我只有借你们的眼睛来欣赏未来的收获,来看岁月和世纪的更替,那么我也可以一样享受我所预感到的和我所不知道的东西。我周围的一切都要一去不复返;因为我也要一去不复返;但是有你们背着我,我总可以走得更远,飞得更高。我不再被限制在我的小天地内了。比我的生活更长,比我的田野更广,伸展着环绕地球、沟通宇宙的道路；好像一条银河似的，这些道路网布满了整个蔚蓝的天空。啊！你们是我希望的寄托，愿望的实现，我在无限空间撒下的大把种子。"

九 房子烧了

八月中旬

我们记不记这一天发生的事呢?这好比一块粗糙的食物,现在还没有完全消化。不要紧,老头子,勇敢点吧!这是使它消化的最好方法。

据说夏天的雨不会使人贫穷。这样说来,我应该比克雷聚斯①还更富有了;因为今年夏天,祸事像雨水一般不断地落在我的背上;而我却既没有衬衣,也没有短裤,好像一个圣让诺②一样。我刚刚受过这双重的考验——格洛蒂好了,我的老婆也好了,一个没有了病,一个没有了命——当我从统治宇宙的神道那儿(天上一定有个女人在和我作对;我有什么鬼事对她不起?……一定是她在爱我!)受到凶狠的打击时,我赤裸裸的,遍体鳞伤,浑身疼痛,逃了出来,不过(到底这是最主要的)我带着这副老骨头逃出

---

① 克雷聚斯,前561—前546年吕底亚的国王,非常富有。
② 让诺,喜剧中糊涂人物的典型,形容憔悴,衣衫褴褛。

来了。

虽然我的小外孙女现在已经复原了,我并不急着要回家;我还待在她身边,她的痊愈使我比她自己还更快活。看见一个孩子病好就仿佛看见了创造世界;整个宇宙对你似乎都是新鲜的,像刚下的蛋,像洁白的奶。所以,我荡来荡去,心不在焉地听听那些到市场去的、爱说闲话的娘儿们带来的消息。但有一天,有句闲话却使我竖起了耳朵,仿佛一头老驴子看见驴夫举起了棍子。她们说在克拉默西,在渤洪郊区起了火,房子烧得噼噼啪啪,好像一捆干柴。我再也打听不到更多的消息。从这时起,我由于同情的缘故,如坐针毡。旁人对我说:

"放心吧!坏消息飞得和燕子一样快。如果这事和你有关系,你早已经知道了。谁说是你的房子烧啦?在渤洪又不只你这一头笨驴有房子……"

但说什么也没有用。我怎么也待不住。我对自己说:

"一定是我的房子……它烧了,我已经闻到焦味啦……"

我拿起手杖就走,心里想道:

"天呀天!我多笨!这是我第一次毫无防备就离开了克拉默西。从前几次,在敌人来到的时候,我总把东西带进城去,带到河那边去,我的家神呀,金钱呀,我最引以为豪的艺术作品,我的工具和家具,还有那些难看的、累赘的小玩意儿,但即使人家拿全世界的金子来换这些玩意儿,我也不干,因为它们是我卑微幸福的纪念品……而这一次,我却把所有的东西全都留在……"

我仿佛听见我的老婆在另外一个世界高声大叫,骂我糊涂。我呢,我回答说:

"这都是你的错,这全是为了你我才那么匆忙走的啊!"

我们两个争了很久之后(这至少也占据了我一部分走路的时间),我设法要说服我们,说我是在无事烦恼。但是我却不由自主地想到房子烧了的事,好像看到一只老是想站到我鼻子上来的苍蝇;我不断地看到我烧了的房子;一滴冷汗,沿着我的背脊直往下流。我赶快往前走。我走过了维耶,正开始走上长长的、种了树的山坡,那时我看见一辆蹩脚马车走下坡来,车里坐着木洛的磨坊老板约约老头,他一认出我,就停住马车,举起鞭子。并且叫道:

"我可怜的人!"

这就好像是在我肚子上抽了一鞭子。我张着嘴待在路边。他却接着说:

"你到哪里去呀?向后转吧,我的哥拉!不要进城去。否则,你会气破肚皮的。一切都烧得干干净净。你什么东西也没剩下来。"

这家伙每说一句话都好像在扭我的肠子。我要假充好汉,就吞下口水,硬起头皮来说:

"这个我都知道啦!"

"那么,"他觉得为难了,就说,"你还去找什么呢?"

我回答说:

"找剩余的东西。"

"什么也没剩下,我对你说,什么也不剩了,什么也不剩了,连一个小萝卜也不剩了!"

"约约,你说得太过分了;你总不能叫我相信,我的两个徒弟和我的好邻居会瞧着我的房子烧掉,而不像兄弟一般设法从火里抢救一些东西,一些家具……"

"你的邻居吗,倒霉鬼?就是他们放的火呀!"

这一下我可惊惶失措了。他得意扬扬地对我说:

"可见你什么也不知道!"

我还不肯泄气。但是他呢,现在他能肯定他是第一个对我讲这个坏消息的人,他就称心如意而又表示遗憾地讲起这场火灾来:

"就是这次瘟疫,"他说,"他们大家都发疯了。为什么市政府和城堡里的大人先生、市议员、检察官,全都离开了我们呢?没有牧羊人了!羊就发起疯来。在渤洪忽然又发生了几起瘟病,于是大家叫道:'把传染瘟疫的房子烧掉!'说了就做。因为你不在家,当然是从你的房子烧起。大家都很乐意,每个人都出了一份力气:他们相信自己动手是为了全城的福利。然后,大家互相挑唆。破坏一开始,谁也不知道会产生什么结果:大家都好像喝醉了,什么事都做得出,再也不能住手……他们放火之后,就围着火跳舞。这真像是疯了……'渤洪桥上,人们跳舞……'①假如你看见他

---

① 法国民歌。男孩子和女孩子围成一圈,手牵着手,跳着圆舞,一面唱着:"阿维农桥上,人们跳舞,人们跳舞。阿维农桥上,人们跳圆舞。"这里作者把民歌中的阿维农桥改成渤洪桥。

们……'瞧人怎样跳舞……'假如你看见他们,说不定你自己也会同他们跳起来的。你想想你工场里的木头会不会烧得噼噼啪啪,火光直冒……总而言之,他们把什么都烧光了!"

"我倒也想看看这场好火。它应该是多美啊。"我说。

而我的确是那样想。但我同时也想:

"我要死了!他们要了我的命。"

这句话我却留在心里,没有对约约说。

"那么,你一点也不在乎?"他说,带着不满意的神气。

(这个好人,他很喜欢我;但是一个人有时看见邻居在苦难中,自己也不会觉得难过——人类就是这样!——哪怕就是为安慰安慰别人,自己也能得到快乐。)

我说:

"这场好火,可惜还没等到火神节就烧过了。"

我装出要走的模样。

"你还是要去吗?"

"要去。再见,约约。"

"真是个古怪的家伙!"

他用鞭子赶马走。

我也走了,或者不如说,我也做出走路的样子,一直等到马车在转弯的地方看不见了为止。我还没走十步,大腿就仿佛缩进肚子里去了;我坐在一块界石上,好像蹲在夜壶上似的。

后来的时间可真难过。我不必再装腔作势。唉!我尽可以难过，难过得透了顶。我一点也没让我少难过。我想：

"我损失了一切，失掉了我的房屋和重新再盖一所的希望，失去了我一天又一天，一文钱又一文钱，用辛勤的劳动（那也是最大的快乐）累积起来的积蓄，我嵌在墙壁上的生活纪念品，我过去的痕迹，它似乎是发着火光的过去的影子。而我更大的损失，是失掉了自由。我以后到哪里去藏身呢？一定得住到一个孩子家里去了。但是我早就发过誓，无论如何，也要避免这种不幸！我爱他们，的的确确；他们也爱我，这也是理所当然。不过我还没有蠢到那种地步，不知道鸟应该待在自己窝里，老头子会使年轻人不方便，自己也不方便。每个人都只会想到自己的蛋，自己所下的蛋，而不管自己是从哪里生出来的。一个固执地要活下去的老头子，如果妄想和新生的鸡雏混在一起，就是一个不识时务的碍事人；他徒然想销声敛迹：人家总得要尊敬他呀。见鬼去吧，什么尊敬！这是一切坏事的根源：我们不再是和他们同等的人了。我尽了一切可能，使我的五个孩子不被对我的尊敬压得喘不过气来；我相当成功了；但是不管你怎么办，尽管他们都很爱你，他们对你总有一点见外：你是从他们所不认识的国土里来的，又不认识他们将要去的国土；你们怎能完全互相了解呢？你们只会互相妨碍，互相招惹……并且说起来也可怕：即使是最受敬爱的父母也应该尽可能少考验儿女的孝心，除非你是有心触犯神明。我们不应该对人类要求过高。有些好儿女是好的；我并不埋怨他们。但是如果你不需要依靠他们，他们对你就会更好。

要是我愿意讲,可讲的话还多着呢……最后,我也有我的自尊心。我不喜欢讨回已经给了他们的食料。那我的样子会像是对他们说:'还债吧!'不是我自己赚来的饭我就咽不下去;我似乎看见有几只眼睛在数我吃了几口。我不愿意依赖别人,只愿自食其力。我一定要能够自由,是自己家里的主人,走进走出都随我高兴。要是我感到受了气,我什么事都干不了。啊!人老了,要依靠儿女的施舍过活,真是痛苦,这比依靠同胞还坏:因为儿女不得不养活你;我们永远不晓得他们是否心甘情愿;我宁愿饿死,也不愿意麻烦他们。"

我就这样叹息呻吟,我的自尊心,我的感情,我的独立性,我爱过的、烟消云散了的过去的回忆,我最好的和最坏的部分,全都感到痛苦;而我知道,不管我怎么办,尽管我很反感,还是得走这条唯一的出路。我承认我并不像个哲学家那样处理这个问题。但我觉得很惨,好像是一棵连根锯倒、砍成几段的老树。

我正坐在界石上,向周围寻找一点东西来支持我,在离我不远的地方,我看见了肯西城堡开了枪眼的炮楼,它被一条小路的树木用头发似的枝叶遮住了。我也忽然记起二十五年来,我在城堡内装置的美丽家具,板壁,雕花楼梯,还有这位好菲耳伯大人向我定做的一切……他真是个稀奇古怪的人!有时他简直气得我要死。有一天,他打主意要我把他的情妇都刻成不穿衣服的夏娃,而把他自己刻成裸体的亚当,轻薄的、好色的、受了蛇的诱惑之后的亚当。在他的武器厅内,他异想天开要把盔甲上的鹿头都刻成当地王八的面貌。我们笑得可真过瘾……但是这只魔鬼也不容易满足。你刚做完,又要再做。至于钱呢,那可很少见面……没有关系!他懂得爱美,木头的和肉体的,全都一样,他几乎用同样的方式爱她们(这是正确的方式,一个人爱艺术品应该像爱自己的情妇一样,爱得神魂颠倒,用心灵和肉体去爱她。):虽然他没有付清工钱,这只吝啬鬼,但他还是救了我!因为我的作品在那边的全都烧掉了,在这边的不是安然无恙吗?我的过去像棵摧毁了的老树,它的果实却还留下了一些;没有受到风霜水火的侵袭。我立刻想去看看它们,咬咬我的果子,恢复我对生活的爱好。

我走进城堡。大家都认识我。主人不在家,但我借口干新的活儿要量尺寸,就找我的宝贝去了。我有好几年没看见它们。只要一个艺术家感到腰子里还有劲,他就要生产,但是不再想到从前生产过的东西。何况最后一次我要进来的时候,肯西大人带着一副古怪的笑容挡住了我:我想他大概是藏起了个把下流女人,或者是个把有夫之妇;反正我能肯定不是我的老婆,所以我一点也不在乎。再说,这些大畜生有些怪癖,不和他们争执:这样更加谨慎。在肯西,没有人敢想到了解这位主人:他有一点疯病。

我大胆地走上了大楼梯。但还没有走到十步,就像罗特的老婆①一样吓呆了。我刻的一串一串的葡萄,一枝一

---

① 《旧约·创世记》第十九章,上帝要烧毁所多玛城,叫罗特夫妇赶快离开那地方,并且不可以回头看。罗特的老婆回头一看,就变成了一根盐柱。

枝的桃花,一根一根开花的常春藤,绕着雕花栏杆往上盘旋,现在却被砍得乱七八糟,上面满是大块的刀痕。我怀疑我的眼睛,就用巴掌捏捏我可怜的残废了的宝贝;我的指头也感到它们显露的伤口。我发出一声叹息,上气不接下气,一步跨四级地跑上了楼梯:我浑身战栗,怕发现破坏得更厉害的东西!……不料东西被破坏的程度还超过了我的想象力。

在餐厅里,在盔甲厅里,在寝室内,所有的家具上和板壁上雕刻的人物,有的割了鼻子,有的断了胳臂,有的缺了大腿,有的少了那块遮羞的葡萄叶。在木箱的大肚皮上,在壁炉上,在雕花柱子细长的大腿上,陈列着深深的刀痕,刻着堡主的姓名,一些愚蠢的格言,或者是这位赫鸠力士①刻下这个杰作的日期和时辰。在大走廊的尽头,美丽的溶纳河裸体仙女,膝头靠着一只多毛母狮的颈子,却给他当作靶子;她的肚皮都给火枪打通了。到处随便看一眼都会看到枪伤和刀痕,砍下的碎片,酒渍或墨点,加上去的胡子或涂脏了的花脸。总而言之,寂寞、无聊、滑稽、愚蠢,能使一个有钱的傻瓜想得出的最离奇的玩意儿,全都应有尽有,这个傻瓜在他的城堡里,不知道做什么好,他既不会创造,那就只能破坏……如果他在这里,我相信我真会把他杀死。我叹息,我深深地喘气。有很长的时间我说不出话来。我的

---

① 赫鸠力士,希腊神话中的英雄,力大无穷,曾经杀死许多毒蛇猛兽。这里指的是肯西堡主。

脖子红了,前额的青筋暴露;我吃惊地瞪着眼睛,好像一只虾子。最后,几句咒骂到底冲出来了。它们出来得正是时候!再晚一点,我就要闷死了……塞子一拔掉,天呀!我可要骂个痛快。十分钟接连不断,我连气也不换,用所有天神的名义来咒骂,来吐出我的愤恨:

"啊!狗东西,"我叫道,"难道我把这些漂亮的小宝贝带到你的狗窝里来,是让你折磨,摧残,蹂躏,污损,在上面撒尿的吗?哎呀!我亲爱的小宝贝,你们是在欢乐中诞生的,我指望你们做我的继承人,我把你们造得多么健康,强壮,肥胖,四肢齐全,什么也不缺少,你们是用千年的老树造成的,但是现在你们成了什么模样,断手,跛脚,上上下下,前前后后,左左右右,从头到脚,从脚到头,满身的刀伤比一伙残兵败卒还多!难道我是这些残废人的父亲!……伟大的上帝,请你满足我的要求,给我这点恩惠(也许我的祈祷是多余的),不要让我死后上天堂,让我下地狱去,我要待在恶魔烧烤罪人灵魂的铁叉子旁边,亲手把铁叉穿过这个凶手的肛门,把他在火上翻过来,转过去!"

我正说到这里,那时,一个我认识的老仆人昂多希来请我停止我的怒号……尽管他一面把我推到门口,这个好人还设法安慰我:

"你怎么可能,"他说,"为了几块木头,气得这个样子!要是你像我们一样,不得不和这个疯子生活在一起,那怎么办呢?让他拿买来的木板消愁解闷(这是他的权利),不比叫你我这样的好基督徒遭殃要好得多吗?"

"唉!"我回嘴说,"让他拿棍子打你有什么关系!你以为我为了我手指赋予生命的任何一块木头,不宁愿被人打屁股吗?人算不了什么;只有作品是神圣的。扼杀了理想的人才是最恶的凶手!……"

我还要说下去,并且还是这样口若悬河;但是我看我的听众却什么也没明白,而在昂多希眼里,我几乎是和他的主人一样疯了。这时,我已经走到门口,但还转过身去,最后一次看看这个杀场的全景,忽然,一想到这些事情的荒谬,想到我可怜的没鼻子的神像和他们的屠杀者,想到用呆若木鸡的眼神怜悯我的昂多希,还想到我自己这个大傻瓜,正在糟蹋口水,唉声叹气,对牛弹琴,这些事情的荒谬性闪过我的脑子……呼呼……好像一支火箭,使我立刻忘了愤怒和痛苦;我对着茫然不知所措的昂多希哈哈大笑,并且走了。

我又上了路,口里说道:

"这一回,我只好进坟墓了。他们把我的一切都拿走了。我只剩下了一副臭皮囊……对的,但是,天呀,还剩下了臭皮囊里面的东西。好像围城的人威胁被围的人,如果他不投降,就要杀死他的子女,而被围的人却回答说:'随你的便!我这里还有制造儿女的工具呢。'我也有我的工具,天呀!他们还没拿走,他们也拿不走……世界是一片荒凉的土地,我们艺术家在这里或是那里种下了一些麦田。地上的和天上的牲畜都要来吃它,咬它,踩它。他们不能创造,只会杀害。啃吧,破坏吧,畜生,用脚作践我的麦子吧,我会再种一些。麦穗熟了,麦穗落了,谁来收获和我有什么关系?在大地的肚子里还酝酿着新的种子呢。我只管未来,不管过去。总有一天,我的力量消尽了,我没有了眼睛和肥大的鼻子,没有了鼻孔下面装酒的咽喉和口腔里蠕动的舌头,没有了胳膊、灵巧的手和充沛的精力,当我非常老了,血气衰退,神志昏聩……那一天,我的泼泥翁,那就是我不在人世了。得了,不要忧虑!你能够想象有一个没有感觉的泼泥翁,一个不再创造的泼泥翁,一个不再嬉笑,不再用四个铁蹄同时奔驰的泼泥翁吗?不能,除非是我脱了裤子入了土。那时你们可以烧掉我的衣物。我的破衣烂裤都任你们摆布……"

说到这里,我又向着克拉默西走去。当我走到山坡上,正一面打肿了脸充胖子,一面耍着棍子(说真的,我觉得已经得到安慰了),忽然看见迎面来了一个金发的小个子,一面跑着一面哭,那是我的小学徒,名叫罗宾纳,也简称宾纳。这是一个十三岁的小顽童,在学习的时候,他对飞过的苍蝇比对功课还更注意,在工场外面比在里面的时候还多,他常去外面打水漂,或者偷瞅过路姑娘的小腿。我一天总要打他二十个耳光。但是他又灵活得像一只猴子,非常狡猾;他的手指头也和他一样伶俐,都是些好工匠;而不管怎么样,我还是喜欢他永远张开的小嘴,尖尖的老鼠牙齿,瘦小的脸颊,机灵的眼睛和翘起的鼻子。他自己也知道,这个小坏蛋!我徒然举起拳头,假装要大发雷霆;他却看见雷神眼角上的微笑。所以我打他之后,他总是摇摇身子,安稳得像头笨驴,过后还是一样调皮捣乱。这真是一个十足的小顽皮。

因此不由得我不大吃一惊,看见他居然像只水池里的蝌蚪一样,大颗的眼泪一滴一滴地从眼睛里和鼻子里流下来。他突然一下扑到我身上,抱住我的身子,用眼泪洗着我的腰身,并且号啕大哭起来。我一点也不明白,就说:

"呃!怎么啦?你出了什么事呀?放开我好吗?就是要拥抱,死家伙!……也该先擤擤鼻子呀。"

他不但不停,反而抱得更紧,好像从树上溜下来,一直溜到我的膝下,坐在地上,哭得更加厉害。我开始着急了:

"得了,我的好孩子!站起来吧!什么事呀?"

我抓住他的胳膊,把他拉起来……啊哟!……我这才看见他一只手上裹着被血玷污的破布条,衣服破破烂烂,连眉毛都烧了。我就说(我已经忘记了烧房子的事):

"小坏蛋,你又做了傻事了?"

他叹口气:

"啊!老板,我真难过!"

我要他坐在斜坡上,坐在我旁边。我说:

"你说吧!"

他叫道:

"一切都烧掉了!"

他又泪如雨下。那时我才明白,他这样伤心都是为了我,都是为了这场大火;而我也说不出他这样伤心使我感到多么欣慰。

"可怜的孩子,"我说,"你就是为了这事痛哭吗?"

他接着说(他以为我没有明白)：

"工场烧掉了！"

"是呀,这已经是陈旧的消息了；我知道你要说的新闻！一个钟头之内,人家已经对着我的耳朵吹喇叭似的说过十遍了。你有什么办法呢？真是倒霉！"

他瞧着我,安静点了。不过他还是很难过。

"你真舍不得你那个笼子？你这只八哥不是只想设法溜出去吗？得了,"我说,"我疑心你这个小滑头恐怕也和别人一起围着火跳过舞呢。"

(其实我一点也不那么想。)

他显得很气愤的样子：

"没有,"他叫道,"没有！我和他们打过架。为了救火,老板,凡是我们做得到的,我们都做过了；但是我们只有两个人。而卡尼亚病得厉害(这是我另外一个学徒),虽然他烧得发抖,也从床上跳了下来,挡住大门。不过谁挡得住这伙强盗！我们被他们推翻,撞倒,压坏,滚来滚去。我们拼命拳打脚踢也没有用：他们从我们身上走过去,好像开了水闸的洪流。卡尼亚爬起来追他们：几乎被他们打死。我呢,在他们打架的时候,我悄悄地溜到着了火的工场……好上帝,多么大的火！只一下,全都烧起来了,这就好像一个火把吐出了舌头：白的、红的、叫啸的,同时冲着你的鼻子喷出火星和黑烟。我哭着,咳嗽着,身上开始发烧,我对自己说：'宾纳,你快要变成烤香肠了！'……那可糟糕,等着瞧吧！嗨！我冲过去,好像在过火神节,我跳起来,短裤烧着了,头发烤焦了。我摔在一堆噼噼啪啪响的碎木片上面。我也噼噼啪啪,屁滚尿流,我再跳起来,脚碰坏了,我又倒下,头撞在工作台上。我昏了过去。还好时间不算太久。我听见周围火在呼号,而这些野蛮人却在外面跳舞,跳舞。我试着要站起来,又倒了下去,我已经受伤了;我弓着腰,四肢伏在地上,忽然看见十步之外,你雕刻的小小的圣玛德琳,只有头发遮住她赤裸裸的身体,肥肥胖胖,可亲可爱,火舌已经舔到她身上了。我忙叫道:'住手!'我跑过去,把她拿起,用手扑灭她美丽的小脚上的火焰,把她紧紧地抱在怀里;说实话,我也不知道,我也不知道干了些什么;我吻她,我哭着说:'我的宝贝,我抱住你了,我抱住你了,不要害怕,你有了我,一定不会烧掉,我敢担保!而你呢,你也帮帮我吧!玛德龙①,我们一起逃命……'我们一点时间也不能够错过……砰!……天花板摔下来了!不可能再走原路出去。我们离朝河开的圆天窗很近;我一拳打破了玻璃窗,我们就像跳火圈似的钻了出去:窗口刚好穿得过我们两个的背脊。我滚了下去,倒栽进了渤洪河底。侥幸河底距离河面很近;因为河水又油又污,里面满是泥泞,玛德琳摔下去头上连包都没有起。我可没有那么幸运:我没有放松玛德琳,陷在泥里挣扎,嘴巴对着河底;虽然我不愿意,也得大吃大喝一气。最后,我到底出来了;闲话不必多说,瞧我们两个都在这里! 老板,请你原谅我不顶事。"

———————

① 玛德龙,对玛德琳亲密的称呼。

于是,他虔诚地打开他的包裹,从一件卷着的上衣里拿出玛德琳来,她天真而媚人的眼睛在微笑,同时露出了她烧焦的小脚。那时我是如此感动(我老婆的死,格洛蒂的病,房子的烧毁和作品的破坏都没有使我如此),我哭了。

当我拥抱玛德琳和罗宾纳的时候,我想起了另外一个学徒,我就问:

"卡尼亚呢?"

罗宾纳回答说:

"他已经伤心死了。"

我跪在路上,吻着土地,说:

"谢谢,我的孩子。"

我瞧着用受伤的胳膊紧抱着雕像的孩子,指着他对天说:

"这是我最美的作品:我雕塑的灵魂。他们抢不走的。你们把木头烧掉吧!灵魂还是我的。"

十 骚 乱

八 月 底

心情平静之后,我对罗宾纳说:

"够了!过去的事已经过去了。看看现在还有什么事情要做。"

我要他讲讲我走后十几二十天之内城里发生的事情,但要讲得简洁明了,少说闲话;因为昨天的历史已经是上古史;主要的是要知道现在情形怎样。我听说在克拉默西还流行着瘟疫和恐惧,恐惧比瘟疫还更盛行:因为瘟疫似乎已经到别的地方找生意去了,却把地盘留给那些从四面八方闻风而来染指分赃的土匪。他们成了这块地盘的主人。那些撑木排的人饿得要死,又给瘟疫吓怕了,就让他们胡搞,或者跟着他们胡搞。至于法律呢,已经不起作用了。负责执行法律的人都保护自己的田地去了。我们四个议员,一个死了,两个逃了;而检察官也已溜之大吉。城堡的卫队长是个勇敢的老头子,但得了痛风病,只有一只手,两只脚都发肿,脑子笨得像牛,结果给土匪斩成六块。只剩下一个议员腊坎,他一个人面对着这群脱缰野马,由于害怕,由于软弱,由于狡猾,他不但不抵抗,反而认为最稳当的办法是退让,牺牲一部分,好保全其余的。同时他还想一箭双雕,虽然他并没有承认(我了解他,我猜得着),他安排好了,要满足他挟嫌怀恨的灵魂,某人的幸福刺他的眼,或者他想对某人报复,就放这群畜生去某人家里放火。我现在才能解释为什么他们选中了我的房屋!……但是我却说:

"别人呢,那些老板们,他们干什么啦?"

"他们干个屁,"宾纳说,"呃,这是一群绵羊。他们等人到家里来屠杀。他们既没有了牧羊人,又没有了看羊狗来保护他们。"

"那么,宾纳,我呢!看一看,孩子,我是不是还有獠牙。我们去吧,孩子。"

"老板,一个人不顶事。"

"总可以试一试。"

"要是那些暴徒逮住了你呢?"

"我什么也没有了,我才不在乎他们呢。你能替一个没有头发的人梳头吗?"

他跳起舞来了:

"这下可好玩啦!佛勒勒方方,乒乒,乓乓,砰砰,嘭嘭,达里拉里拉里郎,走吧,走吧!"

虽然他的手已烧伤,他还在路上得意扬扬,险些儿倒在地上。我装出严肃的样子:

"喂!小猴子,"我说,"难道这是一件高兴得去树顶上跳舞的事吗？站起来！放庄重一点！好好听我的话。"

他的眼睛发光，听着我说。

"你高兴不了多久。听：我马上一个人到克拉默西去。"

"我呢！我呢！"

"你吗，我派你到多纳西去通知我们的议员梅斯特腊·尼哥勒，他是一个很谨慎的人，他的心肠好，腿更好，他爱自己超过他爱同乡，但是他爱财产还超过了他爱自己，你去通知他说，明天早上人家会把他的酒喝光。从那里你再一直走到莎尔迪，你会在鸽子窝里找到我们的检察官威廉·库提尼翁的，你告诉他，如果他今夜不回来，他在克拉默西的房子准会给人抢尽烧光。他会回来的。我也不必对你多讲了。你自己一个人也晓得应该说些什么，你并不需要我教你才会说谎啊。"

这个小鬼搔搔耳朵说：

"并不是这个差事困难。不过我不愿意离开你。"

我回答说：

"谁问了你愿意什么，不愿意什么？只要我愿意。你就听话得了。"

他还争辩。我就说：

"够了！"

因为这个小鬼担心我的命运。

"我并不禁止你跑步呀，"我对他说，"干完了你的差事，你还可以赶上我。帮助我最好的办法就是给我调救兵来。"

"我会把他们飞快地带来,"他说,"让他们汗流如雨,气喘如牛,这位库提尼翁和这位尼哥勒,我会使他们火烧屁股似的跑来!"

他一溜烟似的走了,但是还站住了一次:

"老板,至少也要告诉我你预备干什么去呀!"

我又神气又神秘地回答说:

"你等等就会知道。"

(其实,我自己还不知道呢!)

* * *

将近晚上八点钟,我到了城里。在金黄的云彩下面,血红的太阳落下去了。夜还没开始呢。多美的夏天黄昏!但是没有人来欣赏。在市场门口,没有一个张口呆看的闲汉,也没有一个卫兵。我好像走进了一个磨坊。在大街上,一只瘦猫在啃面包;一看见我,它的毛就竖起,并且赶快丢了面包逃走。房屋都闭上了眼睛,关起了大门。没有一点人声。我说:

"他们都死光了。我来得太迟了。"

但是我听见在百叶窗后面,有人听见了我的脚步声,在偷看我。我就敲门,并且叫道:

"开门!"

没有一点动静。我走到另外一所房屋门口,又用脚和手杖打门。还是没有人开。我听见房子里面有"呼呼"的声音。这下我明白了。

"他们在捉迷藏,这些可怜虫!天呀天,我要去咬他们的屁股!"

我用拳头和脚跟把书店的门面当鼓打,并且叫道:

"咳!老兄!德尼·索苏瓦,天呀天!我要把你的东西都打碎了。快开门吧!开门,阉鸡,我是泼泥翁。"

立刻,好像演魔术一样(人家会以为有一个仙女用魔杖碰了一下窗户),所有的百叶窗都打开了,我看见市场大街两边的窗口伸出了一排惊惶失措的面孔,好像一些洋葱头,他们全都瞪着眼睛瞧我。他们瞧我,瞧我,瞧我……我可不知道我有那么好看:我摸摸自己。于是,他们紧张的脸孔忽然放松了,神气都很高兴。

"好人呀,他们多么喜欢我!"我想,但却没有想到他们的高兴是因为我出现在这个时间,在这个地点,使他们放了一点心。

于是,泼泥翁和这排洋葱头谈起话来。大家一起说话;而我一个人给大家回答。

"你从哪里来?你干了什么?你看见了什么?你要什么?你怎么进城的?你从哪里进城的?"

我说:

"别嚷!别嚷!别着急呀。我很高兴看见你们的舌头都还安然无恙,虽然你们丧失了力气和胆量。咳,你们在楼上干什么?下来吧,呼吸一点傍晚的新鲜空气也是好的呀。你们老是关在房间里,难道有人拿走了你们的裤子吗?"

但是他们不回答,只是问:

"泼泥翁,在街上,你来的时候,碰见了谁呀?"

"笨蛋,"我说,"你们全部待在窠里,叫我碰得见哪一个?"

"土匪。"

"土匪?"

"他们正在抢劫,放火。"

"在哪里?"

"在贝扬。"

"那么快去阻止他们!你们待在鸡窠里干吗?"

"我们保护房屋。"

"保护自己房屋的最好办法,是也保护别人的房屋。"

"事有轻重缓急。每个人都先保护自己的东西。"

"我知道你们的老调:'我爱我的邻居,但我自顾不暇'……可怜的人!你们在帮土匪的忙。抢过了别人,就要抢你了。每个人都会轮到的。"

"腊坎先生说过,在这个危险的时候,顶好是少管闲事,让他们去烧吧,等到秩序恢复了再说。"

"等谁来恢复秩序?"

"内韦尔大人。"

"等到他来,时间也不知道过去了多少啦。内韦尔大人有他自己的事。等他想到你们的事,你们早都烧死了。得了,孩子们,去吧!不保卫自己生命的人就没有权利生活。"

"他们人多,又有武器。"

"人们总喜欢言过其实。"

"我们没有指挥人。"

"那就自己做指挥人吧。"

他们继续喋喋不休,从一个窗口到另外一个窗口,好像一些栖息在树枝上的鸟!他们之间也在争论,但是谁也不动。我等得不耐烦了:

"你们是不是要让我整夜站在街头,鼻子朝天,把脖子扭酸了?我不是来你们窗下唱小夜曲的,虽然你们的牙齿还在打鼓奏乐。我要对你们说的话也不能在屋顶上大唱大叫。给我开门!我用上帝的名义叫你们开门,否则我就要放火了。得了,男子汉下来吧(如果上面还有男子汉的话);有母鸡守窝也就够了。"

一半笑,一半赌咒,有一家大门开开了一半,然后又有一家;一个谨慎的鼻子冒险地伸了出来;接着这只畜生全身都出来了;大家一看见有只羊出了羊圈,其他的羊也都走了出来。大家都大胆地争着看我的鼻子:

"你病好了吗?"

"结实得像颗白菜头。"

"没有谁和你找麻烦?"

"没有,只有一群笨鹅追着我叫。"

一看见我从危险中安然出来了,他们才松了一口气,他们更爱我了。我说:

"好好瞧瞧。喂,我的五官四肢,一应齐全,一点也不缺少。你们要我的眼镜吗?……咳,瞧够了!明天你们可以看得更清楚。现在时间紧急,得了,撇下这些小事吧。哪里是可以说话的地方?"

甘诺说:

"去我店里。"

在甘诺的铁匠店里,闻起来有马蹄味,在马蹄践踏过的土地上,我们挤成一堆,在黑夜里,好像一群马。门关上了。一段蜡烛插在地上,使我们弯着脖子的巨大影子,在烟熏黑了的圆屋顶上跳舞。大家都不说话。突然,大家一起说起话来。甘诺拿起他的铁锤,敲着铁砧。铁锤仿佛在嘈杂的人声中穿了一个洞:经过这个洞口,肃静又走进来了。我就利用这个机会说话:

"不要浪费口舌吧。我已经什么都知道了。土匪在我们这里。好的!把他们赶走。"

他们说:

"他们太强大了。撑木排的人也在他们那边。"

我说:

"撑木排的人也口渴。看见别人喝酒,他们当然不喜欢旁观。我很了解他们。我们不应该对一个人要求太高,更不能够对撑木排的人要求过分。如果你让人抢劫,那么一个人即使不是盗贼,也喜欢抢来的果实能够放在自己口袋里,而不是放在别人口袋里,这一点也不足为奇。再说,到处都有好人,有坏人。得了,应该像天主一样,能够'分清是非'①。"

"但是市议员腊坎大人禁止我们乱动!"他们说,"当其他的人,代理市长、检察官都不在的时候,那是该他负责维持全城的秩序。"

"他维持了没有?"

"他认为……"

"他维持了没有,维持了,还是没有?"

"这个谁都看见了!"

"那么,让我们来维持吧。"

"腊坎大人保证过,如果我们不动,我们不会遭殃的。骚乱会局限在郊区之内。"

"他怎么知道的?"

"他应该和他们有过协定,他也是迫不得已,无可奈何!"

"但是这个协定就是罪恶!"

"他说这是麻醉他们。"

"麻醉他们,还是麻醉你们?"

甘诺又锤他的铁砧了(这是他的姿态,就像有人说话先要拍拍大腿一样),并且说:

"他说得对。"

大家都面有愧色,又害怕,又生气。德尼·索苏瓦低着头说:

---

① 原文为拉丁文。

"要是大家把心里想的全说出来,那要讲的可多着啦!"

"呃!你为什么不讲?"我说,"你们为什么不讲?我们都是兄弟。你们还怕什么?"

"隔墙有耳。"

"怎么!你们到了这个地步?……甘诺,拿起你的铁锤,把住大门,我的朋友!谁想出去或想进来,你就打破他的脑袋!不管隔墙有没有耳朵偷听,我敢保证没有舌头能去告密。当我们出去的时候,那就是立刻要执行大家的决议。现在,说吧!谁不做声就是叛徒。"

于是起了一阵喧嚷。所有压制在心头的仇恨和恐惧都像火箭似的爆发了。他们伸出拳头大叫:

"腊坎这个混蛋,他随意摆布我们!这个叛徒出卖了我们和我们的财产。但是怎么办呢?我们什么办法也没有。他有法律,他有武力,警察都是他的。"

我说:

"他的窝在哪里?"

"在市政府。他日里夜里,都住在那里,为了更加安全,还有一队无赖保卫着他,也许说是保卫,还不如说是看管。"

"总而言之,他坐牢了?很好,"我说,"我们马上就去救他。甘诺,开门!"

他们显出还没有下决心的样子。

"你们干吗不走呀?"

索苏瓦搔搔头说：

"这是一件大事。我们不怕打架。不过，泼泥翁，到底，我们没有这种权利。这个人，他代表法律。违犯法律，那要负很重的……"

我说：

"……很重的责任？好的，责任有我负，有我。不要担忧。索苏瓦，当我看见一个歹徒行凶的时候，我先揍他一棍；然后再问他的尊姓大名；如果他是检察官或是教皇，那也活该！朋友们，就这样干吧。当秩序成了混乱的时候，就不得不用混乱来维持秩序，拯救法律了。"

甘诺说：

"我跟你走。"

他的铁锤扛在肩上，两手巨大异常（左手只有四个指头，食指被压断了），他斜着一只眼睛，漆黑的皮肤，笔挺的身体，宽得像个酒桶，他的样子真像一座城楼在走动。在他后面，大家你挤我推，跟着这座堡垒。每个人都跑到自己店里去找火枪，菜刀，或是木锤，的确我并不敢发誓，说进店里去的人当夜都出来了，大约因为这些可怜人没有找到他们的武器。说老实话，走到广场的时候，我们的人已经稀稀落落了。不过剩下来的人都是靠得住的。

运气真好，市政府的大门是敞开的：牧羊人这样确信他的绵羊会一声不响地让人剪光羊毛，一直剪到最后一只为止，所以他的走狗和他，在酒醉饭饱之后，就放心大胆地睡安稳觉去了。因此我们的进攻，我得承认，并不是什么英勇的事。只要像俗话说的"探囊取物"就可以了。我们把他从被窝里拉了出来,他赤裸裸的,连短裤也没穿,好像一只剥了皮的兔子。腊坎真是肥胖,圆圆的、粉红的面孔,前额还有肉瘤,长在眼睛上,他神气装得温和,既不太善,也不太笨。这点功夫他立刻显给我们看了。一开始,没有问题,他就知道发生了什么事。他的灰色的小眼睛,藏在起皱的眼皮下面,闪出了恐惧和愤怒的光芒。但是立刻他就恢复镇定了,并且用做官的口吻,问我们有什么权利侵入这执法的圣地。

我对他说:

"为了不让你再在法律的宝座上睡觉。"

他大怒了。索苏瓦对他说:

"腊坎先生,这不再是恐吓的时候了。你在这里是被告。我们是来和你算账的。为你自己辩护吧。"

他马上改变腔调。

"不过,亲爱的老乡们,"他说,"我不明白你们要我干吗。谁控告我?控告什么?我不是冒了生命的危险,待在这里保护你们吗?别人都逃走了,只有我一个人来对付骚乱和瘟疫。你们还有什么可以责备我的呢?我在设法医治创伤,难道我是造成伤痛的原因吗?"

我说:

"俗话说得好,'别有用心的医生治得伤口发臭'。腊坎,你正是这样医治这个城市的。你纵容了暴动,培养肥了瘟疫,然后,你好从中取利。你私通土匪,烧毁民房,出卖了

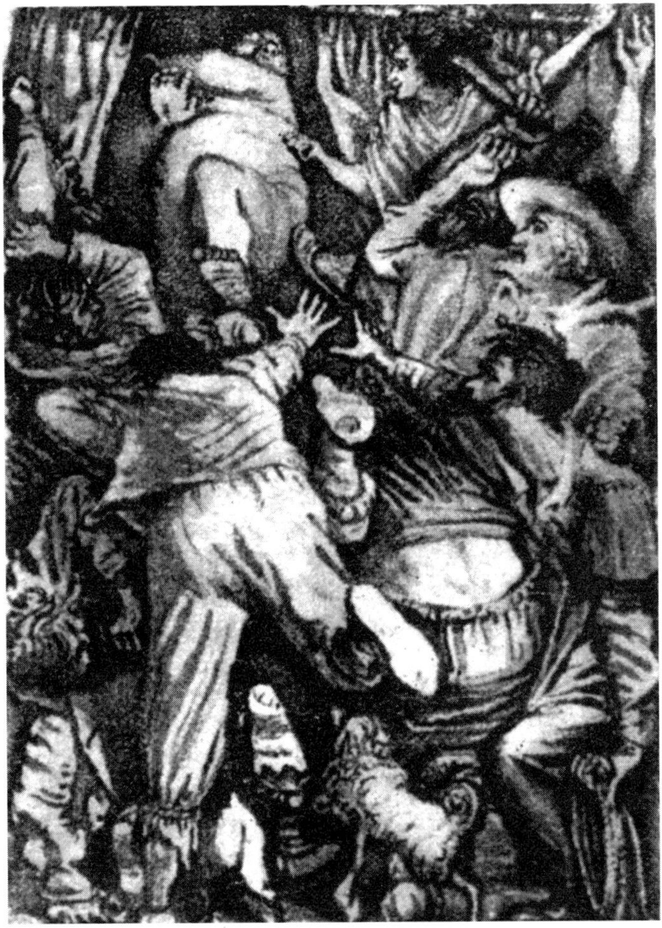

你应该保护的人,指使了你应该打击的人。说,叛徒,你是为了害怕,还是为了贪心,才干这可耻的勾当?你要我们在你颈上挂出什么牌子,写上什么罪名?'这是一个为了三十个铜板就出卖全城的人'……三十个铜板?你才不那么傻!自从伊斯卡略人①以来,行情已经不同了。或者那就写上:'这是一个为了自己逃命就拍卖全体同乡的议员?'"

他生气了,并且说:

"我做的是应该做的事,执行的是我的职权。发生过瘟疫的房子,我就把它烧掉。这是法令。"

"你借防疫为名,把所有不赞成你的人的房子都画上十字!'欲加之罪……'当然,你让他们抢传染瘟疫的房子也是为了防疫?"

"我也没有办法阻止他们。不过这和你们又有什么关系,如果这些强盗将来都像老鼠一样瘟死的话?这是以毒攻毒,一箭双雕。多妙的解危的办法!"

"他还要对我们说,他用强盗来攻瘟疫,又用瘟疫来攻强盗!说来说去,城虽然破坏了,他总是胜利者。难道我说得不对吗?病人也死了,病也消灭了,只剩下了医生……喂,腊坎先生,从今天起,我们不必要你费心照顾了,我们自己会照顾自己;既然一切辛勤的劳动都有权利得到报酬,我们也给你保留了……"

甘诺说:

---

① 指出卖耶稣的犹大,犹大是伊斯卡略人。

"坟墓里的床位。"

这就仿佛是在一群饿狗当中丢下了一根骨头。他们一起冲向目标,一面号叫;有一个人喊道:

"我们来埋掉这家伙!"

侥幸这只猎物溜到床背后去了;他靠着墙,心慌意乱,瞧着这些准备咬他的嘴脸。我呢,我止住了这群饿狗:

"慢点!让我来!"

他们停住了。这个可怜人光着身子,像只淡红色的小猪,又冷又怕,全身发抖。我怜悯他,就对他说:

"得了,穿上你的裤子吧!我的好朋友,你的屁股,我们也看够了。"

他们笑弯了腰。我就利用这个机会,来对他们讲理。这时,这只畜生穿起他的衣服来,他牙齿咔嗒响,眼睛露出凶光:因为他感觉到危险已经过去了。当他穿好了衣服,肯定今天我们不会剥他的皮了,他又装好汉,并且侮辱我们;他叫我们做叛逆,恐吓说要判我们的罪,因为我们侮辱了长官。我就对他说:

"你已经不是长官了。我撤了你的职。"

于是,他的愤怒一起向我发泄。报复的欲望胜过了谨慎之心。他说他了解我,说是我的主意煽动了这些造反人的薄弱意志,说他要我挑这个犯上作乱的担子,说我是个罪犯。他气得结结巴巴,用嘶嘶嘘嘘的声音,把一垃圾车的肮脏话都倒在我背上。甘诺说:

"要不要打死他?"

我说：

"腊坎，你毁了我，毁得的确巧妙。恶棍，你也知道，我不能够把你吊死而不引起别人疑心，疑心我是因为你烧了我的房子，为了要报私仇，才把你吊死的。其实呢，这根麻绳吊在你脖子上做项圈倒正合适。不过我们让别人将来费心给你吊这根装饰品吧。你等一等死也不会吃亏。重要的是，我们逮住了你。你现在算不了什么东西。我们剥下了你漂亮的议员袍子。我们要来亲手掌舵摇桨了。"

他吞吞吐吐地说：

"泼泥翁，你知道你冒了什么危险？"

我回答他说：

"我知道，亲爱的，我冒了杀头的危险。我拿头来赌博——赌个谁输谁赢。万一我输了头，我们的城市还是赢了。"

人们把他带到监牢里去。他发现他在牢里的床位还是温暖的，那是一个三天前因为拒绝服从他的命令而被监禁的老军曹睡过的床位。现在事情已经做了，市政府的门房和公差也说这事做得很好，他们早就想到腊坎是个叛徒。但是，不行动的人，光想到也是枉然！

* * *

直到这时，我们的计划都执行得像刨子在刨平滑的木板，没有碰到一个节疤。我也觉得惊讶，就问：

"土匪到底躲到哪里去了呀？"

那时有人叫道:

"救火!"

天呀!他们到别的地方抢劫去了。

在街上,一个气喘吁吁的人告诉我们说:这帮匪徒正在伯利恒郊区抢劫路多塔门外的彼得·普拉的仓库,他们正在破坏,烧毁,开怀痛饮。我对伙伴们说:

"如果他们喝酒跳舞要人奏乐,那我们来得正好!"

我们跑到米朗多勒去。在小山上,可以俯视全城,听得见夜里纵酒狂欢的喧哗声。在圣马丁教堂的钟楼上,警钟上气不接下气地乱鸣。

"伙伴们,"我说,"这次一定要入虎穴。事情要热闹起来了。我们准备好了没有?但是首先一定要有一个人带头。谁来做?你来好不好,索苏瓦?"

"不,不,不,不,"他说,一连倒退了三步,"我不干。半夜三更,带着这管老枪到这里来,这已经够受了。大家愿干的事,一定得干的事,我都干——只是不能带头。谢谢上帝!我从来不会下决断……"

于是我问:

"那么,谁来干?"

他们谁也不动。我了解他们,这班家伙!说话,跑腿,这还可以。但是要下决断,那却没有一个人行。一个小市民的习惯就是在生活中精打细算,迟疑不定,买一块布先要摸上个五十遍,讨价还价,要等到机会错过了,或者是布卖掉了,才下决心!眼看时机快要错过,我就伸出手来说:

"要是没有人干,好吧,我来。"

他们说:

"好!"

"不过,大家今夜得没有异议地服从我!否则,我们就要完蛋。在天亮以前,只有我是唯一的带头人。到了明天,你们再批评我。这点都同意吗?"

他们都说:

"同意。"

我们下了小山。我一马当先。在我左边,走着甘诺。在我右边,我派定了巴德,全城的锣鼓手。一进郊区,在栅栏广场上,我们已经碰到了一群兴高采烈的人,他们并没有恶意,就全家男女老幼,都向着被抢劫的地方走去。人家会以为是在过节呢。有些管家婆还带了篮子,像赶集的日子一样。他们站住了,看我们的队伍走过;很有礼貌地让路给我们;他们也不明白为了什么,就本能地一个接着一个跟我们走。有一个理发师佩律希带了一盏纸灯笼,他照照我的脸,认出我来了,就说:

"啊!泼泥翁,好家伙!你也回来了?咳!你来得正是时候!我们一起喝酒去吧。"

"什么时间做什么事,佩律希,"我回答说,"我们明天再喝吧。"

"你老了吗,我的哥拉。喝酒还管什么时间。明天,酒早喝光了。他们已经开始了呢。赶快去吧!难道这高级的饮料现在会不合你的胃口?"

我说：

"抢来的酒，是不合我的胃口。"

"抢来的，不是，"他说，"这是抢救出来的。房子烧了，难道我们应该愚蠢得让这些好东西烧掉？"

我把他推开：

"强盗！"

我走了过去。

"强盗！"

甘诺，巴德，索苏瓦，还有别人，都跟着我这样叫他。他们也走了过去。佩律希站在那儿发呆；然后，我听见他愤怒地破口大骂；我一回头，看见他正摩拳擦掌，向我们跑来。我们仿佛谁也没有听见他，谁也没有看见他。他赶上了我们的时候，突然不做声了，并且跟着我们走。

我们到了溶纳河边，桥上走不过去。那里挤着一大堆人。我叫人打鼓。最外面的一排人莫名其妙地让路了。我们好像楔子一样插了进去，但是却被他们夹住了。我看见两个我认识的筏夫：绰号叫卡拉布大王的约亚贤和绰号叫二流子的加丹。他们对我说：

"喂，喂，泼泥翁老板，你们这些驴子，打扮得怪里怪气，煞有介事似的，到这里来干什么呀？你们是要开玩笑，还是去打仗啊？"

"你想不到你猜得多么对，卡拉布，"我回答说，"因为你瞧我就是这个样子，今夜还是克拉默西的带头人呢。我要去保卫它，去打它的敌人。"

"它的敌人?"他们说,"你莫非发了疯?谁是它的敌人?"

"在那边放火的人。"

"这和你有什么关系?"他们说,"现在,你的房子已经烧掉了(至于你的房子,大家很抱歉:你知道,那是搞错了)。但是普拉的房子,这个靠我们的劳力养肥的吊死鬼,这个剥了我们的皮去装饰自己的伪君子,他把我们身上刮光了,却还扬扬得意,高高在上,瞧不起我们!抢他的人,死后一定会直升天堂。因为这是神圣的事情。让我们干我们的吧。这和你有什么关系?为什么不抢他!更不应该拦阻别人抢他了!……这是有益无损的。"

我说(因为要是我不先设法说服这些可怜的家伙,就揍他们,我也会痛心的):

"有损无益,卡拉布。我们的名誉要紧。"

"我们的名誉!只是你的名誉!"二流子说,"名誉能当饭吃吗?能当酒喝吗?我们也许明天就死了。我们能剩下什么呢?什么也不剩。人家会怎样说我们呢?什么也不会说。名誉只是有钱人的奢侈品,那些有钱的畜生进了坟墓还要留下墓志铭。我们呢,我们反正要像沙丁鱼一样一起葬进公墓的。你去看看谁的坟墓发出的是名誉,谁的发出臭味!"

我没有回答二流子,却对约亚贤说:

"单个儿,谁也算不了什么,这是真的,我的卡拉布大王;但是大家在一起,我们就是力量。一百个小的能凑成一个大的。当今天这些有钱的人死了之后,当他们的姓氏和他们坟墓上的谎言,都跟着他们的墓志铭一起磨灭之后,人家还会谈到克拉默西的筏夫的;他们将来是历史上高贵的人,他们有粗壮的手,有和拳头一般结实的脑袋,但是我不愿意人家说他们是些歹人。"

二流子说:

"我可不在乎。"

但是卡拉布大王啐了一口,喊道:

"要是你不在乎,那你只是一个混蛋。泼泥翁说得对。要知道人家这样说,那我也会苦恼。我用圣尼哥拉①的名义担保,人家将来不会这样说。名誉不是属于有钱人的。我们要做给他们瞧瞧。管他是贵族也好,大人也好,他们没有一个人配得上我们。"

二流子说:

"难道为了名誉就该有什么顾虑?难道他们这些贵族有什么顾虑吗?还有谁比他们更加混蛋,这班王爷,这班公爵,不管是孔德王爷、苏瓦松公爵,还是我们的内韦尔公爵,或者埃伯农的胖公爵,他们嘴里和肚子里都装满了,还像肥猪似的大吃大嚼成千上万饿得要死的人;国王一死,他们又去抢劫他的金库!这就是他们的名誉!真的,我们要不模仿他们,那才真是傻呢!"

卡拉布大王赌咒说:

---

① 圣尼哥拉,保佑船夫的圣徒。

"他们是些混蛋。总有一天,我们的亨利王会从坟墓里跑回来叫他们吐出他的金子,要不然就是我们来烤这些金馅子的肉馒头。如果这些大人物要做猪,天呀!我们就要宰他们;但是不去猪窝里模仿他们。榜样要我们自己做出来。一个筏夫屁股里的名誉比一个抢人君子心里的名誉还好得多。"

"那么,我的大王,你来吗?"

"我来;二流子这家伙,他也来。"

"不,真活见鬼!"

"你来,我对你说,否则,我就打发你到河里去见龙王。得了,赶快走。你们呢,我用上帝的名义叫你们让路,直肠动物,我要过去!"

他用大腿在人潮中开路。我们在这艘大船后面,好像一只小鱼跟着一条大鱼。现在我们碰到的人都喝得太醉了,谁也莫想说服他们。凡事都有先后:先动口舌,后动拳头。我们只是设法使他们坐在地上,并不把他们打翻:因为一个醉汉是神圣不可侵犯的!

最后,我们到了仓库门口。一伙密集如云的强盗正在彼得·普拉老板家里乱挤乱动,好像羊毛里的虱子。有的人搬箱子,打包袱;有的人已经穿上了抢来的旧衣服;有些爱笑爱闹的快活汉子,为了开心,把瓶子罐子从楼上窗口扔出来。在院子里,有人在滚酒桶。我看见一个人用嘴贴着桶上凿的洞喝,一直喝到滚动的酒桶使他四脚朝天摔倒在地,那时酒就像红尿似的往外直射。酒流成了沼泽,孩子们用舌头来舐。为了看得更加清楚,他们把家具堆在院子里,烧了起来。听得见酒窖里木锤敲掉桶底的声音;叫啸声,呼号声,闷在喉咙里的咳嗽声;在地底下,房子也在哼叫,仿佛它肚子里有一窝小猪。这里或是那里,从地窖的通风眼里,已经冒出了火舌,舐着通风眼的小铁杠。

我们冲进了院子。他们也不管我们。各人在忙各人的事。我说:

"打鼓吧,巴德!"

巴德打起鼓来。他大声宣布全城授予我的权力;然后由我讲话,我警告这些强盗赶快离开。一听见咚咚的鼓声,他们就集合了,好像一群苍蝇听见人敲锅盆碗盏。我们的鼓声停止了,他们又都气得乱哄哄地叫起来,向我们冲过来,叫啸,呼号,向我们扔石头。我设法要打破地窖的门;但是他们从顶楼的窗口扔下砖瓦和木梁来。我们到底打退了这些暴徒,冲了进去。甘诺又丢了两个手指头,卡拉布大王连左眼都给挖掉了。我呢,我正抵着要关上的大门,被挤在角落里,活像一只狐狸落了陷阱,大拇指夹在门缝里头。天呀天!我几乎像个娘儿一般昏倒,几乎把我胃里的东西都吐了出来。侥幸,我一眼看见一个肠开肚破的小酒桶(这是一桶强烈的白兰地);我忙用酒灌灌我的肠子,浸浸我的大拇指。然后,我对你发誓,天呀,我连眼珠也不再转一转,已经怒从心头起,恶向胆边生了。

现在我们在楼梯台阶上对打。一定得解决他们。因为这些王八羔子对着我们的脸开火药枪,他们离我们这样近,连索苏瓦的胡子都着火了。二流子忙用起老茧的手把火扑灭。幸亏这些醉汉眼花,瞄准的时候看见重复的人像,要不然,我们没有一个人能活着出去的。我们不得不又退上楼梯,且战且退。但是,我们把住了进口——我阴险地看到火从左右两翼向着里首的房屋溜过去,酒窖也在里首——我叫大家把出路堵住,用石头和废物堆成壁垒,堆得有肚脐眼那么高;壁垒上的过道也用我们的铁矛和铁钩封锁了,矛头和钩头都朝上,好像一只硬刺竖起、缩成一团的豪猪的背。我就叫道:

"强盗!啊!你们喜欢火!好的,那就请你们吃火吧!"

他们大部分人还醉倒在酒窖里首,等到他们知道危险,那时候已经太迟了。当巨大的火焰使得墙壁喀喇作响,火嘴把屋梁咬得粉碎的时候,从地窖底下涌上来了一群乱糟糟的魔鬼;这伙暴徒好像一股激流,有几个人身上着了火,他们冲到前面,仿佛是啤酒的泡沫要冲掉瓶塞。他们都撞倒在我们的壁垒上;那些在后面推他们的人又像一个瓶塞似的堵住了退路。我们听见火和这些受罪的人在地窖里首怒吼。我请你们相信,这种音乐并不使我们开心!听见受摧残的肉体痛得呼天叫地,并不愉快。假如我是一个普通人,假如我是平日的泼泥翁,那我也会说:

"救救他们吧!"

但一个人做了头领,他可没有权利再有慈善心和软耳朵。只能有眼睛和心灵。只能观察,决定,毫不动摇地做应该做的事。救了这些土匪,就要断送全城:因为假使他们出去了,他们人多势大,我们休想管住他们;虽然他们上绞架的时机已经成熟,他们可不肯让人在树上摘果子似的收拾。现在黄蜂既然都在窝里;那就让他们待在窝里吧!……

我看见火的两翼已经会师,在中间房屋上合而为一,并且噼啪作响,使周围鹅毛似的轻烟到处飞翔……

那时,在楼梯口,人体堆积如山,一个贴着一个,动也不能动弹,只能瞪眼睛,皱眉毛,张嘴巴,大声叫。就在这一片刻,从前面几排堆积的人体上面,我忽然看见了一个老伙伴,绰号叫作瘸子的埃路瓦,这个不中用的家伙,他人并不坏,只是贪酒(老天爷,他怎么钻到这个黄蜂窝里来了?),他又哭又笑,糊里糊涂,一点都不明白。坏蛋,懒汉,他是罪有应得!不过话又得说回来,我也不能眼看着他这样烤焦了呀……我们小时候同在一起玩过,同在圣马丁教堂领过圣体;我们是第一次受圣礼的兄弟……

我分开了铁矛,跳过了壁垒,践踏着这些愤怒的人头(他们还要咬人呢),走过了这团怒气冲冲的人肉浆,到了我的瘸子面前,一把抓住他的颈子。"天呀天!怎样把他从老虎钳子里拔出来呢?"我抓住他时心里想,"只有把他切碎才能拿走一块啊……"运气真是再好没有(虽然不是所有的人都配得到上天的眷顾,至少我以为有一位天神在保佑醉汉),我的瘸子正在楼梯边上,向后摇摇晃晃,因为上楼梯的人挤得用肩膀把他扛了起来,使得他脚不沾地,悬在空中,好像手指中间夹着的一个果核。我用脚后跟分开左右两旁紧压着他胸脯的肩膀,到底并不吃力就把这个果核从群众这张大口中夺了出来,说得恰当一点,是他被挤出来了。出来得正是时候!火像一阵旋风,从楼梯口,就好像从烟囱口一样,冲上来了。我听见这个大火炉里首,人体烧得噼噼啪啪地响;我弯着腰,大踏步走,也不看我脚下踩着的是什么,拉着瘸子油污的头发就出来了。我们走出了火坑,离开了炼狱,让火焰去完成它的工作。同时,为了压制我们不安的心情,我们搜搜瘸子身上,这只畜生,临死还不肯放松他心窝里藏着的两个珐琅盘子和一个五彩盆子,天晓得那是他从哪里抢来的!……瘸子酒醒之后,也哭着要把这些盘子扔掉,一面随地撒尿,像座喷泉似的,一面叫道:

"我才不要这些抢来的东西哩!"

* * *

天亮的时候,检察官威廉·库提尼翁先生来了,后面跟着罗宾纳,他开锣鸣道地把检察官拉了来。三十个武装士兵在两侧保护他,还有一伙农民。在这一天之内,梅斯特腊也给我们带了一些人来。第二天,还来了一些,那是我们的好公爵派来的。他们探索了一下余热未消的劫后余烬,写好了证明损失属实的报告,算了一下账,加上他们的路费和居留费,再也没有什么事情可做,就又走原路回去了……

这件事给我们的教训是:

"自己帮自己,国王也会来帮你。"

十一 和公爵开玩笑

九 月 底

秩序恢复了,劫后的余烬也变凉了,不再听见有人谈起瘟疫。但是城市最初还像垮了一样。市民们惊魂未定。他们用脚试探着土地;还不能够肯定自己是在地上,而不是在地下。大部分时间,他们总是藏在窠里,要是在街上,就垂头丧气,挨着墙溜过去。啊!人们没有什么可以骄傲的,他们几乎不敢正面看别人,甚至不高兴在镜子里看见自己:这一次他们看自己看得太清楚,认识自己也太清楚了;人类的本性毫无掩饰地原形毕露;这并不太美观!他们又羞愧,又不敢相信别人。至于我呢,我也不太自在;这次的屠杀和烧焦的尸臭紧追着我;还有更甚的,是我忘不了在熟识的脸孔上看到的卑鄙和残酷。他们也都知道,他们暗中怪我。我也明白;我更觉得不好意思;要是我做得到,我真想对他们说:"朋友们,原谅我。只当我什么也没看见……"九月的沉重的太阳压在心情沉重的城市上。人们感到夏天末日的炎热和疲乏。

我们的腊坎在卫队押送之下,到内韦尔去了,公爵和国王都争着以审判他为荣,使得他倒打算利用这个矛盾,想从他们手上溜掉。至于我呢,多蒙我们法庭的大人先生们照顾,他们想闭上眼睛,只当没有看见我的所作所为。似乎我在救克拉默西的时候,曾犯下两三条杀身大罪。但是这些罪行到底不会发生,假如这些大人先生们没有先溜之大吉,而是待在城里管理我们的话,所以他们并不坚持要处理这件事,我当然也不坚持。我不喜欢去法庭上分辩是非。你枉然觉得自己无辜:谁晓得究竟如何?如果你有一个手指夹到法庭这个鬼机关里去了,那就连胳膊也要再见呐!赶快,赶快斩断胳膊,不要迟疑,要是你不愿意整个身体都陷进去的话……因此,在他们和我之间,我们什么话也没说,我们互相谅解:只当我什么事也没做,他们什么也没看见,那一夜我带头完成的事情呢,就算是他们干的。但是我们徒然这样想,到底不能把过去发生的事一笔勾销。我们都还记得,这真麻烦。我在所有的眼睛里都看得出:他们怕我;而我也怕我自己,怕我的功绩,怕昨天这个不熟悉的、野蛮的哥拉·泼泥翁。见鬼去吧,这个恺撒,这个阿提拉①,这个英雄!要是酒肉英雄,我倒愿当。但是战斗英雄,不,不,这不是我的事!……总而言之,我们很窘,腰酸腿痛,浑身疲乏;心里和肚子里都很内疚。

我们又都拼命工作。工作像块海绵,能够擦干耻辱和痛苦;能使灵魂面目一新,血液一清。而工作并不缺乏:到处有多少废墟啊!但给我们帮助最大的,还是大地。从来

---

① 阿提拉,五世纪鞑靼人的国王,曾经征服欧洲。

没有见过这样丰收的水果和粮食;最丰富的,到底还是葡萄的收获。人们真会以为大地,我们的母亲,因为喝了我们的血,想用酒来偿还我们。这又有什么不可以的呢?什么东西也不会消失,也不应该消失。要是它消失了,又能到哪里去呢?水从天上来,还回天上去。为什么酒不可以同样地在大地和我们的血液之间循环往复?那是同样的液汁呀。我就是一根葡萄藤,或者过去是,或者将来是。一想到这点真令人高兴;我的确想做葡萄藤,如果要我永生,我真愿变成一棵葡萄树,能感到我的身体扩张、膨胀,成为圆圆的、丰满的、美丽的葡萄,成为一串黑黑的、软软的葡萄,在夏天的阳光下,胀破了肚皮,(最好是)还能饱人口腹。事实是,今年的葡萄汁像洪水似的泛滥了,大地的血液从所有的毛孔里流出来。瞧,我们不是连酒桶都不够了吗;缺少装酒的器具,人们就让葡萄留在缸里,放在洗衣盆里,甚至榨也不去榨它!更妙的是,发生了一件空前未有的事,一个昂德里的老老板,库勒玛老头,摘不完他的葡萄,就把它三十个铜板一桶卖了,不过有个条件,一定要人自己到田里去摘。想想我们多么着急,不能冷眼旁观,看着上帝的血液流掉呀!与其让它流掉,不如把它喝掉。大家都很尽心尽力,我们是些尽责的人。不过这是一件要赫鸠力士才能胜任的工作;而不止一次,都不是大地的儿子安泰①,而是赫鸠力士倒在地

---

① 希腊神话,巨人安泰是海神和大地的儿子,他只要接触到大地,就力大无穷。大力士赫鸠力士和他搏斗时,把他举在空中,才把他扼死。

上了。到底,这件事的好处是改变了我们思想的外貌;人们的前额不再起皱了,他们的脸色也开朗了。

不管怎样,酒杯底上还有一股说不出的泥味,好像渣滓一般;人们总是彼此敬而远之;大家互相观察。人们精神上多少恢复了一点平稳(虽然还是摇摇晃晃的);但是大家都不敢接近别人;只是自个儿喝酒,自个儿笑:这很不卫生。情况可能长期继续下去,谁也想不出改变现状的办法。但是命运真是只机灵鬼。只有它找得到团结大家的唯一的、真正的妙法:那就是使他们联合起来,反对某一个人。爱情也能使人亲近:但是要使万众一心,那只有敌人才做得到。而我们的敌人,就是我们的主子。

今年秋天,忽然发生了一件事,查理公爵决定禁止我们在他的草场上跳舞。这太过分了一点!天呀!立刻,只要不是足痛、腿瘸、断了脚的人,没有一个不感到腿肚子发痒,好像有一窝蚂蚁在腿上爬似的。像从前一样,争夺的地方还是"伯爵草场"。这个问题像一个一团漆黑的墨水瓶,人进去了就出不来。这个美丽的草场坐落在克罗·潘松山脚下,在城门外面,它旁边蜿蜒地流着渤洪河,仿佛一把随随便便放在那儿的镰刀。三百年来,内韦尔公爵就和我们拉锯似的争夺这片草场,我们的口虽然不如他的口大,但是也会咬住东西不放。我们双方都没有一点仇恨;我们笑着,很有礼貌地叫道:"朋友,朋友们,大人……"只是,大家都顺着自己的心做,谁也不肯让出一寸土地。说老实话,打起官司来,我们从来没有赢过。审判厅,法庭,法院的大理石公案,都一次又一次地判决了我们的草场不是我们的。但是大家都知道吗？审判只是一种为了金钱就可以颠倒是非黑白的艺术。所以这并没有给我们很大的烦恼。判决不算什么,占有才能算数。管它母牛是黑的还是白的,保住你的母牛吧,好人。我们保住了我们的母牛,还是待在草场上。这很方便！你想想看,在克拉默西,这是唯一的不属于我们任何一个人的草场。属于公爵,那就是属于大家。因此我们糟蹋它良心上也没有一点不安。上帝晓得我们会不会放心作践它！所有在家里不能做的事,都到这里来做：人们在这里工作,洗刷,擦床垫,拍地毯,倒垃圾,玩耍,溜达,放羊,拉着大弦琴跳舞,练习开火枪,练习打鼓；而在夜里,还有人在草地上幽会,沿着窃窃私语的渤洪河都是,而渤洪并不觉得惊奇(它已经司空见惯了!)。

在路易公爵活着的时候,一切都很顺利：因为他假装什么也没看见。这是一个善于驾驭百姓的老手,他晓得放松缰绳。只要事实上他能做主,让我们幻想自己是自由的,让我们好胜逞强,这对他又有什么妨碍呢？但他的儿子却太好虚荣,他喜欢表面超过喜欢实际(这一看就知道他没出息),人家一做鸡叫,他就趾高气扬。不过,一个法国人也应该唱唱,也应该笑笑他的主人。要是他不嘲笑,他就要反抗了：他不喜欢服从一个老是假装正经的人。我们只喜欢我们能够嘲笑的东西。因为笑使大家都平等了。但是这个笨蛋却想禁止我们去"伯爵草场"上游戏,跳舞,糟蹋,作践草地。真是不识时务！在我们遭到这么多不幸之后,当他正应该给我们减租的时候！……啊！我们就要给他瞧瞧，克拉默西人不是用来烧的木头，而是坚硬的橡树根，斧头都很难砍进去，即使砍进去了，那也会拔不出来。我们也用不着互通声气。大家全都同心一意。要抢走我们的草场！要收回送给我们的礼物——或者是我们霸占了的产业（这都是一样的：抢来的财产保管了三百年也变成了自己的，当然更加神圣不可侵犯），这笔产业尤其可贵，因为它本来并不属于我们，我们却使它成了我们的，一寸一寸，一天一天，我们用坚忍不拔的精神把它慢慢地夺来了，这是我们没有花代价就得到的唯一的财产！要收回去，以后再拿什么东西都没有趣味了！活着又有什么意思呢？要是我们让步的话，我们死了的祖先都会从坟墓里跑出来的！全城的荣誉使我们大家团结一致了。

就在城里的鼓手用凄惨的声调（他的神气好像在送犯人上断头台）向我们宣布这个不祥的告示的当天晚上，所有的权威人士，各个同行公会、各个团体的领头人和旗手，都在市场的拱门下面聚集了。我义不容辞地代表保护木工的圣安妮，约亚贤的老婆，上帝的外婆；我当然也去了。谈到行动的方式，意见各有不同；但是一定要有行动，这是大家都同意的。甘诺代表圣埃路瓦①，还有代表圣尼哥拉的卡拉布，这些强硬派主张马上放火烧草场的大门，打开草场的栅栏和打破卫队的脑瓜，给草场剃个光头。但是代表圣

---

① 圣埃路瓦，保佑铁匠的圣徒。

昂诺雷①的面包师傅佛洛里蒙和代表圣菲亚克②的园丁马克路,他们人既温和,代表的圣徒也温和,他们都很厚道,只想静静地打打笔墨官司:向公爵夫人写写无效的请愿书(当然还要附送一些面包炉里和果子园里的产品,这些产品并不是他们免费捐赠的)。侥幸,我们有三个人,我,代表圣克潘③的让·博班和代表圣万桑④的埃蒙·普瓦富,为了给公爵一点教训,我们既不愿意舐他的屁股,也不愿意踢他的屁股。我们要走中庸之道⑤。一个好高卢人要愚弄别人的时候,他会心平气和地干,当着别人的面,并不伤他的面子,更不花自己的本钱。光报复不算什么:还应该开开心呀。这就是我们想到的办法……但是在我想出来的喜剧还没有上演之前,难道就该先对你们讲吗?不,不,那就泄露机密了。我只注明一下:为了大家的利益,我们这个大秘密,两个礼拜以来,全城都知道了,大家都在保密。虽然这个主意原来是我出的(我也感到骄傲),但是每个人都给我这个孩子加了一点工,这个修补修补耳朵,那个加上一个耳环、一根丝带:结果使得这个孩子万事齐全:他并不缺少干爹。议员,市长,秘密地,小心地,每天来打听这个小鬼成长得怎么样了;而德拉沃先生,在夜里,用大衣蒙住脸,也来和

---

① 圣昂诺雷,保佑面包师的圣徒。
② 圣菲亚克,保佑园丁的圣徒。
③ 圣克潘,保佑鞋匠的圣徒。
④ 圣万桑,保佑酒店的圣徒。
⑤ 原文为拉丁文。

我们商量这件事,他告诉我们一面守法一面犯法的方法,并且得意扬扬地从口袋里拿出一篇煞费苦心想出来的拉丁文献词,这篇献词表面上歌颂公爵,表示我们的忠顺,但实际上说的却可能是完全相反的意思。

*　　　*　　　*

到底,隆重的日子来到了。在圣马丁广场上,我们等待着议员们,老板和伙计都胡子刮得光光,衣服穿得漂漂亮亮,围着我们的旗杆,驯善地站成一行一行。打十点钟的时候,钟楼的钟也齐鸣起来。立刻,在广场的两旁,市政府和圣马丁教堂的大门都打开了;在两旁的台阶上(人们会以为是钟表人排队游行了),一边走出了白袍教士,另一边走出了木瓜似的黄黄绿绿的议员。他们互相望见了,就隔着我们,深深地鞠躬。然后,他们走到广场上来,教士前面走着光彩夺目的司仪,他们穿着红袍,鼻子通红;议员前面走着市政府的公差,他们颈上挂着链子,叮叮当当,佩剑碰着砖地,蹦蹦跳跳。我们一排一排围着广场,沿着房屋,站成了一个圆圈;官方人士恰巧站在当中,好像是个肚脐眼。大家都来了。没有人迟到。律师、讼师和公证人站在我们天父的法律顾问圣伊夫的旗杆下,药剂师、医生和大夫,这些识别小便的能手(他们每个人都闻过自己的葡萄田)、灌肠的专家,却站在天堂的灌肠大夫圣科斯默的麾下[1],律师用

---

[1]　原文为拉丁文。

笔,医师用灌肠器,围着市长和年老的总司铎,组成了一支神圣的卫队。老板先生们之中,我相信只缺了一个人:那就是检察官,他是公爵的代表,但也是议员梅斯特腊的女儿的丈夫,还是个好克拉默西人,他的产业在我们这里,他知道了我们准备干些什么,不敢参与这件事,就很识时务地在头一天找了一个借口离开这儿了。

大家待在那里骚动了一阵子。这就好像一桶没有发酵的酒正在发酵。多么快活的呼噜哈啦声!每个人都有说有笑,小提琴在伴奏,狗也在叫。大家都等待着……等谁呀?别着急!等一个惊人的把戏……瞧,它就来了。在大家还没有看见它之前,一连串的人声已经跑在前面,宣布它的来到;所有的脖子都突然一下转了过去,好像风吹动风信鸡一样。八个结实的小伙子肩上抬着三张大小不等的桌子,一张放在一张上面,像一座木头搭成的金字塔,桌子腿上系了丝带,镶了花边,穿了发亮的绸缎裤子;桌子顶上,华盖下面,有一个用布幕遮着的雕像,华盖上面竖起几簇簪缨,垂着五颜六色的丝带,小伙子们一晃一晃地把桌子抬得比群众的头还高,从市场大街走到广场上来。没有人觉得吃惊;因为大家都知道这个秘密。每个人都脱脱帽,很有礼貌;但暗地里,我们这些老滑头却在暗笑。

这座机器一进广场,就摆在中央,摆在市长和总司铎之间,各个团体也立刻开始游行,前面都有乐队,他们首先围着这不动的轴心绕场一周,然后沿着教堂大门,走上那条通到渤洪门的小街。

最前面,理所当然,走的是圣尼哥拉。卡拉布大王穿了一件教堂的法衣,背上绣了一个金太阳,好像一只金甲虫,他用老树根似的黑胳膊捧着江河圣者的旗杆,旗杆顶上有只两头翘起的船,在船上,尼哥拉正用他的法杖给三个坐在木桶里的小孩祝福。四个老船夫护送他,他们拿着四根发黄的大蜡烛,蜡烛粗得像大腿,硬得像棍子,如果需要的话,他们随时都准备拿它当棍子使。卡拉布皱着眉毛,抬起他的独眼,瞧着他的圣者,挺起肚子,迈开八字脚前进。

后面走着拿锡锅的伙计,圣埃路瓦的徒弟,刀匠、锁匠、车匠、马掌铁匠,前面走着甘诺,他用钳子似的、只剩下了两个指头的手,高高地举起一个杆子上刻着铁砧和铁锤的十字架。笛子手也吹着"好国王达果伯①穿反了短裤"。

然后来了葡萄园丁和酒桶匠,唱着颂歌,赞美酒和保护酒店的圣万桑,圣万桑待在旗杆顶上,一只手抱着一把酒壶,另外一只手拿着一串葡萄。后面是木匠和细木工,圣约瑟②和圣安妮,这位女婿和他的丈母娘,我们这些酒鬼也跟着保佑酒店的圣徒,一面咂嘴鼓舌,一面斜着眼睛望着壶中物。后面是圣昂诺雷保佑的面包师傅,白白胖胖,满身都是面粉,他们在叉子上插了一块圆面包,面包顶上有一顶金黄的王冠,好像一件罗马的战利品。在穿白衣服的人后面,是穿黑衣服的、身上给黑蜡弄脏了的补鞋匠,他们一面围着圣

---

① 达果伯,六世纪法兰克人的国王,圣埃路瓦是他的大臣。
② 圣约瑟,圣母玛利亚的丈夫,圣安妮的女婿。

克潘跳舞,一面使他们的皮带喀喇发响。最后压队的是满身开花的圣菲亚克。男园丁,女园丁,抬着担架,担架上有石竹花和紫罗兰,他们的帽子、锄头和耙子上都装饰着玫瑰花环。红色锦旗上画着圣菲亚克,光着大腿,裤脚一直卷到屁股,粗大的足指头紧紧地踏在插到土里的铲子上,这面红旗在秋风中哗啦啦地飘扬。

用布幕遮着的机器也摇晃前进,跟在后面。一些穿白衣的小女孩在机器前面小步跑着,像猫叫似的唱着颂歌。市长和三个议员走在机器两旁,手里拿着华盖顶上吊下来的丝带的粗缨。在周围,圣伊夫和圣科斯默的队伍成行走着。后面,教堂卫士好像一只公鸡,趾高气扬地挺起肚子前进;总司铎两侧走着两个修士,一个又瘦又长,好像一天没吃面包;另外一个又矮又胖,好像面包没有发酵。总司铎每走十步,就用他深沉的低音,唱一段祈祷词,但是他并不肯劳累,只是让别人唱,自己却只动着嘴唇,两手抱着肚子,一面走一面打瞌睡。最后群众滚滚而来,好像一大块又紧又软的面团,又像稠密的波涛。而我们却成了水闸。

我们出了城,一直向着草场走去。秋风吹得梧桐叶到处飞舞。在路上,树叶像支马队似的在阳光中奔驰。河水也运着这支马队的金黄战袍慢慢地前进。到了栅栏口,三个警卫和城堡里的新卫队长做出不许我们通过的样子。但是除了卫队长这个新手刚来我们城里,他为了钱什么都干(这个可怜的笨蛋跑得上气不接下气,气得眼睛乱转),别的人都像赶集的小偷,全都串通一气。我们还是一样赌咒发誓,挥拳踢腿:这是我们要演出的节目,大家都有意识地演出;不过我们很难保持严肃。本来也不应该把这出喜剧拖延得太久,因为卡拉布和他的同行已经开始弄假成真了,他旗杆顶上的圣尼哥拉真吓人,而他们手里的大蜡烛也摇摇晃晃,仿佛警卫的背脊对它们很有吸引力。于是市长上前了,他脱下头上的帽子,叫道:

"脱帽!"

同时,华盖下面遮着雕像的布幕也落下了,市政府的公差叫道:

"给公爵让路!"

喧哗忽然停止。圣尼哥拉,圣埃路瓦,圣万桑,圣约瑟和圣安妮,圣昂诺雷,圣菲亚克,都分列两旁,举旗致敬;警卫和昏头昏脑、光头光脑的胖队长赶紧让路;只见公爵的雕像头上加了桂冠,歪戴着帽子,肚子上佩着剑,在扛夫肩上一晃一晃地前进。德拉沃先生在公爵的雕像上刻了"全城和全世界都祝福的"①字样;但说老实话,最好笑的,是我们既没有时间,也没有办法,去做一个真像公爵的雕像,就在市政府的仓库里随便捡了一个旧塑像来代替(我们也不知道这是谁的像,谁刻的;在塑像的座子上,只看得见磨灭了一半的"巴耳塔扎"的名字;从此以后,我们就叫它做巴耳公爵)。不过这有什么关系?只要有信仰就行了。圣埃路瓦,圣尼哥拉,或者耶稣的画像,哪里又比这个塑像真确得

---

① 原文为拉丁文。

了多少？只要你相信，到处都看得见你心里想看见的东西。你需要一个天神吗？只要我高兴，给我一块木头就行了，我可以使木头上容纳得下天神和我的信仰。这一天需要的是个公爵。我们就在木头上找得着公爵。

在低头致敬的旗子中间，这位公爵走了过去。既然草场是他的，他就进去了。而我们呢，为了表示敬意，我们也护送他进去，大家的旗帜都迎风飘扬，鼓声咚咚地响，吹着喇叭和风笛，捧着圣体。谁能反对这样做呢？那只有一个公爵的坏百姓，一个情绪不好的人。卫队长愿意也罢，不愿意也罢，总不能不同意。他也没有选择的余地：要不拦住公爵，就得加入我们的行列。他也跟着走了。

一切进行顺利，快要达到目的的时候，却又几乎失败。在草场的入口，圣埃路瓦和圣尼哥拉发生了冲突，圣约瑟也和他的丈母娘争吵起来。每人都想第一个进去，既不考虑老少长幼的次序，也忘记了对妇女应献的殷勤。因为这一天大家都准备来打架，脾气暴躁，拳头都在发痒。侥幸，我的名字和圣尼哥拉是本家，同时职业又和圣约瑟、圣安妮是同行，还不用说和我一同吃葡萄长大的奶兄圣万桑，我喜欢所有的圣徒，只要他们也喜欢我。我忽然看见一车葡萄从路上走过，我的老伙伴瘸子在车子旁边一跛一跛地走着，我就叫道：

"朋友们！自己人之间不要争先恐后啦。让我们互相拥抱吧！瞧这位来调解我们大家的，我们唯一的主人（我当然是说，除了公爵之外）来了。让我们向他致敬吧！光荣归于酒神巴古斯！"

我抱住瘸子的屁股,把他抬到车上,他溜来滑去,滚进一大桶榨碎的葡萄里去了。我一把抓住缰绳,我们第一个进了"伯爵草场";瘸子像巴古斯一样,下身浸在葡萄汁里,头上缠着葡萄藤,两条腿摇来晃去,哈哈大笑。所有的男圣徒、女圣徒,都胳膊挽着胳膊,跟着这位凯旋的巴古斯进去,一面还跳着舞。在草地上真舒服！大家跳呀,吃呀,玩呀,围着这位亲爱的公爵待了一整天……第二天早上,草场好像成了一个猪圈。连一根青草也没有了。我们的鞋底深深地印在柔软的土地里,证明全城是如何热烈地庆贺公爵大人。我想公爵该满意了。的确,我们也很满意！……应该说明,第二天,检察官回来的时候,他认为必须发怒、抗议、威吓了。但并没有行动,他避免这样做。当然,他也开始追究;但是他很识趣,永远也不了结这场公案:还是不了了之的好。谁也不想查出什么结果来。

* * *

就是这样,我们表现了克拉默西人既是公爵和国王的顺民,同时做起事来又自行其是:我们真是冥顽不灵。而这次表现却给受过考验的城市重新带来了欢乐。人们都觉得死里回生了。大家眨眨眼睛,慢慢接近,大家笑着互相拥抱,心里想道：

"我们锦囊里的诡计还没有用光呢。他们没有拿走我们最好的锦囊。一切都好。"

我们的不幸也就被忘到九霄云外去了。

十二　别人的家

十　月

  我终于不能不决定住到哪里去了。只要我能拖延,我总尽量拖延。人往后退一步,是为了跳得更远些。自从我的家化为一片灰烬之后,我就这里借住一天,那里借住一天,这个朋友家里住住,那个朋友家里住住;同时,留我住一两夜的人还有的是。只要危难的记忆还沉重地压在大家心上,人就结合成群,每个人都觉得别人家里和自己家里一样。但是这种情形不能维持长久。危险慢慢地走远了。每个人都把自己的身子缩进壳里。除了那些没有了身子的人,而我却没有了壳。可是我又不能去住旅馆。我有两个儿子和一个女儿都是克拉默西的大老板,他们不答应我。并不是这两个儿子情感上会感到很痛苦!而是别人会怎样议论呢!……但是他们并不急着要我去住。我也一点不急。我说起话来毫无顾忌,这和他们狭隘固执的迷信也太不相容了。他们两个哪一个肯吃亏呢?可怜的孩子!他们也和我一样感到为难。侥幸,我的女儿玛玎倒真爱我,这一点我相信。她无论如何都要我去住……对的,但还有我的女婿呢。我了解他,这个家伙,他并没有什么理由希望我住到他家里去呀。因此,他们大家都带着烦恼的眼神互相偷看动静,也偷看我的动静。我呢,我却逃避他们;我仿佛觉得他们在抢着拍卖我的老骨头。

我暂时住在博蒙坡上的"库达"里。就是七月间,我这个老不正经还同瘟神在这里睡过觉呢。因为这件事最妙的就是:这些笨蛋为了公共卫生把我的干净房子烧了,却把这间死神住过的茅屋留了下来。我现在再也不怕死了,再也不怕死神这个没有鼻子的老太婆,所以我又很高兴地回到这间没有地板的茅屋,我和死神饮交欢酒时的瓶子还躺在地上呢。坦白地说,我晓得不能在这个狗洞里过冬。门也脱了,玻璃窗也破了,屋顶漏起雨来,简直像个筛子一样。幸而今天没有下雨;但明天呢,等到明天再谈吧,还有的是时间。我不喜欢为了不确定的未来自寻烦恼。此外,如果我不能称心如意地解决一个困难,我挽救的办法就是把它拖到下个礼拜再谈。"这有什么用呢?"有人对我说,"这杯苦酒迟早总得喝下去呀。"——"这话正对,"我回答说,"谁晓得过了一个礼拜还有没有这个世界呢?万一我喝了这杯苦酒,上帝却吹起号角来召我赶快归天,我岂不大上其当吗?我的朋友,享受幸福片刻不要拖延!幸福应该享受新鲜的。但是苦酒不妨等等再喝。如果酒瓶子走了气,岂不更妙。"

因此,我等待着,或者还不如说,我叫那个总有一天不得不做出来的决定等待着我。在决定之前,为了不让什么事来打搅我,我就锁起门来,把自己关在里面。我的思考并没有沉重地压着我。我锄锄园子,耙耙地,用落叶把苗床盖起,打打百叶菜,包扎包扎老树受的微伤:总而言之一句话,打扮打扮就要去鸭绒被里冬眠的土地娘娘。然后,为了犒劳自己,我又去尝尝梨树上掉下来的赭色的,或者有黄斑纹的小水蜜梨……上帝呀!让满满的芬芳液汁顺着自己的喉咙,从上到下,慢慢溶化,多么舒服!我不冒险进城,除非是为了粮食的补充(我的意思不只是吃的喝的,并且包括新鲜的消息在内)。我避免碰见我的后裔。我让他们相信我出门去了。我不敢发誓说他们真相信这件事;但是,作为一个恭敬的儿子,他们总不愿拆穿我的谎话。我们仿佛在捉迷藏,好像那些顽童一样叫着:"狼呀,你在这儿吗?"有时为了延长这个游戏,我们可以回答:"狼不在这里……"我们做游戏没把玛玎计算在内。一个女人玩起来总不好好玩。玛玎怀着戒心,她了解我;她很快就识破了我的诡计。对于父女兄妹相互之间应尽的义务,她是不开玩笑的。

一天晚上,我走出"库达",忽然看见她上坡来了。我赶快回家,关起门来。然后,我一动不动,缩在墙脚下。她来了,打门,叫人,撞门。我动也不动,好像一片枯叶。我屏住呼吸(恰巧这时我想咳嗽)。她却不会疲倦似的叫道:

"你开不开门!我晓得你在里面。"

她用拳头,用蹄子,在门上乱踢乱撞。我心里想:"好泼辣呀!如果门一撞开,我可要窘态毕露了。"我正要开门来拥抱她。这可不是游戏。我在游戏的时候,也总想赢。我就坚持下去。玛叮还在叫,后来到底放弃了。我听见她犹疑不决的脚步慢慢走远。我也离开了我藏躲的地方,大笑起来……一面笑,一面咳嗽……我笑得喘不过气来,笑了一个饱,擦擦眼睛,忽然听见后面墙上有人说话:

"你怎么不害臊?"

我吓了一跳,几乎栽倒,转过头去,看见玛叮正趴在墙头瞧着我。她用严厉的眼神对我说:

"老滑头,现在你跑不了啦。"

我不知所措地回答:

"我认输了。"

说到这里,我们两个同时哗啦一声,大笑起来。我很窘地去开门。她进来了,好像恺撒一样站在我面前说:

"快赔罪吧。"

我说:

"我认罪了。①"

(但这也像做忏悔一样;人们说了也不算数,明天还要再犯。)

她抓住我的短胡须不放,一面揪,一面喃喃说:

"不害臊!不害臊!年纪一把,下巴长了白尾巴,脑瓜不懂事,好像小娃娃!"

两次三番,她揪我的胡须,就像打钟似的,往上下左右

---

① 原文为拉丁文。

乱拉,然后在我脸颊上轻轻拍了一下,就吻起我来啦:

"为什么你不上我家里来,坏蛋?"她说,"坏蛋,你分明晓得我在等你!"

"我的小女儿,"我说,"我要向你解释……"

"到我家里去解释。得了,走吧,赶快!"

"啊!不过我还没准备好呢!让我收拾收拾东西。"

"你的东西!天呀天!我来帮你收拾。"

她把我的旧斗篷往我肩上一披,把我戴旧了的毡帽没头没脸地往我头上一盖,替我扣上纽扣,就推着我走,一面对我说:

"好了!现在,走吧!"

"等一下!"我说。

我在台阶上坐下。

"怎么!"她生气地说,"你要不听话?你不愿到我家去?"

"我不敢不听你的,"我说,"我总得到你家里去,反正没有别的办法。"

"好哇,你真可爱!"她说,"这就是你对我的感情!"

"我很爱你,我的好女儿,"我回答说,"我很爱你。但是我更喜欢住在自己家里,而不喜欢住在别人家里。"

"那么我是别人!"她说。

"你有一半是别人的。"

"呸!不对,"她说,"没有一半,连四分之一也没有。我是我自己的,从头到脚,整个人都是我自己的。我是他的老婆:也许不错!但他也是我的丈夫呀。我愿意做他所想做的事,只要他也愿意做我所想做的事。你可以放心;他会很高兴地让你住到家里来的。啊!哈!要是他敢不高兴,那才怪呐!"

我说:

"我相信你的话。这就好像内韦尔大人把保安队扎在我们家里一样。我家里也住过好几个。不过我可不习惯学那些住在别人家里的人。"

"你就会习惯的,"她说,"不要再争辩了!走吧!"

"好的。但是有个条件。"

"已经提条件了。你习惯得真快啊。"

"那就是你得让我随意住。"

"我看你是不是想做国王了?好的,就随你吧。"

"这说定了?"

"这说定了。"

"那么……"

"够了,啰唆人。你走不走!"

她一把抓住我的胳膊,天呀,好厉害的螯子!不得不走了。

到了她家,她带我看她为我准备的房间:在店铺后面;非常暖和,她又便于照顾。这个好女儿把我当作一个还在吃奶的孩子。床上的一切都准备好了:精致的鸭绒被褥,新的床单。在桌上,在玻璃瓶里,还有一束石楠花。我心里在笑,又高兴,又感动;为了谢谢她,我心里想:

"好玛玎,我要气气她。"

于是我断然拒绝:

"这间房不合适。"

她为难了,又带我看楼下的其他房间。我一间也不要,偏偏挑了一间屋顶下、顶楼上的小房间。她高声叫起来,但是我对她说:

"我的好人儿,这随你的便。答应还是不答应?要么让我住在这里,要么我就回'库达'去。"

她不得不让步了。但是从这时起,每天每时每刻,她都要来唠叨:

"你不能待在那里;下楼来要好得多;你说什么事使你不高兴;木头人,到底为什么不愿下来呀?"

我笑笑回答说:

"就是因为我不愿意。"

"你要叫我苦恼,"她生气地叫道,"我晓得为什么……骄傲的家伙!骄傲的家伙!你不愿受儿女的恩惠,不愿受我的恩惠!连我的也不愿受!我真要揍你!"

"这至少也是叫我不得不揍你几拳的办法啊。"我说。

"得了。你真没有心肠。"她说。

"我的小女儿!"

"好,假装亲热吧!爪子放下来!坏蛋!"

"我的大孩子,我的甜姑娘,我的好朋友,我的美人儿!"

"你现在要用甜言蜜语来向我献殷勤吗?拍马、吹牛、撒谎的家伙！说,你什么时候才不用你油瓶似的嘴巴来冲着我的鼻子笑我呢？"

"瞧我。你在笑,你也在笑。"

"没有。"

"你在笑。"

"没有！没有！没有！"

"我看得见……那。"

我用手指头按她的脸颊,她的脸包不住笑容,要胀破了。

"我太笨了,"她说,"我怨你,我恨你,但却连生气的权利也没有！你这老猴子一扮鬼脸,就不由得我不笑！……我真恨你。坏家伙,你已经倾家荡产了,还要像阿塔邦一样高傲地对自己的儿女！你没有这种权利。"

"这是我保留的唯一权利了。"

她对我还说了一些尖酸刻薄的话。我也针锋相对地回敬了她。我们两个都有磨刀人的舌头,言语都在磨刀石上磨过。侥幸,当我们真生气的时候,不是她就是我,总会说出一句好笑的话来,我们就笑了;这可没有办法禁止。于是一切又得从头来过。

当她把舌头当铃铛似的摇够了的时候（我已经早就没有听她说什么了）,我就对她说：

"现在,鸣金收兵吧。我们明天再谈。"

她对我说：

"晚安。你还是不愿意？……"

我闭着嘴。

"骄傲的家伙！骄傲的家伙！"她重复说。

"听,亲爱的孩子。我是一个骄傲的家伙,一个阿塔邦,一只孔雀,你爱怎么说就怎么说。但是,请坦白告诉我！如果你在我的地位,你会怎么办？"

她思索了一下说：

"我也会一样做的。"

"你看！说到这里,吻我吧,祝你夜安。"

她气冲冲地吻我,一面走,一面叽叽咕咕地说：

"这不是糟糕吗,上帝怎么会生下两个一模一样的傻瓜来！"

"对呀,"我说,"教训教训上帝吧,我的美人儿,应该听教训的是他,而不是我啊。"

"我会教训他的,"她说,"不过你也休想幸免。"

我并没有幸免。第二天早上,她又来了。我不知道上帝受了什么教训。但是我受的教训却是够瞧的。

*　　　*　　　*

头几天,我简直像个天之骄子。每个人都宠爱我,纵容我；连佛洛里蒙也非常殷勤,并且对我表示过分的尊敬。玛玎在暗中监视他,她为了我,比我还更多疑。格洛蒂也用废话来款待我。我坐的是最好的位子。吃饭的时候,他们先给我上菜。我要说话,他们就留心听。我过得很好,很好……呜！我可受不了。我不能够自由自在；我再也待不住;下楼上楼,一个钟头要在顶楼的楼梯上爬个二十遍。每个人都看厌了。玛玎的耐性可并不好,我的脚步声使她发抖,她不说话,只是身上抽搐。如果在夏天,我还可以到野外去溜达。我现在也溜达,可是却在房里。秋天冷冰冰的;大雾笼罩着草地;雨却日夜不停地下着。我成天钉在老地方。而这块地方并不是我的,天呀天! 可怜的佛洛里蒙趣味庸俗,却又自命不凡:玛玎不在乎这点;屋子里的一切,家具、用品,对我都不顺眼;我很难受;真想把一切东西都改个样子,或者换个地方,我的手在发痒。但是屋主在监视着呢:只要我用手指头略微碰一碰他的东西,那就是件大事。特别是餐厅里有把水壶,壶上有两只鸽子在亲嘴,还有一个姑娘在对她庸俗的情人卖弄风情。我一看见就作呕;我请求佛洛里蒙把水壶挪开,至少在我吃饭的时候;否则,食物不能下咽,可要把我窒死。但是这只畜生(这是他的权利)竟拒绝了。他只为自己做的奶油杏仁甜饼感到骄傲;在他看来,最伟大的艺术品是宝塔式的大蛋糕。而我的苦相更使全家大小都开心。

怎么办呢? 嘲笑我自己吧;我是一个傻瓜,那不用说。但是夜里,我在床上辗转反侧,好像油里煎着的猪排,同时在烤肉架上,我的意思是说在屋顶上,雨却滴滴答答下个不停。我又不敢在顶楼上走动,我一大踏步就会使整个房子摇晃。然而,有一次,我光着大腿,坐在床上思考的时候,我对自己说:"我的哥拉·泼泥翁,我不晓得在什么时候,也不晓得用什么法子,总还要盖起我的房子来。"——从这时起,我就愉快一些了:我心里起了念头。我很小心,不和我的孩子们谈这件事情:因为他们会说,谈到住房子,我只配住疯人院的。不过到哪里去找钱呢?自从奥尔菲和昂菲荣①以后,石头就不再跳圆舞,不再助人一臂之力,自动地筑成墙壁和房屋,除非是听见了钱袋的歌声。而我的钱袋已经哑了嗓子,并且它的歌声从来就不很好听。

我毫不犹疑,就去求我的朋友帕亚的钱袋帮忙。这个好人,说老实话,并没有主动对我慷慨解囊。但是我既然诚心诚意找一个朋友帮忙,那我相信他也一样诚心诚意给我帮助。我就利用一个不下雨的日子到多纳西去。天空是阴沉的,灰白的。潮湿而疲倦的风吹来,好像飞来一只全身淋湿的大鸟。泥土粘脚;在田野里,飘落着胡桃木枯黄的树叶。我刚开口,帕亚就忐忑不宁地打断我的话头,埋怨生意太少,有债难讨,缺少钱钞,主顾不可靠,他牢骚这样多,结果我倒对他说道:

"那么,帕亚,要不要我借一个铜板给你?"

我心里受了伤。他受的伤更厉害。我们待在那里赌气,一面冷冰冰地谈这说那,我很愤怒,他很惭愧。他很后悔不该那么吝啬。这个可怜的老家伙并不是个坏东西;他爱我,我也知道,的确;他凭什么也不会不给我钱的,假使花钱不要他破费的话;而且,即使如此,只要我坚持,还是可以

---

① 希腊神话,奥尔菲是古代最大的音乐家,他的音乐能使野兽驯善,阎王软化。昂菲荣也是大音乐家,他筑城时,一弹古琴,石头就自动堆成城墙。

从他那里得到我所想要的东西;这也不是他的过错,如果他肚皮里堆积了三百年的小气。一个人可以是大老板而且很慷慨,这很可能:据说有时也看得见这种事,或者已经看见过了;但是任何一个好大老板,如果你要碰他的钱袋,他首先的反应总是说不行。这时,要我的朋友帕亚答应说行,那可是要了他的命;不过,只要我两次三番逼他,这点还是做得到的:可是我不屑干。我有我的自尊心;当我请求一个朋友的时候,我相信这会使他非常高兴;要是他还犹疑,我就不想要了,活该他倒霉! 因此我们就谈别的,语调粗暴,心情沉重。我拒绝在他家吃饭(我要伤他的心)。我站起来。他低着头,跟着我走,一直走到门口。但在开门的当儿,我再也坚持不了,我伸出胳膊来搂住他的老脖子,话也不说就吻了他。他也吻了我。他畏畏缩缩地说:

"哥拉,哥拉,你要吗?……"

我说:

"不要再谈了。"

(我很固执。)

"哥拉,"他又说了,神气很狼狈,"至少也在这儿吃顿饭吧。"

"这个,"我说,"倒是另外一回事。我的帕亚,那我们就一起吃饭吧。"

我们两个吃得比四个人还多;不过我还保持住我的铁石心肠,下了决心,就不改变。我晓得我自己第一个先受到惩罚。但是他也受到了惩罚。

我回到克拉默西。问题是要重新修盖我的住宅,既不用工人也不花钱。这并不能难倒我。我的脑子好像给钉住了,我的脚跟可没钉住。我开始仔细检查火烧了的房屋的地基,拣出一切还可以使用的东西,烧坏了的屋梁,熏黑了的砖头,破铜烂铁,还有四堵摇摇晃晃的黑墙,黑得像扫烟囱人的帽子。然后我偷偷地到歇夫罗希的石矿里去锄呀,刮呀,啃大地的骨头,采美丽的石头,石头看起来都叫眼睛觉得暖和,上面有红色的条纹,像是凝结了的血。我有时甚至在穿过树林的路上,砍倒一棵快要寿终正寝的老橡树。也许这是不准许做的事;这也可能。但是如果一个人只做准许做的事,那生活可太难了。树木是属于全城的,也是为大家用的呀。大家都在使用,只消不声不响,这是不消说的。谁也不糟蹋树木,心里想道:"我用了之后,还得留点给别人呢。"但是采石头和砍树木都不算什么。难的是把它们运走。多亏邻人帮忙,我才完成了这件工作,一个人借车子给我,另外一个借牛,或者借工具,再不然就来帮我一手,因为这并不要花钱。你可以随便向邻居要什么,甚至要他的老婆,只是不能向他要钱。我了解他们:因为钱代表用钱可以买到的,将要得到的,可能得到的,梦想着的一切;至于其余的,既然已经有了,他们就不太在乎了。

到底有一天,我和小名叫作宾纳的罗宾纳开始搭起房屋的架子来,那时冷天已经来了。人家把我当作疯子。我的孩子们每天和我大吵大闹!最宽容的也劝我至少等到春天再动工。可是我什么也不听;没有什么比气气那些好管

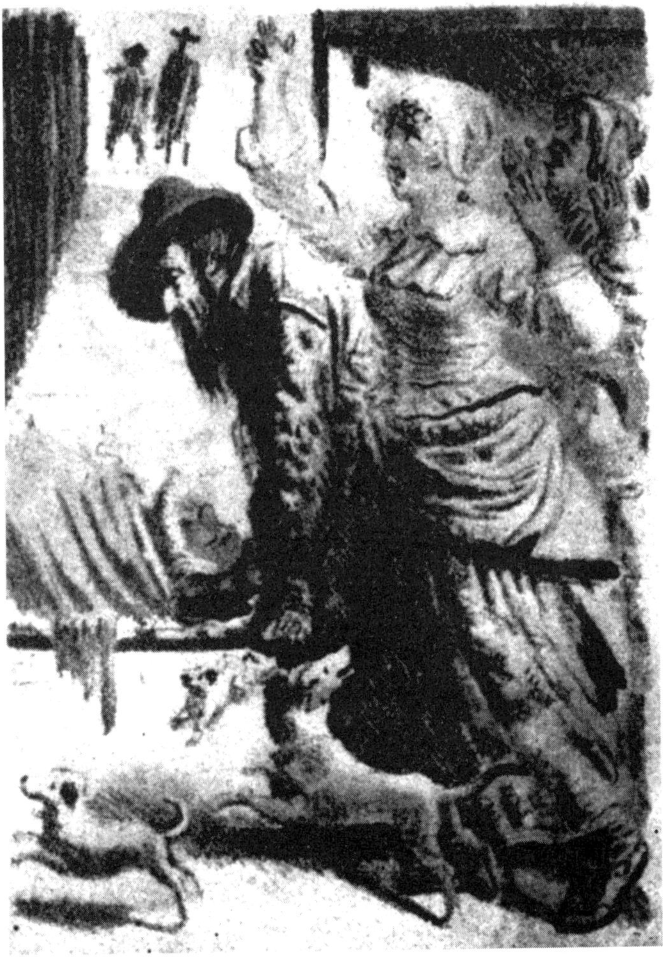

闲事的人使我更开心的了。呃!我也知道不可能一个人在冬天盖起一栋房屋来!不过我只要一间小屋,一个棚子,一个兔子窝,也就够了。交际,我是喜欢的,对,但有一个条件,那就是我愿意的时候就交际,不高兴的时候就不交际。我喜欢说话,喜欢同别人谈天,对;但我也想有孤独的时候,能够和我自己一个人聊聊;在我所有的伙伴中,我自己还是最好的伴侣,我非常重视他;而为了找到他,我不惜光着屁股光着脚,在北风里奔走。这都是为了要和我自己悠闲地谈心,我才不顾人家说什么,坚决要盖起我的房子来,并且暗中嘲笑我的孩子们说的大道理……

呵咦!我可没有得到最后的胜利……十月底的一个早上,城市盖上了一层白霜,仿佛戴了一顶白风帽,薄冰的银色口沫在铺石路上发亮,我爬上房屋架子的时候滑了脚,"啪"的一声,我摔了下来,比上去时快得多。宾纳叫道:

"他摔死了!"

人家跑来把我扶起。我很恼火。口里却说:

"嘿!我是故意摔的……"

我想自己站起来。哎哟!我的脚踝,我的小脚踝!我又倒了下去……小脚踝摔断了。他们用副担架把我抬走。玛玎跟在旁边,伸起两条胳膊;女邻居们护送着我,一面叹息,一面评论这件事故;我们的样子好像一幅神圣的画图:送上帝的儿子进坟墓。我的玛丽们①可没有少叫喊,也没

---

① 指耶稣死后送葬的妇女。

有少动手和脚。死人都会给吵醒的。我并没有死,但我假装死了:这是最好的办法,免得背上淋泪水。我的神气温和,一动不动,头往后仰,尖尖的胡子朝天,我心里气得要命,外面却还装模作样……

十三　读普鲁塔克①

十 月 底

现在,我的腿把我拴住了……我的腿呀!好上帝啊,要是我的呻吟使你开心,难道你不可以摔断我一根肋骨或者一条胳膊,而留下我的两根柱子吗?我并不会因此就不呻吟,但不至于垮在地上呻吟啊。哎呀!这个坏蛋,这个该死的!(祝福我主的圣明!)人会以为他只想设法折磨我们。他晓得对我比世上一切财宝都更贵重的,比工作,比酒肉,比爱情和友谊都更贵重的,是我自己争取得来的自由,自由不是神的女儿,而是人的。所以,在我窝里(上帝该笑了,这个调皮鬼),他绑住了我的脚。我现在只能像一只翻了身的甲虫似的仰卧着,静观着顶楼的屋梁和蜘蛛网。这就是我的自由!……哈,不过你还是没有逮住我,我的好先生。你能绑住我的身子,捆住,系紧,缠起,再缠一圈,好像把鸡缠在烤肉棍上一样!……你真逮住我了吗?但我的心

---

①　普鲁塔克(46—120),古希腊大历史学家,著有《希腊罗马名人传》。

呢,你拿它怎么办?瞧,它已经跟着我的幻想跑啦!快去追赶它们吧。那你得有飞毛腿才行。我的幻想并没有摔断腿呀。跑吧,快,我的朋友!……

我得承认,开头,我的脾气很坏。趁着舌头还在嘴里,我就用它来发脾气。这几天,接近我的就活该倒霉。其实我也知道,摔这一跤,只能怪我自己。嘿!我知道得太清楚了。所有来看我的人都像吹喇叭似的对着我的耳朵说:

"人家早就对你说了!你有什么必要像只猫似的爬上爬下呢?这么一把年纪!人家早就告诉了你。但是你什么话也不肯听。总要东奔西走。好了,现在奔走去吧!你这叫作罪有应得……"

多好的安慰!当你倒霉的时候,为了使你快活,还要火上浇油,多方证明你是一个傻瓜!玛玎,我的女婿,朋友们,不关痛痒的人,所有来看我的人都仿佛沟通了似的。而我却得忍受他们的责备,动也不动,好像落在陷阱里,尽管心里气得要死。连格洛蒂这只小鬼也对我说:

"你不听话,爷爷,这是活该!"

我把帽子向她扔过去,叫道:

"给我滚开!"

于是,我只剩下了一个人,这也并不见得愉快。玛玎,不愧为好女儿,坚持要把我的床搬到楼下店铺后面去。但是我(我承认在楼下要舒服得多),但是我既然说过一次不行,管他妈的,那就是不行!此外,一个人瘸了也不喜欢出乖露丑。永远不知疲倦的玛玎又来纠缠我了:只有女人和苍蝇一样,真会纠缠不完。要是她不那么说了又说,我想我倒可能让步。但是她太坚持了:如果我一同意,她会从早到晚都吹喇叭似的宣扬她的胜利。所以我也把她撵走。这样一来,所有的人都被撵走了,当然,除了我自己以外;他们就把我丢在顶楼里头,让我烦闷无聊。没有什么可抱怨的,哥拉,你这是自作自受!……

但是我坚持的理由,真正的理由,我并没说出来。一个人没有了家,住在别人家里,总怕打搅别人,总想不欠别人的人情。这个计算并不精明,如果你还想要别人爱你。而最蠢的蠢事,就是使自己被人忘记……他们很容易就把我忘了。他们再也看不见我,就也不再来看我。连格洛蒂都把我撇在一边。我听见她在楼下笑;一听见她笑,我心里也笑了;但是我也叹息:因为我倒想知道她为什么笑……"忘恩负义的小家伙!"我责备她,而心里却想:如果我是她,我也会一样笑的……"快活快活吧,我的小淘气!"……不过,当一个人不能动弹的时候,要想消磨时间,必须学学在贫困中赌咒发誓的约伯①。

一天,我也在贫困中闷闷不乐地躺着,帕亚来了。老实说,我没有好好接待他。他坐在我面前,坐在床脚下,十分当心地拿着一本包好的书。他尽量找话说,试试这个题目,试试那个题目,都没成功。我粗暴地用一句话就把每个话

---

① 《旧约》,约伯是上帝的忠仆,以虔诚和忍耐著名。魔鬼要考验他,使他变得又穷又病;他却在贫困中祝福上帝,诅咒自己的生日。

题都扭断了脖子。他不晓得再说什么才好,只好轻轻咳嗽,轻轻敲我的木床。我又请他住手。于是他就一言不发,一动不动地待着。我呢,我在暗笑,心里想:

"我的老表,你现在该后悔了。假如你当初借了钱给我,我就不会被逼得去做泥水匠。我摔坏了腿,你也得吃苦头!活该!因为就是你的吝啬才使我到今天这个地步的。"

因此,他不敢再冒险对我说话;我呢,我也抑制自己不动舌头,心里想说话想得要死,我到底忍不住了。

"喂,说话呀,"我对他说,"你以为你面前是一个死人吗?一个人到别人家里来,不是来静坐的,真是岂有此理!说话吧,要不然就走你的!不要转眼珠。不要老摸那本书。你拿着的是什么书?"

可怜的家伙站了起来:

"我晓得我只会使你生气,哥拉。我还是走吧。我带了这本书来……你看,这是一本普鲁塔克的《名人传》,是奥瑟尔主教,雅克·阿米奥神甫译成法文的。我想……

(他还没有完全下定决心)……

"……也许你会找到……

(天呀!这话他是多难出口!)……

"……快乐,我的意思是说安慰,如果有它做伴……"

我晓得这个老守财奴爱惜书超过爱钱,他借书给人多么心痛(要是有人碰碰他书架上的书,他会惊慌失色,好像一个情郎看见一个丘八扼住了他情人的脖子),我被他伟大的牺牲感动了,就说:

"老朋友,你比我好,我是一只畜生;我亏待你了。得了,吻我吧。"

我吻他。我把书留下。他似乎又想把书拿回去。

"你会好好爱护这本书?"

"放心,"我对他说,"我会拿它做枕头。"

他怅怅地走了,神气不太放心。

*　　　*　　　*

我就此和歇罗内人普鲁塔克做了伙伴,这是一本小小的,厚度超过宽度,肚子里密密层层地挤着一千三百页的书:这里面的字堆在一起,好像袋子里堆着的麦子一样。我对自己说:

"这里面的东西够三条笨驴不停地吃上三年。"

首先,我当作消遣,瞧瞧每章前面的插图,在圆形的框子里,画着这些名人的头,都齐脖子给切断了,还用桂花叶子包着前额,就是鼻孔里少穿一根芹菜①。我想:

"我和这些希腊人、罗马人打什么交道?他们都是死人,他们都是死人,我们却是活人。他们讲得出什么我不知道的东西呢?难道我知道的不和他们一样清楚:人是非常坏的,但也是很滑稽的动物;酒越老越好,女人却越老越糟;在各个地方都是弱肉强食,吃人的也被人吃,小百姓总爱嘲笑大人物?这些罗马的牛皮大王说起话来总是长篇大论。

---

① 傻子鼻孔里穿一根芹菜。

我也喜欢滔滔不绝的口才;但是我预先关照他们,他们不要只顾自己吹牛;我会闭住他们的鸟嘴……"

想到这里,我就翻起书来,带着迁就的神气,心不在焉地让我无聊的眼光像钓丝一般顺着河岸随便掉下去。但从第一眼起,我就钓着了,朋友们……朋友们,我钓着了多好的鱼啊!……浮漂刚落到水面上就沉下去,我钓起了多好的鲤鱼,多好的竹签鱼!一些没人见过的好鱼,金的,银的,五色缤纷,穿珍戴宝,在它们周围洒下了一阵星光灿烂的小雨……而它们都活泼新鲜,蹦蹦跳跳,鼓鳃摆尾!……我还以为它们是死的呢!……从这时起,哪怕世界崩溃我也不管;我只瞧着我的钓竿:上钩了,上钩了!这一次,波浪里会钓出什么怪鱼来呢?……"咚"的一声!美丽的鱼在竿头飞舞,肚皮雪白,鳞甲青得像麦穗,或者绿得像李子,在阳光中闪闪发亮!……我在这里过的这些日子(是日子呢还是星期?)是我一生中的珍珠。感谢我的疾病吧!

也得感谢我的眼睛,通过它们,藏在书里的美妙景象才渗入了我心里!我的眼睛在密密丛丛地交织着的字里行间,在每页的两道空白中间,仿佛看见一群黑色的动物在两条白色的壕沟之间走着,我的魔术家的眼睛使这些字句涌现成为消灭了的军队,坍塌了的城市,罗马的文雅的演说家和粗野的赌博者,英雄和牵着英雄鼻子走的美人,平原上的大风,阳光照耀着的大海,东方的天空,还有古代的积雪!……

我看见人家抬着恺撒走过,他脸色苍白,又瘦又弱,躺在担架上,后面跟着一些哼哼的老丘八;我看见这个贪吃爱喝的安东尼①,他走过田野,带着所有的橱柜、杯盘、妓女,要随便到一个油绿的树林边上去大吃大喝,他喝了又吐,吐了又喝,一顿饭吃了八只烤野猪,并且用钓竿钓起了一条咸鱼;我看见假装正经的庞培②,芙洛拉爱他爱得要咬他一口;还有攻城王③戴着大帽子,披着金黄的斗篷,斗篷上面画着世界和天体的形象;伟大的亚塔克塞斯④像头公牛似的驾驭着他四百个白、黑皮色的嫔妃;俊伟的亚历山大⑤打扮成酒神巴古斯的模样,从印度回来,站在八匹马拉的台子上,台上铺着鲜嫩的绿树枝和紫红的地毯,他在提琴和短笛声中,和将军们狂欢痛饮,将军们帽子上都插了鲜花,军队跟在后面碰杯,女人也快活得像蹦蹦跳跳的小山羊……难道这不是个奇迹?克丽奥佩特拉女王,吹笛子的拉米娅⑥,还有美丽得使人不敢正视的斯塔蒂拉⑦,我却当着安东尼、亚历山大和亚塔克塞斯的面占有了她们,要是我高兴,我还

---

① 安东尼(前83—前30),古罗马的大将,贪酒好色,迷恋埃及女王克丽奥佩特拉,两人寻欢作乐,穷奢极欲。有一天两人钓鱼,安东尼毫无所获,就暗中叫渔夫潜水把鱼挂在他钩上;不料给女王看破了,她暗中叫渔夫在他钩上挂条咸鱼;钓起来时,引得大家哈哈大笑。后来安东尼兵败自杀,女王逃入陵墓的高塔内,把垂死的安东尼吊上塔来后,用毒蛇咬死自己。
② 庞培(前106—前48),古罗马的大将,迷恋名妓芙洛拉,每次寻欢,她不咬他一口不肯分手。
③ 攻城王,指马其顿国王德梅特里奥(前337—前283)。
④ 亚塔克塞斯(前405—前359),波斯国王。
⑤ 亚历山大(前356—前323),马其顿国王,征服了欧洲的希腊,非洲的埃及,亚洲的波斯、印度等国。
⑥ 拉米娅,马其顿攻城王德梅特里奥迷恋的名妓。
⑦ 斯塔蒂拉,波斯国王大流士的女儿,亚历山大的妻子。

可以享受她们。我走到埃巴旦①,和泰伊丝②一同饮酒,和罗渗③同床睡觉,我用一包衣服裹着克丽奥佩特拉把她背走④;我和安提奥居士⑤一样热恋我的母后斯达唐尼丝,脸上羞得通红,心里给爱情咬得发烧(古怪的事情!);我歼灭了高卢人,我来了,看见了,战胜了⑥,而(这真使我高兴)我做这一切,并没有要我流一滴血。

我很有钱。每篇传记都是一艘商船,从印度或从巴巴里给我运来了贵重的金属,皮袋装的老酒,珍禽异兽,俘虏来的奴隶……这些好汉子!多强壮的胸部!多肥美的臀部!……这一切都是我的。帝国的兴衰存亡,似乎都只是为了供我玩赏……

这真是狂欢节啊!似乎我在轮流戴这些名人的面具。我钻进了他们的皮囊,指挥他们的手脚和他们的情欲;我在跳舞。我同时又是跳舞教师,正在指挥音乐,我就是这位好普鲁塔克;就是我,对的,就是我用文字记下了(那天,我真得了灵感,对不对?)这些小小的滑稽故事……这多美啊!感到这些字句的音乐和语言的舞蹈把你带到九霄云外去跳

---

① 埃巴旦,波斯城名。
② 泰伊丝,公元前四世纪希腊名妓,她鼓动亚历山大烧毁波斯王宫。
③ 罗渗,亚历山大的王后。
④ 克丽奥佩特拉第一次见恺撒,因为怕被她的敌人知道,就请她的朋友用毯子把她包起,背进宫去。
⑤ 安提奥居士,叙利亚国王塞勒科斯的儿子,他热爱塞勒科斯的妻子斯达唐尼丝,爱得生了重病,国王就把斯达唐尼丝嫁给他。
⑥ 恺撒歼灭了高卢人;他打败法纳斯时,写信给元老院,只写了三句话:"我来了,看见了,战胜了。"

呀,笑呀,同时还不受身体、疾病、年龄的限制!……心灵,你就是好上帝!赞美圣灵吧!……

有时,传记读了一半,我停住了,来想象后事如何;然后,再来比较我幻想的作品和生活或艺术雕塑出来的作品。如果这是艺术创作的,常常我能猜中谜底:因为我是一只老狐狸,知道各种诡计,并且因为识破了诡计而心里暗喜。如果这是生活的创作,那我就常常猜错。因为生活的鬼主意比我们还多,生活的想象力也远超过了我们的。啊!生活这个疯婆子!……只有一点,连生活也不能改变:那就是传记的结尾。战争,爱情,玩笑,一切,你们知道,结果都要沉入死亡的无底洞里。在那里,它弹的永远是老调。这就好像一个任性的孩子,玩具玩够了就要把它打碎。我很生气,对他喊道:"野蛮的坏东西,你不,你不把它给我留下!……"我把它从他手上抢过来……太迟了!已经打破了……我却像格洛蒂一样,摇着这个破碎的玩偶睡觉,尝到一种甜蜜的滋味。死神来临的时候,正如时针在钟面上走了一圈之后,时钟总要重复美妙的歌声。唱吧,钟呀,铃呀,鸣吧,嘀嗒,叮当!

"我是征服过亚洲的西流士①,波斯人的皇帝,但是我请求你,朋友,不用羡慕我这一块葬身之地……"

我重读亚历山大坟旁的墓碑,亚历山大也在他的肉体内发抖,他的肉体已经准备离开他,因为他似乎听见自己的

---

① 西流士(前590—前530),波斯帝国的建立者。

声音上升到地面上来了。啊,西流士,亚历山大,你们和我多么接近,当我看见你们死了的时候!……

是我看见他们,还是在做梦呢?……我捏捏自己,说道:"得了,哥拉,你睡着了吗?"于是,我在床头的木架边缘上,拿起两块铜牌来(这是我去年在葡萄田里挖出来的),一块上面是满脸长毛的罗马皇帝康莫德①,他打扮成赫鸠力士的模样;另外一块是克里斯平·奥居斯塔,他长着肥胖的下巴和凶恶的鼻子。我就说道:"这不是在做梦,我的眼睛张得挺大,手里还掌握着罗马……"

沉思默想,乐而忘我,自争自辩,重新研究武力已经解决了的世界问题,渡过鲁必攻河②呢……不,还是待在河边……我们过河还是不过? 跟布鲁图斯③打仗呢,还是跟恺撒? 先同意他的意见,后来又同意相反的意见,并且如此能言善辩,思想如此混乱,最后,自己也不知道自己在哪一边! 最有趣的是:居然头头是道地发表讲演,证明自己的论点,再来证明一遍,答辩,反驳;肉搏,用头来撞,挥剑,看剑! ……最后吃了一剑……却是被自己打伤! 我吓了一跳……这是普鲁塔克的过错。他用花言巧语,用好好先生的神气对你说"我的朋友",使你永远,永远同意他的意见;

---

① 康莫德(161—192),罗马皇帝。
② 鲁必攻河,意大利和高卢交界的小河。元老院为了保证罗马不受高卢军队的侵略,宣布任何从高卢带领一个军团渡过鲁必攻河的人,就是祖国的叛徒。公元前49年,恺撒带领一个军团,在鲁必攻河边迟疑很久,最后决定渡河,占领罗马。
③ 布鲁图斯(前85—前42),密谋刺死恺撒的罗马元老院议员。

他叙述下一位名人时也是一样。总而言之,在他叙述过的英雄之中,我最喜欢的必然是最后读到的那一位。他们也和我们一样,都服从同一位女英雄,都被系在她的车轮上……凯旋的庞培比起她来,又算得上什么呢?……都是她在领着历史前进。她就是命运之神,她的轮子转着,转着,永远不停,"好像圆缺无常的月亮",这是索福克勒斯①剧中墨涅拉斯②这个王八说的话。而这句话还很能给人鼓励——至少对于那些有如新月初升的人。

有时,我对自己说:"泼泥翁,我的朋友,这和你有什么相干呢?告诉我,你管这些罗马人的荣华富贵干吗?更不消说这些大强盗的疯狂行为了?你自己疯疯癫癫还不够吗?你的疯癫倒还适合你的身份。何必无事生非,把死了一千八百年的人的罪过和痛苦,都加到你自己身上!因为,到底,我的孩子(这是有条有理、知情明理的泼泥翁先生,克拉默西的大老板,又在谆谆劝诫自己),同意了吧,你的恺撒,你的安东尼,和他们的烂货克丽奥,还有杀儿子、娶女儿的波斯王爷,都是些大混蛋。他们活着没有干过好事:现在已经死了。那就让他们的骨灰安息吧。怎么一个上了年纪的人还会对这些没有意义的事感到乐趣呢?瞧瞧你的亚历山大,你看见他为了埋葬他的宠臣埃费斯提荣③,就消耗

---

① 索福克勒斯(前496—前406),希腊大悲剧家。
② 墨涅拉斯,古代斯巴达的国王,他的妻子美丽的海伦被特洛伊王子巴里斯抢走,引起特洛伊战争。
③ 亚历山大建造埃费斯提荣的坟墓,花了一万金币。

了一个国家的财富,难道不起反感吗?杀人倒还可以!人的种子,本来是坏种。还要浪费金钱!你早知道这些坏蛋不曾耕种,田里就会长钱。你觉得事情有趣吗?你张开了两只大眼睛,得意扬扬,仿佛这些钱是你的手指头赚来的!如果真是你的手指头赚来的,那你可是一个大傻瓜。如果你看见别人干了傻事,自己没有干,而你感到快乐,那更是一个双料的傻瓜。"

我回答说:"泼泥翁,你的话真是金玉良言,千古不易。但是为了这些蠢事,我的屁股还不免要挨打,这些两千年来就没有了肉体的阴魂,也还是比活人更有生气。我认识他们,我爱他们。只要亚历山大能像哭克利塔斯①一样哭我,我也心甘情愿让他杀死。我的喉咙都哽住了,当我看见恺撒在元老院,在刀锋下作最后的挣扎,就像被猎狗和猎人逼得走投无路的野兽一样。我目瞪口呆,瞧着克丽奥佩特拉经过,她坐着金色的画舫,她的侍女像海神的女儿似的倚着缆索,她的漂亮的小男仆赤身露体,好像爱神一般;我张大了鼻孔,好吸进芬芳的香气。我哭得泪如雨下,当我最后看见安东尼鲜血淋漓,奄奄一息,他的美人靠着陵墓高塔的天窗,用尽了全身的力气,用绳子把他吊起(只要……他身体是这样沉重!……只要她能不让他掉下去!),可怜的安东尼还向她伸着两只胳臂……"

---

① 克利塔斯在波希战争中救过亚历山大的命,亚历山大酒醉把他杀死,酒醒后曾痛哭一天一夜。

什么事情感动了我,把我和他们联系在一起,好像一家人似的?——哎!他们是我一家人,他们就是我,因为他们都是人。

我多么怜悯那些不要遗产的可怜虫啊,他们不知道读书的乐趣!有一些人满足于现在,就傲慢地瞧不起过去。眼光短浅的井底蛙!……不错,现在很好。其实,天啦,一切都好,我要用双手来拿,我绝不对着丰盛的酒席噘嘴生气。如果你尝尝这酒席,你也不会说坏话的。否则,我的朋友,那就是你的胃口太坏了。我知道一个人应该紧紧抱住他抱在怀里的东西。但是你抱得不紧,因为你要抱的情人也太瘦小了。好而少,这还不够。我喜欢又多又好……满足于现在,我的朋友们,在老亚当的时代是好的,他没有衣服,只好赤身露体,他没有看见过什么人,只好爱他自己的肋骨造成的女人。但是我们更幸福,我们在他之后出世,生在一个富足之家,我们的父亲、祖父、曾祖父已经在家里堆满了他们累积起来的东西,如果我们把仓库烧掉;借口说我们田里还会长麦子,那岂不是发疯!……老亚当,他那时只是一个小孩子!我就是今天的老亚当:因为我和他是同一个人,不过从那时起,我已经长大了。我们是同一棵树,不过我长得更高。每一斧劈在这棵树的枝丫上使它受伤流血的,都叫我的枝叶震惊。全宇宙的痛苦和欢乐都是我的痛苦和欢乐。有谁受苦,我也难过;有谁高兴,我也快活。我在生活中不如在书本中更能感到我们大家的联系,更能感到背篮子的穷人和戴皇冠的国王之间的情谊;因为穷人和国王到头来都是一样,只剩下一把骨灰和一股火,这股火吸收了我们灵魂的精华,向天空上升,像一张血口,用成千条舌头,万众一心地歌颂着全能的上帝的光荣……

* * *

我就是这样在顶楼上出神地想着。风熄了。光亮收敛了。雪用翅膀的尖端擦着玻璃窗。黑暗溜了进来。我的眼睛模糊了。我伏在书上,跟着故事走,故事逃进了黑夜。我的鼻子碰着纸:好像一只猎狗在嗅人的足迹,我也在嗅人的气息。夜来了。夜已经来了。我的猎物却逃走了,消失在林荫道上。于是我在林荫中站住,心脏因为追赶而扑扑地跳,我倾听猎物往哪里逃走。为了在黑暗中看清楚,我闭上眼睛,一动不动,躺在床上幻想。我并没有睡,我在思索玩味;有时从窗口望望天空。我一伸直胳膊,就碰着了窗户;我看见漆黑的苍穹被一滴鲜血似的流星划破……还有别的流星……在十一月的夜里,天在下火……我想起了恺撒的陨星。也许就是他的血在天上流……

白天来了。我还在幻想着。这是星期天。钟在唱歌。我的幻想沉醉在叮当的钟声里。它弥漫了全屋,从地窖到顶楼。它在我的书上(啊!倒霉的帕亚)写满了字。我的房间里震荡着隆隆的车轮声,唰唰的战号声,士兵的喧哗和战马的嘶鸣。玻璃窗在索索抖,我的耳朵在嗡嗡叫,我的心要开裂了,我正想叫道:

"敬礼,恺撒皇帝!"

我的女婿佛洛里蒙上楼来看我,他瞧瞧窗外,大声打呵欠,并且说道:

"今天街上连只猫也没有呀。"

十四　国王喝酒

圣马丁节(十一月十一日)

今天早上天气非常温和。暖流在空气中流动,温暖得像在抚摩绸缎似的皮肤。它像只猫儿似的用身子轻轻地蹭着你。它流到窗口,像是金黄的葡萄酒。天空睁开了云彩叠成的眼皮,用浅蓝的眼睛,静静地,瞧着我;在屋顶上,我看见了太阳的一缕金发。

我感到我这个老糊涂懒洋洋的,心里充满了梦想,好像成了一个青年人(我不肯老,又在过着回头的日子;要是这样继续下去,不久,我又要变成儿童了)。我的心里充满了虚无缥缈的等待,好像罗哲①在目瞪口呆地瞧着阿耳辛。我用温柔的眼光看一切东西。这一天,我连苍蝇都不忍伤害。我的装满了坏主意的锦囊已经空空如也。

我以为我是独自一个人,忽然我瞥见玛玎坐在一个角

---

① 罗哲,阿里奥斯托的诗篇《愤怒的罗兰》中的英雄,他被阿耳辛迷住了,忘记了他的妻子。

落里。她进来的时候我没有注意。她什么话也不对我说,一反她平常的习气;她待在那里,手里干着活计,瞧也不瞧我。我觉得需要让别人知道我的幸福。我就随便说了(要谈话,不怕没有题目):

"为什么今天早上敲大钟呀?"

她耸耸肩膀说:

"今天是圣马丁节。"

我大为惊讶。怎么!我在梦幻中过日子,连保佑我们城市的圣徒都忘记了!我说:

"今天是圣马丁节吗?"

我立刻看见,在普鲁塔克的这群公子哥儿和夫人小姐们里面,在我的新朋友中间,涌现了我的老朋友(他也和他们一样),涌现了这位用马刀割外套的骑士①。

"嘿!小马丁,我的老伙伴,我怎么忘了你的节日!"

"你觉得奇怪吗?"玛玎说,"早就该惊讶了!你忘记了一切,上帝、家庭、魔鬼和圣徒、小马丁和玛玎,一切对你都不存在,除了你那本该死的旧书。"

我笑;我已经注意到,她每天早上来看见我和普鲁塔克睡觉的时候,眼睛就不怀好意。女人从来不能用一种超然无私的爱来爱书;她们不是把书当作情敌,就是把它当作情人。小姐也好,太太也好,读起书来,总是在搞恋爱,欺骗男

---

① 骑士指圣马丁,保佑克拉默西的圣徒。他当过兵,以慈善出名,据说他在冬天曾经割下半件外套,送给一个穷人。

人。因此,她们一看见我们读书,就大叫我们负心。

"这是马丁的错,"我说,"他没有再让我看见他。不过,他还剩着半件外套。他保存着不再给人,这并不好,我的好女儿,你又有什么办法呢?活在世上,千万不要让人忘记。谁要让人忘记,人就真忘了他。记住这个教训。"

"我不需要,"她说,"随便我在哪里,没有人会忘记我的。"

"这倒说得对,人家都看见你,人家更听见你。除了今天早上,我还在等你照例来吵一架呢。为什么你却取消了?我可少不得。来和我吵一架吧。"

但是她头也不转,只说:

"什么也拿你没办法。所以我也省点口舌。"

我瞧着她固执的脸,她咬着嘴唇,正在缝衣服的边。她垂头丧气,好像斗败了的公鸡;而我的胜利反而成了我的负担。我就说:

"至少也来吻吻我吧。忘了马丁,我还没有忘记玛丁啊。今天是你的节日,得了,我有一件礼物给你。来拿吧。"

她皱皱眉毛说:

"没意思的玩笑!"

"我不是开玩笑,"我说,"来,来吧,你看看就知道。"

"我没有时间。"

"啊,狠心的女儿,怎么,你连吻我都没有时间吗?"

她很不情愿地,站了起来;她很不相信地,走了过来:

"你又要和我要什么鬼花头,演什么鬼把戏啦?"

我向她伸出胳膊来。

"得了,"我说,"吻我吧。"

"礼物呢?"她说。

"就在这里,就在这里,就是我呀。"

"多漂亮的礼物!真是稀世之宝!"

"管它好不好,我所有的一切,都送给你了,我无条件无保留地投降了。随意摆布我吧。"

"你同意下楼来?"

"我绑住手脚,献出自己。"

"你同意听我的话,让我爱你,牵着你走,骂你,惯你,照顾你,欺侮你?"

"我放弃我自己的意志。"

"啊!我要来报复了!啊!亲爱的好老头!坏孩子!你多么好啊!老顽固!你气我也气够了!"

她吻我,把我当作包袱一样摇来摇去,把我搂在她的膝上,好像一个小娃娃。

她不肯耽搁一个钟头。他们把我包了起来。佛洛里蒙和面包店里的学徒戴着棉布帽子,像把面包放进炉里一般,把我脚朝前,头朝后,从狭窄的楼梯上抬到楼下,放到一间明亮的房子里的一张大床上,玛玎和格洛蒂在我旁边,责备我,一天总要重复说二十遍:

"现在,你也落网了,你也落网了,你也落网了,流浪汉!……"

这多么好啊!

从这时起,我就被俘虏了,我把我的骄傲都扔进字纸篓里;我这个怪老头向玛玎屈服……但不知不觉地,还是我在家里支配一切。

* * *

从此以后,玛玎时常待在我的床边。我们一起聊天,想起很久以前,曾经有过一次,我们也是这样坐得很近。不过那时是她绑住了脚,因为有一夜(啊!这只叫春的母猫!)她想从窗口跳出去追她的情郎,脚扭伤了。虽然她扭伤了脚,呃!我还是重重地打了她一顿。她现在谈到这事还笑,说我打得不够重。但在那时,我打她,看管她,都是枉然;我已经够狡猾了;而她这个滑头比我狡猾十倍,到底从我手里溜掉了。不过,她并不如我想象的那么傻。因为她别的不保,却保持了清醒的头脑;倒是她那情郎头脑给弄糊涂了,因为他今天,因为他竟做了她的丈夫。

她跟我一道笑她干的傻事,叹了一大口气说,笑的时间已经过了,桂枝已经砍下,我们不必再到树林里去。我们就谈她的丈夫。这个懂事的女人认为他很老实,总的说来也够合适,只是不太有趣。不过结婚并不是为了寻欢作乐……

"每个人都知道,"她说,"而你知道得比谁都更清楚。事情就是这样。应该容忍一点。在丈夫身上找爱情,那是和用筛子打水一样,发了疯了。我并没有发疯,我才不去自寻烦恼,为了自己没有得到的东西而痛哭流泪。对于我已经得到了的东西,我很知足;就像现在这个样子已经很好。没有什么可以后悔的……不过,现在我倒看见一个人的能力和他的愿望相差多么远,一个人青年时代所梦想的东西,和他老了,或者快要老了的时候,得到了就满足的东西,相差又是多么远。这是令人伤感的,要不然就是好笑的:我也不知道到底是伤感还是好笑。所有的这些希望,这些失望,这些热情和这些消沉,这些壁炉旁的海誓山盟,结果还是要去烧汤煮饭,并且觉得粗茶淡饭不错!……这粗茶淡饭的确很好,对于我们真够好了:我们只配吃这种饭……不过,如果从前有人对我们这样说,那可……到底,不论怎样,我们还剩下了吃饭时开胃的笑声;这真是头等的调味品,它会使你连石头都吃得下。无穷无尽的欢乐,我和你都一样,一看见自己傻,就不能不打哈哈!"

我们一点机会都不错过——更不放过嘲笑别人的机会。有时,我们不说话,沉思默想,我的头钻在书里,她的头钻在活计里;但是我们的舌头还在轻轻地继续活动,好像两道在地底下流着,忽然在地面上阳光下涌现的溪流。玛玎,在沉默中,哗啦一声笑了起来,而我们的舌头又继续跳舞了。

我尝试着要使普鲁塔克来陪伴我们。我想使玛玎欣赏欣赏他的美丽的叙述,和我朗读时令人感动的姿态。但是结果一点也不成功。对于希腊罗马,她漠不关心,正如鱼不关心苹果一样。即使为了礼貌,她要听听,但不到一会儿,她就心不在焉，思想都开小差到野外去了；要不然，她的心就在屋子里从上到下地兜圈子。在我叙述得最惊心动魄的地方，我有意识地控制着感情，发出颤抖的声音，准备使故事的结局产生更大的效果，但她却打断了我的叙述，对在屋子那一头的格洛蒂或者佛洛里蒙高声叫些什么。我气坏了。只好放弃。不能要求一个女人来共享神游的乐趣。女人是男人的一半。对的，但是哪一半呢？上半部，还是下半部？无论如何，脑子绝不是共同的：各有各的脑子，各有各的胡思乱想。好比同一棵树干上长出的两根枝芽，我们只在心里还有联系……

我的联系很好。虽然胡子花白，两腿残废，家产荡然，我还是够风流的，几乎每天都有一伙邻近的年轻漂亮的娘儿们来看护我，她们围着我的床，快活地和我做伴。她们来时，总借口说要告诉我一个重要的消息，或者要找我帮忙，或者要借一件用具。不管什么借口都是好的，不过她们刚进我的屋子，就都忘到九霄云外去了。一进了我的房子，就像到了市场上一样，她们都生了根，眼睛风骚的吉耶妹，鼻子美丽的于盖蒂，伶俐的雅科蒂，玛格珑，阿莉葱，吉耶蒂，玛塞蒂，都围着我这只躺在被窝里的小牛；而我们就喊喊喳喳聊起天来，我的长舌妇，我的长舌妇，舌头都像铃锤，我们一笑，啊，多好听的钟声合奏！我就是一口大钟。我的袋子里总有几个微妙的故事，正搔着她们心头的痒处：瞧她们开心得晕倒是多美啊！人家在街上都听得见她们的笑声。佛洛里蒙给我的胜利气坏了，讥讽地问我成功的秘诀。我回答说：

"我的秘诀？那是因为我年轻呀，老朋友。"

"还有，"他见怪了，就说，"那是因为你的臭名昭彰啊。老风流总会叫女人跟着他们跑的。"

"当然啰，"我回答说，"大家不都尊敬老兵吗？大家都要去看他，心里想道：'他是从光荣的战场上回来的。'而娘儿们也想：'哥拉在情场上打过仗。他懂得爱情，懂得我们……还有，谁晓得？说不定他还会再打一仗呢。'"

"老不正经！"玛玎叫了起来，"瞧，他多开心！还打主意搞恋爱呢！"

"为什么不可以？这真是一个好主意！既然这样做会使你生气，那我就要再结一次婚。"

"呃！再结一次婚吧，我亲爱的，那对你才真大有好处呢！年轻人不懂事，犯错误也是情有可原的！……"

* * *

圣尼哥拉节（十二月六日）

圣尼哥拉节，我下了床，人家用一张安乐椅推着我在桌子和窗户之间来来往往。在我脚下，有一个脚炉。在我面前，有一块斜木板，上面有个插蜡烛的洞。

大约十点钟的时候，"扎木排的"筏夫和"河运"工人同业公会排队走过我的门口，提琴手走在前头，水手们胳膊挽着胳膊,在他们的旗杆后面跳舞。他们要去教堂,却绕路先到酒馆逛逛。一看见我,他们都向我欢呼。我站起来,向保佑我的圣徒致敬,他也向我还礼。我在窗口,握着水手们黑黝黝的手,把小杯酒倒下他们漏斗似的大咽喉(这真好比杯水车薪!)。

中午的时候,我的四个儿子来祝贺我的命名日。尽管我们相处得不太好,一年总得会一次面;父亲的命名日是神圣的;这是维系家庭的枢纽,全家都像一群蜜蜂似的围绕着它;一庆祝命名日,全家又团结得更紧了,又被迫团结起来了,所以我认为必须过命名日。

这一天,我的四个男孩子都在我这里团聚。他们并不十分愉快。因为他们感情不太好,我相信;我是他们之间唯一的联系。在我们这个时代,人与人之间的一切联系:住宅、家庭、宗教都不行了;每个人都只相信自己有理,大家都只为了自己活着。我可不做那种牢骚多,脾气坏,相信世界会跟他一起完蛋的老头子。世界的事不必要我操心;我相信年轻人晓得自己需要什么,比老头子晓得更清楚。不过老头子这个角色也是一个难演的角色。他周围的世界在变;要是他不变呢,那可甭想还有他的位子!我呢,我倒不怕。我坐在安乐椅上。啊啦,啊啦,我还要待在这里!如果为了保住这个位子,一定得改变,我也会变,不错,我也会设法改头换面——里面(当然)还是不变。目前,我还要从安乐椅上瞧着世界变迁,瞧着青年人争辩;我欣赏他们,同时,也很识时务地等待适当的时机,引导他们顺着我的意思走……

我的儿子们待在我面前,围着桌子:古板的教徒让·方苏瓦在我右边;在左边的是新教徒安东,他家住在里昂。他们两个都坐着,也不互相瞧一眼,颈子缩在衣领里,很不自然,尾节骨好像粘在座位上。让·方苏瓦精力旺盛,脸颊鼓起,眼神严厉,嘴上挂着微笑,他滔滔不绝地谈起他的生意,大吹牛皮,卖弄他的钱财,夸耀他的成就,赞美他的呢料和保佑他卖呢料的上帝。安东嘴唇上的胡子刮得光光,下巴上还有一撮尾巴似的胡须,阴沉沉,笔挺挺,冷冰冰的,好像在自言自语,谈他书店的生意,谈他在日内瓦的游历,他的商业往来和宗教联系,他也赞美上帝;但是他的上帝却是另外一位。他们轮流说话,并不听对方说什么,只管唱自己的老调。但是最后,他们两个都不耐烦了,开始谈到一些会使对方不能控制自己的题目,这个谈到新派宗教的进步,那个谈到老牌宗教的成就。同时,他们坚决否认对方;并且一动不动,好像两个人都害了颈脖抽筋病,满面怒容,尖声怪气,轻蔑地大骂对方的上帝。

站在他们中间,瞧着他们,耸耸肩膀,哈哈大笑的,是我的第三个儿子,莎塞莫联队的军士,艾蒙·米歇,这个杀人不眨眼的家伙(他并不是一个坏孩子)。他待不住了,像一只笼子里的狼似的转来转去,把玻璃窗当鼓敲,或者低声哼着:"吼,吼。"又停下来瞪着眼睛瞧他两个哥哥争吵,冲着他们的鼻子哈哈大笑,或者粗野地打断他们的话头,大声说道,两只绵羊,管它们身上有没有红十字架或者蓝十字架①的记号,只要它们肥胖,吃起来味道一定好,若不相信,马上可以证明……"我们吃过的羊肉多着呢!……"

阿驴,我最小的儿子,害怕地瞧着他。阿驴,他的名字起得真好,他并不想做什么惊人的事。争论使他不安。世界上没有什么事能引起他的兴趣。他只喜欢终日悠闲地打呵欠,烦闷无聊。因此他觉得政治和宗教都是魔鬼发明的,目的是要扰乱有心灵的人睡眠,或者要扰乱睡眠人的心灵……"我所有的东西,管它好不好,既然已经有了,何必更换?我睡觉的床是自己做的,也是为自己做的。我不愿意换新床单……"但是不管他愿不愿,人家还是要抖抖他的床垫子。在盛怒之下,为了要保证他的安宁,这个温和的人也可能把吵醒他的人都送到刽子手那儿去。现在,他正惊慌失色,听着别人说话;只要他们声调一高,他的脖子就缩进肩膀里去了。

我呢,我张开了耳朵听,睁开了眼睛看,我在取乐,在分析面前这四个人,他们哪一点还像我,哪一点还是我的?不过他们到底是我的儿子;这点我敢担保。他们虽是从我身体内出来的,也已经出去了;他妈的,他们从前从哪里进来的呢?我摸摸自己:我的大肚子里怎么装得下这个传道说教的,这个假装信教的,这个脾气大的胆小鬼?(至于那个冒险家倒还说得过去!)……哦,靠不住的天性!他们到底

---

① 红蓝十字架,代表新教和旧教。

在我的身体内待过！是呀,我有过他们的种子;我现在还认得出某些姿势,某些说话方式,甚至某些思想;我在他们身上发现了我自己,戴着假面具,面具假得令人吃惊,但是面具下面,还是同一个人。同一个人,本质都是一个,表现却是多样。每个人身上都有二十个不同的人,有的笑,有的哭,有的没有感觉,好像一段木头,而在下雨、天晴等不同的时候,有时是狼,有时是狗,有时是羊,有时是好孩子,有时是小流氓;但是二十个人里面有一个最强,他垄断了发言权,闭住了其余十九个人的嘴。因此只要一见门户开放,这十九个人赶快往外溜。我的四个儿子也溜出去了。可怜的孩子！这都是我的过错①。他们和我相差这么远,但我们又是如此相近！……呃！他们总是我的孩子。当他们说傻话的时候,我真想请他们原谅我怎么把他们造得这样傻。侥幸他们自己倒很满意,觉得自己很美！……让他们自我欣赏吧,我很高兴;但是我受不了的,是他们不能容忍别人的丑陋。别人爱多丑,就让他们多丑好了。

他们四个张牙舞爪,横眉怒目,活像四只发怒的公鸡,已经准备动武。我安安静静地观察着,然后说:

"好极了！好极了,我的小羊,我看并没有谁敢剪你们背上的毛呀。血气旺是好的(当然！这都是我的血液),声音高更好。现在我已经听过你们说什么,应该轮到我说了！我的舌头发痒。你们歇一下吧。"

---

① 原文为拉丁文。

但是他们并不急于服从我。一句话就使这场风暴爆发了。让·方苏瓦站起来,拿起一把椅子,艾蒙·米歇抽出他的长剑,安东拔出他的刀,而阿驴(他只会像小牛似的哞叫)却喊道:"救火!来水!"我看这四只畜生要互相残杀了。我随手抓起一件东西(恰巧是那把上面有两只鸽子的水壶,那把使我难受,却使佛洛里蒙觉得骄傲的水壶);我想也没有想到,就把它在桌上拍了一下,把它打成三块,同时玛玎也跑来了,她挥舞着一口热气腾腾的汤锅,威吓着要把热汤泼在他们头上。他们像一群小驴子似的叫着;但是只要我一驴鸣,没有哪头驴子敢不偃旗息鼓的。我说:

"我是这儿的主人,听我的命令。肃静。啊!哈,你们疯了吗?难道我们团聚,是为了讨论尼塞教条①的吗?我很喜欢讨论,对的;但是,朋友们,请你们选几个新题目吧。这些题目已经使我厌烦死了。真见鬼,要是不争论你们就会生病的话,那就讨论讨论勃艮第的好酒或香肠,讨论讨论看得见、喝得着、摸得到、吃得下的东西;那我们还可以吃吃喝喝,审查它们好不好。但是讨论上帝,好天呀!讨论圣灵,我的朋友们,这只能证明我们没有心灵!……我不说信教人的坏话:我相信,我们相信,你们相信……你们爱信什么就信什么。不过谈谈别的事情吧:难道世界上就没有别的事了?你们每人都准能升天堂的。这非常好,我很高兴。人家在天上等着你们,每个上帝的选民都留好了位子;其余

---

① 尼塞教条,做弥撒时念的经文。

的人就只能待在乐园门口;这是当然的……呃!好上帝爱怎样安置他的客人,就让他怎样安置:这是他的事,你们不必多管,要做他的卫士。各人有各人的王国。天堂是上帝的,大地是我们的。如果可能,使大地更好居住,这才是我们的事。为了达到这个目的,我们大家没有一个是多余的。你们以为可以缺少你们哪一个吗?你们四个对于国家都有用处。国家需要你的宗教,让·方苏瓦,因为从前大家都信仰它;同样也需要你的宗教,安东,因为将来人家会信仰它;还需要你的冒险精神,艾蒙·米歇;也要你的稳重,阿驴。你们是四根栋梁。随便哪根弯了,房子就要垮台。只要你们自己站得住,塌了也不怕。这是不是你们想要得到的结论?多么有理,真高明!不过要是四个水手,在波涛汹涌的海上,在狂风暴雨的时刻,不但不小心操作,反而一味争辩,你们又会怎样批评他们呢?……我记得从前听过亨利王和内韦尔公爵的一次谈话。他们叹息法国人拼命要自相残杀的疯狂病。国王说:'灰肚子圣者①,为了要使他们安静,我真想叫人把他们装在麻布袋子里,一袋子装两个,一个激烈的修士和一个宣传疯狂福音的教士,把他们像一窝猫似的,一齐扔到罗瓦河里去。'内韦尔公爵却笑着说:'若是我呢,我觉得只要把他们装在麻布袋里,送到小岛上去,也就够了;据说伯尔尼的先生们②,就是把吵架的夫妇都送到小岛

---

① 亨利四世诅咒时的口头禅。
② 指瑞士联邦政府。

的海边,一个月之后,船再去接他们回来,发现他们全都温柔驯服,好像咕咕叫的鸽子。'你们也许需要同样的治疗法!小鬼?你们背对背站着,还哼什么?……呃!回过脸来互相瞧瞧,孩子们!你们尽管相信你们每个人都是另外一种材料造成的,都比你们的兄弟好得多;其实还是四团一样的面粉①,四个一模一样的泼泥翁,四个尖酸刻薄的勃艮第人。瞧瞧你们脸上这个强横霸道的大鼻子,这张宽阔的大嘴巴,好像灌酒用的漏斗,这副粗眉大眼,它们想装出凶恶的样子,却又不得不笑。你们身上都有同样的记号!难道你们还不知道,你们互相伤害,那就是在毁坏自己?如果你们握手言欢,岂不更好?……你们的想法不一样。呸,这有什么关系!嘿!这岂不是更好!难道你们都要耕种同样的田地?一家人田地和想法越多,我们就越幸福,越有力量。扩张吧,繁殖吧,选择你们所能选择的土地和思想。各人有各人的思想,但是大家团结起来(喂,孩子们,互相拥抱吧!),那泼泥翁的大鼻子才能在田地里扩大它的影子,汲取世界的美丽!"

他们不说话了,板着脸孔,闭紧嘴唇;但是我看得出,他们很难控制自己不笑。忽然,艾蒙·米歇哈哈大笑起来,他伸出手给让·方苏瓦说:"得了,鼻子大哥,好啦!傻瓜,讲和吧!"他们互相拥抱了。

"玛玎,来呀!拿酒来祝我们健康!"

---

① 原文为拉丁文。

这时我才注意到,刚才我气得用水壶拍桌子的时候,把手腕割破了。几滴鲜血染红了桌子。安东总是很严肃的,他举起我的手来,把玻璃杯放在我的手腕下面,接住了我深红的血管里流出来的液汁,并且庄严地说:

"为了巩固我们的团结,让我们四个人都喝这杯酒吧!"

"怎么了,怎么了,"我说,"安东,糟蹋上帝的红酒!呸!你真讨厌!倒掉这杯酒。谁要喝纯粹的血酒,干脆就喝自己的血吧。"

说到这里,我们就大口喝酒,关于酒味,我们一点也没争执。

他们走了之后,玛玎一面给我包扎手腕,一面对我说:

"老坏蛋,你这一回到底达到目的了?"

"你是说什么目的呀?是使他们言归于好吗?"

"我说的是别的。"

"那是什么呢?"

她指着桌子上打破了的水壶。

"你非常明白我的意思。不要假装没事……承认吧……你会承认的……得了,对着我的耳朵说。他不会知道的……"

我假装吃惊,生气,糊涂,我否认;但却扑哧一声大笑起来……我笑得喘不出气。她重复对我说:

"坏蛋!坏蛋!"

我说:

"它太难看了。听,我的好女儿:不是它,便是我,我们两个,总得去掉一个。"

玛玎说:

"留下的这个也不好看呀。"

"至于这一个,随便他多难看!我可满不在乎。反正我看不见。"

*　　*　　*

圣诞节前夕

岁月好像一扇大门,在涂了滑润油的门枢上转动。门关上,又打开。白天有如折起来的布匹,被装进黑夜的有伸缩性的箱子里。它从箱子上面进去,又从箱子底下出来,到了圣吕西节①,白天越来越长,就像跳蚤越跳越高一样。我从门缝里已经看见新年的眼睛闪闪发光。

在圣诞节的前夜,我坐在大壁炉的炉檐下,好像在井底里,我斜着眼睛,望着高高的星空、眨眼的星星、胆战心惊的星光;我听见钟声在平滑的空气中飞翔,飞翔,歌唱着夜半的弥撒。我欢迎耶稣降生了,这个婴儿,在夜里这个时刻,在世界似乎完了的最黑暗的时刻降生了。他小小的声音唱道:"哦,白天,你要回来了!你已经来了。新年,你也来

---

① 圣吕西节,12月13日,就是冬至前后。

了!"希望也用温暖的翅膀,遮盖着冰冷的冬夜,使它软化。

我独自一个人留在家里;孩子们都到教堂去了;这是我第一次圣诞节没有去教堂。我和狗儿"柠檬"、小灰猫"肥仔"待在一起。我们胡思乱想,瞧着火焰舐壁炉。我回味着这个晚上。刚才,这一家人都还在我身旁;我对睁圆了眼睛的格洛蒂讲仙女的故事,讲鸭尾巴、脱毛鸡、卖报晓的公鸡发财的小孩子,因为他把公鸡卖给坐车找黎明的人。我们很开心。他们听着,笑着,每个人都补充一句精彩的话。有时,大家都不开口,偷着瞧瞧沸腾的开水,燃烧的木柴,玻璃窗上颤抖的雪块,钻洞的蟋蟀。啊!多好的冬夜,多么安静,一小家人挤在一起多么温暖,深夜的梦想,心灵也喜欢放野马,不过它知道,即使它胡扯瞎说,也只是为了添些笑料……

现在,算算一年的总账,我发现六个月内,什么都丢光了:老婆,房屋,银钱,还有两条腿。但是最有趣的,是在最后结账的时候,发现我还是和从前一样富有!人家说我什么都没有了?不对,我只是什么负担都没有了。呃!我已经放下了担子。我从来没有感到自己比现在更清爽,更自由,更可以在幻想的洪流中任意游荡……但是,就在去年,谁敢说我会这样轻松愉快地接受这个变化!难道我没有赌咒发誓,说是一直到死为止,都要做我家里的主子,做我自己的主子,决不依赖别人,吃的住的,玩的乐的,都只肯靠自己!啊!谋事在人……最后,事情变得和人的愿望完全不同;但是这样变化也蛮好。总的说起来,人毕竟是种好动物。一切对他都好。他能同样适应幸福,痛苦,饱暖,贫穷。给他四条腿,或者除掉他原有的两条,使他变聋,变瞎,变哑,他都会想出办法来适应,自己设法来看,来说,来听。他好比一块可以拉长,可以压缩的白蜡;灵魂的火焰正在锻炼它。感到人的心灵和肌肉能够这样伸缩自如,真美!人在水里可以做鱼,在空中可以做鸟,在火里又会变火蛇,而在地上,还可以做一个快乐的和水火风土四大元素斗争的人。因此,你失掉的东西越多,你就越富有;因为心灵会创造你所缺少的东西:修剪了枝叶的树木不是长得更高吗?我有的东西越少,我的生命就越丰富……

半夜。钟声叮当响了……

神圣的婴儿降生了……

我唱着圣诞歌……

吹吧,双簧管,唱吧,小风笛。
啊!他多么迷人,多么美丽!……

我昏昏沉沉,打了一个瞌睡,但还是紧紧地靠住壁炉,免得掉到火里去……

他降生了……双簧管,吹吧,唱吧,开心的小风笛……
他降生了,小小的救世主……

我有的东西越少,呃,我的生命却越丰富……

* * *

主 显 节①

我是一个善于解嘲的人!因为我越贫穷,生活却越幸福。我知道得很清楚。我有办法做个一无所有的富翁,因为我拥有别人的财产。我有权利,但并没有义务。人家是怎样议论那些老头子的呢?他们自己穷得精光,却把一切,连衬衫和短裤,都给了忘恩负义的儿女,并且被儿女抛弃、遗忘,还要看儿女的眼色催促他们快进坟墓。这是些自讨苦吃的蠢材。老实说,我却从来没有比在贫穷中更被人惯养,更为人溺爱。因为我并不那么傻,我没有把一切都送掉,什么也不保留。难道一个人只有钱袋可以送人吗?我呢,即使我把一切都送掉了,还保留了一样最好的,我保留了愉快的心情,这是五十年来,我在生活里奔波劳碌,累积下来的好脾气,坏心眼,假装糊涂的聪明,自作聪明的糊涂。而我的宝藏并没有用完啊。我把它向大家公开;大家都来

---

① 主显节,1月6日,就是国王节,纪念三贤王礼拜耶稣的节日。那天家庭都要团聚,吃大蛋糕;蛋糕里有一粒蚕豆,谁吃到蚕豆就是国王,大家都要欢呼:"国王喝酒!"国王有时是选定的,头上要戴王冠,还要选个王后。

舀一瓢吧!难道这不算什么吗?如果说我用了我儿女的,我也给了他们呀,我们两相抵销了。万一这个人给的比那个人少一点,感情也可以补足零头;盈亏相抵,谁也没有什么可抱怨的。

谁想看一个没有王国的国王,一个失掉了领土的约翰①,一个幸福的流氓,谁想看一个高卢的泼泥翁,让他今晚来看我吧!我坐在宝座上,主持一次热闹喧嚷的宴会。今天是主显节。下午,人们看见三贤王在街上走过,还有他们的随从,一群穿白衣的人,六个男牧童,六个女牧童,他们在唱歌;这一带的狗也在吠叫。晚上,我们都入了席,我所有的孩子,和孩子们的孩子。一共是三十个,连我在内。三十个人一齐叫道:

"国王喝酒!"

国王就是我。我头上戴了一个做点心的模子,当作王冠。王后却是玛玎:正如圣书上说的,我娶了我的女儿。每当我把酒杯举到嘴边,他们就喝彩,我也笑着,胡乱吞下一杯酒;不管胡乱不胡乱,酒总吞下去了,一滴也不漏掉。我的王后也喝酒,她露出胸脯,让她的红娃娃咬着她的红乳头,这个娃娃是我最小的孙儿,他叫着,吸着奶,流着涎,露出了屁股。小狗在桌子底下叫,舐着盘子。大猫也耸起背来喵喵叫,咬着一根骨头跑了。

我自言自语(高声地:我不喜欢低声细语):

---

① 约翰,1199—1216 年的英国国王,失掉了他在法国的封地。

"生活多好。啊,朋友们!它唯一的缺点就是太短了:即使有钱也买不到。你们会对我说:'满意了吧!你那一份很好,你已经得到了。'我并不说不好。不过我想得个双份。谁晓得呢!也许不太高声大叫,我倒可以再得一份……但可悲的是,即使我还活着,我所认识的那么多好人到哪里去了?唉!上帝!时间一去不复返,人也一样!哪里去找我的亨利王和好路易公爵呢?……"

我又走上了往昔的道路,收集起记忆中枯萎了的花朵;我又讲起我的故事来,永远也讲不累,永远重来复去。我的孩子们让我说;当我有一句话想不起来,或者讲得混乱不清的时候,他们就给我提示下文;我从梦中醒了过来,面对着他们狡猾的眼睛。

"呃!老爸爸,"他们对我说,"在你二十岁的时候,生活多么好啊!那时的女人胸脯都更美丽,丰满;男人的心都长在正中,别的也是一样。应该看看亨利王和他的好伙伴路易公爵!现在的人不再是用那种材料做出来的了……"

我回答说:

"调皮的家伙,你们笑吗?你们笑得对,笑是有好处的。不过,我还不那么蠢,蠢到相信我们的葡萄会歉收,或者收获葡萄会缺少快活的人手。我晓得死了一个老的,会生三个新的,我晓得制造高卢快活孩子的材料长得越来越密、越直、越紧。不过用这种材料造出来的,可不再是和从前同样的人。哪怕你再削一千尺,一万尺,永远,永远也做不出我的亨利王,或者我的好路易来。而我爱的却是他们……得了,得了,我的哥拉,别伤感了。怎么,流眼泪啦?唉!难道你还懊悔不能一辈子都咀嚼同样的口粮吗?酒不是从前的酒了?那有什么关系?它的味道并不比从前的差呀。喝酒吧!喝酒的国王万岁!爱喝酒的老百姓也万岁!……"

孩子们,说句坦白话,一个好国王自然很好;不过最好的国王,还是我自己。让我们自由吧,高尚的法国人,打发我们的主人滚蛋!我的土地和我,我们互爱互助,自供自足,管天上的国王或者地上的国王干吗?我并不需要一个王位,天上的也罢,地下的也罢。让每个人在太阳下都有一个位子,也有一个影子!让每个人都有一块土地,也有一副胳膊去翻转泥土!我们并不要求别的。即使国王到我家里来,我也会对他说:

"你是我的客人。祝你健康!请坐下吧。老乡,所有的国王全是一样。每个法国人生来都是一个国王。连我这个老汉也是自己家里的国王。"

"怎么,"约翰教士说,"你也作起诗来啦?老天在上,我感到我也会像别人一样作诗的;等一下,请原谅我,要是我作诗不脸红的话……"

《巨人传》第五卷第四十六章

一九五七年二月二十二日译完
一九九八年二月二十二日校完